suhrkamp taschenbuch 4392

Rüdiger Stolzenburg, 59 Jahre alt, seit 15 Jahren Dozent mit halber Stelle an einem kulturwissenschaftlichen Institut. Seine Aufstiegschancen tendieren gegen null: Die selbst gesetzten Maßstäbe an die universitäre Lehre lassen sich nicht aufrechterhalten, seine Forschungsvorhaben führen zu keinem greifbaren Resultat. Mit seinem Gehalt kommt er eher schlecht als recht über die Runden. Doch sein ohnehin prekäres Leben droht vollständig aus den Fugen zu geraten, denn nicht nur das Finanzamt rückt ihm mit einer Steuernachforderung existenzgefährdend auf den Pelz, Rüdiger Stolzenburg wird auch noch unfreiwillig Köder in einem Kriminalfall.

Christoph Hein, geboren 1944 in Heinzendorf/Schlesien, lebt in Berlin. Er wurde mit zahlreichen Preisen ausgezeichnet.

Zuletzt sind von ihm erschienen: *Vor der Zeit. Korrekturen* (2013), *Landnahme* (st 3729), *In seiner frühen Kindheit ein Garten* (st 3773) und *Frau Paula Trousseau* (st 4004).

Christoph Hein

Weiskerns Nachlass

Roman

Suhrkamp

Umschlagfoto: Bettina Blaß

2. Auflage 2013

Erste Auflage 2012
suhrkamp taschenbuch 4392

Druck und Bindung: CPI – Ebner & Spiegel, Ulm
Umschlag: Göllner, Michels, Zegarzewski
Printed in Germany
ISBN 978-3-518-46392-5

Weiskerns Nachlass

Eins

Das kleine Flugzeug nach Basel startet verspätet, er wird fast zwei Stunden nach dem angekündigten Zeitpunkt bei Gotthardt ankommen. Alle Plätze in der Maschine sind besetzt, es ist unangenehm eng. Stolzenburg lässt seine Papiere in der Tasche, er will, bedrängt vom Ellbogen des Nachbarn, auf dem winzigen Klapptablett kein Manuskript aufschlagen. In dem Billigflieger werden keine Zeitungen angeboten, und er bedauert, sich nicht ein Blatt im Flughafen gekauft zu haben. Wenige Minuten nach dem Start schieben zwei locker gekleidete Stewards einen Wagen durch den schmalen Gang und verkaufen Getränke, Snacks und Uhren, doch lediglich der Mann neben ihm lässt sich einen Tomatensaft geben und bezahlt mit einer Kreditkarte, was ihn nötigt, aufzustehen und im oberen Gepäckfach nach seiner Brieftasche zu suchen.

Stolzenburg schaut aus dem Fenster, die Stirn an die Scheibe gelehnt, betrachtet er die sich unter ihm auftürmenden Wolken. Er denkt an Henriette und an Lilly, dann an seine Tochter. In der nächsten Woche will er sich in seiner Bank einen Termin geben lassen, er ist schon Jahrzehnte bei demselben Geldinstitut, und auch wenn man mit ihm wenig verdient hat, hofft er, dass man seine Treue zu schätzen weiß und ihm irgendeinen günstigen und bezahlbaren Überbrückungskredit gewährt. Die Chancen stehen schlecht, er macht sich keine Illusionen, aber den Versuch lohnt es. Ihm fällt Weiskern ein, Aberte. Ein weiterer Brief an Jürgen Richter ist fällig, den Verleger. Irgendwoher muss auch für mich mal Geld kommen, sagt er sich. Er schrickt zusammen und schaut zu dem Nachbarn, für einen Moment fürchtet er, laut gesprochen zu haben, doch der Mann beachtet ihn nicht, liest nur aufmerksam die Beschriftung auf der Saftbüchse. Stolzenburg lehnt den Kopf wieder ans Fenster und starrt in die Wolken. Er sieht die linke Tragfläche und zwei Propeller oder vielmehr die beiden schwirrenden Kreise, die die rotierenden Flügel vor der breiten Blechfläche bilden. Plötzlich zuckt einer der Propeller, für einen Moment sieht er einen der Flügel der Luftschraube, dann beginnt sie erneut zu rotieren, der gebogene Stahl wird durch die Geschwindigkeit unsichtbar. Für einen Augenblick setzte die Rotation aus, blieb die Schraube stehen, bewegten sich die Flügel nicht mehr um ihre Welle. War das ein einmaliger Vorgang, oder ist das normal, fragt sich Stolzenburg erstaunt und starrt auf den kreisenden Propeller. Sekunden später zittert die Schraube wiederum kurz und bleibt dann stehen, die Flügel bewegungslos. Atemlos wartet Stolzenburg darauf, dass der Propeller wieder anspringt, dass der Luftdruck die Schraube wie bei einem Windrad anwerfen wird, doch der Stahl steht aufrecht und still, nur der Propeller neben ihm zeichnet noch das rotierende Flirren in die Luft. Stolzenburg muss schlucken, sein Mund ist plötzlich wie ausgetrocknet. Er schaut zu den anderen Passagieren, aber keinem fällt etwas auf, das Flugzeug fliegt gerade und unbeirrt, die beiden Stewards stehen in der Nähe der Pilotentür und unterhalten sich, auch sie haben nichts bemerkt. Stolzenburg atmet heftig, er fühlt eine aufsteigende Panik und zwingt sich, ruhig zu bleiben, nicht zu schreien, nichts zu sagen. Da keiner unruhig wird, scheint alles normal zu sein. Er starrt weiter auf den stillstehenden Propeller und atmet noch heftiger, stoßartig, seine Hände umkrallen die Armlehnen, er schwitzt. Das ist das Ende, sagt er sich, auf einem banalen Flug zu einem banalen, schlecht honorierten Vortrag an der Baseler Kunsthochschule, aber er bezahlt es möglicherweise mit dem Leben. Vorsichtig schaut er zu den Passagieren, sie schwatzen miteinander, der Mann neben ihm würzt ausgiebig seinen noch immer nicht angerührten Tomatensaft, offenbar ist er, Stolzenburg, der Einzige, der die Anzeichen der drohenden, unmittelbar bevorstehenden Katastrophe bemerkt hat. Vielleicht haben die Piloten sie auch nicht registriert, obwohl im Cockpit die roten Lämpchen flackern, die Notaggregate aufheulen müssen, vorne tut sich jedoch nichts, wird nicht hektisch die Tür aufgerissen, gibt es keine Anweisungen, Befehle, Rufe. Er zwingt sich, ruhig zu bleiben, er räuspert sich mehrfach, auch sein Hals ist ausgetrocknet. Er starrt aus dem Fenster, der Propeller rührt sich nicht, diese Maschinen können offenbar auch mit drei Propellern fliegen. Möglicherweise ist der zweite ein nicht unbedingt notwendiger Ersatzpropeller, ein Propeller für den Notfall. Aber da er jetzt ausgefallen ist, hat die Maschine einen Notfall, nur dass es außer ihm keinem auffiel. Intensiv, fast gierig starrt er auf das starre Stahlstück vor der Tragfläche, als könne er mit seinem Blick den Propeller anwerfen, zum Rotieren bringen. Sich bekreuzigen, beten, das wäre jetzt angebracht, sagt er sich. Unwillkürlich krampft er die Hände zusammen, faltet sie aufgeregt und schließt die Augen für den Moment eines Stoßgebetes. Als er sie sofort wieder öffnet und auf den stillstehenden Propeller starrt, stottert der zweite Propeller, zuckt mehrmals, verharrt einen Augenblick bewegungslos, wackelt dann, setzt sich langsam wieder in Bewegung, kommt in Schwung, rotiert gleichmäßig, aber langsamer, wie ihm scheint, und bleibt schließlich endgültig stehen. Beide Propeller an der linken Tragfläche haben ausgesetzt, die Kreuze ihrer metallenen Flügel stehen starr vor der Tragfläche. Das Flugzeug gleitet weiterhin vollkommen ruhig und ohne jede Schräglage, Stolzenburg, den Blick starr auf die unbeweglichen Propeller gerichtet, erwartet jeden Moment, dass das Flugzeug sich zur Seite neigt, dass es kippt, dass es aufheulend wie ein alter Kampfbomber in die Tiefe rauscht. Schreckensbleich betrachtet er die Passagiere, keiner hat etwas bemerkt, man schwatzt noch immer munter, der Mann neben ihm trinkt in kleinen Schlucken seinen Tomatensaft, die Stewards räumen unbesorgt Prospekte in ein Gepäckfach und machen sich übereinander lustig. Stolzenburg will schreien, er öffnet den Mund, er stößt die Luft heraus, aber er ist so schreckensstarr, er bringt keinen Ton heraus. Er ergreift den Arm seines Sitznachbarn, versucht, ihn auf die stillstehenden Propeller aufmerksam zu machen, mit einem Finger deutet er auf sein Kabinenfenster und röchelt. Erschreckt schaut ihn der Nachbar an, stellt das Glas mit dem restlichen Tomatensaft auf dem Klapptisch ab, dann ruft er nach dem Steward. Das abgestellte Glas sichert er mit einer Hand, während er besorgt Stolzenburg anschaut, der sich mehrfach räuspert, er will die Stimme frei bekommen, um wieder sprechen zu können. Das Flugzeug gleitet weiterhin gleichmäßig und völlig waagerecht dahin, kein Vibrieren, keine Unregelmäßigkeit ist spürbar. Die Maschine muss über eine unglaubliche Kompensationsfähigkeit verfügen, die den einseitig vollständigen Ausfall aufzuheben oder auszugleichen vermag. Atemlos und irritiert registriert Stolzenburg den unverändert gleichmäßigen Flug, die weiterhin ruhige Lage seines Flugzeugs. Es gibt kein auffälliges, bemerkbares Manövrieren, kein Auf und Ab, keine unkontrolliert wirkenden Bewegungen des Fliegers. Vielleicht ist es möglich, die Maschine auch mit dem Ausfall zweier Propeller sicher zu landen. Er sieht den Steward auf sich zukommen, die Passagiere in dem Gang rechts und links anlächelnd.

»Sie wünschen?«, fragt der den Mann neben ihm, der auf Stolzenburg weist.

Stolzenburg deutet stumm auf das Kabinenfenster.

»Was wünschen Sie?«, fragt ihn der Steward erneut.

Stolzenburg hat Mühe, die Frage zu verstehen, ihm zu antworten. Er schaut den jungen Mann verständnislos an, er schüttelt den Kopf, er starrt aus dem kleinen Fenster zur Tragfläche des Flugzeugs.

Zwei

Ein Geräusch weckt ihn. Das vorsichtige Schließen einer Tür, dann die leisen, lärmvermeidenden Schritte eines Menschen. Noch bevor er die Augen öffnet, bemerkt er einen Lichtschein. Seine Freundin steht neben dem Bett. Sie hält irgendetwas in der Hand, was er nicht erkennen kann, und im Haar trägt sie einen Blätterkranz, auf dem eine brennende Kerze thront. Eine schwedische Festgestalt, erinnert er sich, eine Lichtergöttin oder eine Sommerschönheit, er will nicht darüber nachdenken. Er streckt die Hand aus, streichelt ihren nackten Schenkel, lächelt erschöpft.

»Patrizia«, flüstert er, »du.«

»Herzlichen Glückwunsch«, sagt sie. Sie geht vorsichtig in die Hocke, damit die brennende Kerze nicht umfällt, und küsst ihn auf die Wange.

»Alles Gute«, flüstert sie ihm ins Ohr, »ich freue mich, dass ich heute bei dir bin, Rüdiger. Und ich hoffe, du freust dich auch.«

»Es ist schön, sehr schön«, erwidert er und schließt die Augen.

»Unser Frühstück ist fertig. Komm auf den Balkon.«

»Gleich. Einen Moment noch.«

»Schau mal. Das ist für dich.«

Er öffnet ein wenig die Augen, er sieht etwas Dunkles, Schwarzes. Ein Pullover, vermutet er, oder ein Hemd.

»Schön«, sagt er, schließt die Augen wieder und wendet den Kopf ab, »nur einen Moment noch, fünf Minuten, bitte.«

Die junge Frau geht leise aus dem Zimmer.

Eine Viertelstunde später erscheint Stolzenburg im Bademantel auf dem Balkon. Er gähnt ausführlich, reckt die Arme in den Himmel, streckt sich. Schließlich küsst er die Frau auf die Stirn. Er betrachtet den gedeckten Tisch, den aus Zweigen und Kastanienblättern geflochtenen Kranz. Er nimmt das mit einer roten Schleife verzierte schwarze Leinen hoch und löst die Schleife. Es ist ein japanischer Morgenmantel, ein mit einem einzigen weißen Schriftzeichen bedruckter Kimono.

»Sehr schön«, sagt er, »danke.«

Er setzt sich und hält ihr seine Kaffeetasse hin.

»Neunundfünfzig«, sagt er, »stell dir vor, ich bin neunundfünfzig. Dabei wollte ich nie so alt werden.«

»Kein Fett, keine Falten, ich weiß gar nicht, worüber du dich beschwerst. Du siehst gut aus. Der bestaussehende Mann, den ich je hatte.«

»Du bist wirklich ein Schatz«, und nach einer kleinen, einer winzigen Pause fügt er ihren Namen hinzu: »Patrizia«.

»Entschuldige, dass ich dich geweckt habe, aber ich wollte noch mit dir frühstücken.«

»Nicht so schlimm«, knurrt er und greift nach einem Brötchen.

»Du warst schon beim Bäcker? In aller Frühe?«

»Ja, ich wollte dich überraschen. Zum Geburtstag muss es doch frische Brötchen geben.«

»Fein.«

»Aber jetzt muss ich gehen, ich komme sonst zu spät«, sagt sie und steht auf.

»Du bist ein Engel.«

Er greift mit beiden Händen nach ihrem Hintern, zieht sie zu sich und presst sein Gesicht gegen ihren Bauch.

»Schön, dass du da bist.«

»Sehen wir uns heute Abend?«

»Heute Abend?«, wiederholt er. Er streichelt ihren Hintern und fasst sie zwischen die Beine.

»Morgen habe ich eine Veranstaltung in Basel«, sagt er, »da muss ich vor Tau und Tag los.«

»Ich könnte dich zum Flughafen fahren.«

»Ich weiß noch nicht. Wir telefonieren, meine Kleine. Wenn ich aus der Uni zurück bin, rufe ich dich an.«

Als er die Wohnungstür ins Schloss fallen hört, lehnt er sich zurück.

»Ja, es ist schön«, sagt er laut, »und sie ist ein nettes Mädchen.«

Er dachte daran, dass er sie, als sie an sein Bett kam und ihn weckte, mit ihrem Namen angesprochen hatte. Noch im Halbschlaf und gleich den richtigen Namen, das ist schon eine gute Leistung. Gewöhnlich flüchtete er sich in eine unverbindlichere, allgemeine Anrede, meine Liebe, zum Beispiel, oder Schatz oder Spätzchen, das erspart Ärger. Ein einziger falscher Name kann leicht den ganzen Vormittag kosten, die Dame würde nicht aufhören, ihm die Verwechslung eines Vornamens unter die Nase zu reiben. Er gießt sich Kaffee nach, greift nach den zwei Zeitungen, die Patrizia für ihn gekauft hat, bleibt eine halbe Stunde auf dem Balkon sitzen, geht dann unter die Dusche.

Bevor er sich auf das Fahrrad schwingt, um ins Institut zu fahren, setzt er sich an seinen Schreibtisch, sieht die

E-Mails durch, schaut sich sein Konto an in der unsinnigen Hoffnung, eine unerwartete Überweisung vorzufinden, vielleicht einen Bankirrtum zu seinen Gunsten als Geburtstagsgruß, und geht danach die Papiere durch, die er für das Seminar benötigt. Als es Zeit wird, sich auf den Weg zu machen, steckt er die Unterlagen, sein Laptop und das Handy in den Rucksack und kämmt sich ein zweites Mal die Haare. An der Wohnungstür blickt er in den Spiegel, studiert sorgfältig sein Gesicht, tritt einen Schritt zurück und dreht sich ins Profil, um einen prüfenden Blick auf seinen Bauch zu werfen.

»Neunundfünfzig«, murmelt er und schüttelt den Kopf.

Er ist nicht unzufrieden mit seinem Aussehen, er hält sich für durchaus attraktiv, gutaussehend, ein junger Mann jedoch ist er nicht mehr. Der bestaussehende Mann, den ich je hatte. Nun ja, nett gesagt, aber ein zweifelhaftes Kompliment. Er weiß nicht, mit wem sie vor ihm zusammen war.

Noch in der Wohnung setzt er sich den Fahrradhelm auf, ein Monstrum, ein lächerliches Teil. Fritz von der Billardrunde meinte, er sehe damit aus wie ein Sternenkrieger oder die Monster aus einem Fantasyfilm. Mit dem Helm empfindet er sich kostümiert, kommt sich vor wie eine grotesk entstellte Figur, und jedes Mal und noch bevor er vom Rad steigt, nimmt er rasch den Helm ab, doch er ist so vernünftig, ihn trotzdem aufzusetzen, er weiß, er ist in einem Alter, in dem man selbst den kleinsten Sturz nicht folgenlos übersteht. Er fürchtet körperliche Gebrechen und ist daher vorsichtig geworden, viel vorsichtiger als noch vor wenigen Jahren.

Zwanzig vor zehn ist er am Institut und schließt sein

Rad sorgsam an ein Verkehrsschild. Im Gang des ersten Stocks stehen Studenten, die ihm zunicken. Er geht ins Sekretariat, um die Briefe und Nachrichten aus seinem Postfach zu holen, doch als er das Zimmer betritt und Sylvia grüßt, steht sie auf, kommt um den Tisch herum, reicht ihm fast förmlich die Hand und gratuliert ihm.

»Ja, schon wieder einmal«, sagt er verlegen, »schon wieder ein Jahr herum. Dank für deine Wünsche, ich kann sie gebrauchen.«

Er blättert mit dem Daumen das kleine Bündel von Papieren durch, zieht den einzigen Brief, der handschriftlich adressiert ist, heraus und öffnet ihn.

»Dann wird es heute Abend eine kleine Feier geben?«, fragt Sylvia.

Er sieht sie überrascht an. In ihrer Stimme klingt etwas mit, das er nicht entschlüsseln kann. Vielleicht weiß sie etwas, eine unangenehme Nachricht, schließlich sitzt sie im Vorzimmer des Institutsleiters und bekommt dadurch auch jene Sachen mit, die nicht für ihre Ohren bestimmt sind. Oder sie erwartet eine Einladung, zu einem Glas Sekt oder gar zu einer Geburtstagsfeier, er weiß es nicht. Er hat sich nie mit den Kollegen des Instituts privat getroffen, er lehnt es grundsätzlich ab, das Berufliche mit dem Privaten zu mischen. Schließlich sagt er beiläufig: »Nein, ich glaube nicht. Was gibt es da zu feiern? Ich bin ein Jahr älter geworden, das ist kein Verdienst, keine Leistung. Ein Jahr älter, da solltest du mir kondolieren, Sylvia.«

»Kokettiere nicht, Rüdiger. Männer in deinem Alter sind in den besten Jahren. Da geht es euch besser als uns Frauen. Wir werden alt, ihr dagegen werdet reif.«

Schlösser, der Chef, tritt aus seinem Zimmer und enthebt ihn der misslichen Verpflichtung, der Sekretärin mit einer charmanten Floskel zu antworten.

Schlösser sieht ihn kurz an und nickt, dann legt er einen Brief vor Sylvia auf den Tisch und bittet sie, ihn zu beantworten.

»Ich möchte eine ebenso freundliche wie klare Ablehnung«, sagt er, »Das kriegst du schon hin.«

Die Sekretärin flüstert ihm etwas zu, Schlösser versteht nicht und fragt nach, sie flüstert wiederum etwas und lenkt den Blick Richtung Rüdiger.

»Danke, ach ja«, sagt Schlösser. Er kommt mit ausgestreckter Hand auf ihn zu, um ihm zum Geburtstag zu gratulieren.

Rüdiger Stolzenburg bedankt sich nicht, er schweigt und sieht ihn erwartungsvoll an. Schließlich fragt er: »Und? Nichts weiter?«

»Was meinst du? Ich weiß nicht, wovon du jetzt sprichst.«

»Oh, früher hast du immer noch etwas angefügt, einen winzigen Satz, eine nette, völlig folgenlose Bemerkung. Schon vergessen? Noch vor einem Jahr konnte ich diesen hübschen Satz hören.«

Schlösser schaut ihn verstört an.

»Nun, dass ich nicht ewig auf dieser halben Stelle sitzen werde. Dass du dich zumindest darum bemühen willst. Das war bislang dein Geburtstagsgeschenk, Jahr für Jahr. Fünfzehn Jahre lang, zu jedem Geburtstag. Und heute? Da fehlt mir etwas, Frieder. Oder ist der Akademische Rat für mich endgültig gestrichen? Hat sich eine Verbeamtung für mich erledigt?«

Schlösser lächelt gequält. »Komm bitte für einen Moment in mein Zimmer, Rüdiger«, sagt er, legt einen Arm um dessen Schulter und führt ihn in sein Büro.

»Setz dich. Möchtest du etwas trinken?«

»Danke, nein. Ich muss ins Seminar.«

»Dann wollen wir uns kurz fassen. Ich habe keine volle Stelle für dich, und das ist dir bekannt. Ich habe mich immer darum bemüht. Du weißt selbst, was ich alles unternommen habe. Und heute, und das ist leider die Wahrheit, heute kämpfe ich darum, dass mir die Mitarbeiterstellen nicht gestrichen werden. Heute muss ich froh sein, dass für dich und Veronika wenigstens die festen halben Stellen bleiben. Ich brauche dich. Ich bräuchte eigentlich eine ganze Kraft, zwei ganze Kräfte, ich bekomme sie nicht. Das ist die Wahrheit, und das wird allem Anschein nach so bleiben.«

»Ich bin neunundfünfzig, Frieder.«

»Im Rektorat kennt man dein Alter. Über fünfzig, über fünfundfünfzig, da verbietet es das Beamtenrecht, da wird es zu einer Belastung der Pensionskasse.«

»Neunundfünfzig! Hier eine halbe Stelle, und da und dort ein paar Vorträge, Aufsätze und Rezensionen, um sich über Wasser zu halten, das hatte ich mir so nicht vorgestellt. Ich bin seit fünfzehn Jahren hier, und seit fünfzehn Jahren höre ich, dass du diese halbe Stelle zumindest in einen Akademischen Rat überführen willst. Nein, entschuldige, nur vierzehn Jahre lang habe ich das von dir gehört, denn heute hast du diesen Satz nicht mehr gesagt.«

»Und du wirst ihn auch nicht mehr hören. Unter uns, im Rat gibt es Stimmen, die die Schließung unseres Instituts verlangen. So weit sind wir. Die Kulturwissenschaft bringt kein Geld, wir haben keine Sponsoren, treiben viel zu wenig Drittmittel auf, wir gelten als Belastung. Wir sind eine Belastung. Der Studiengang Ethik brachte nicht die erforderlichen Studenten, und wir hatten ihn sogar wie gewünscht als Bachelor eingerichtet, der Magisterstudiengang Philosophie läuft aus, Ethnologie mussten wir einstellen, ich bin froh, dass die Medienfächer angenommen werden. Obwohl, unser Videostudio spielt nicht das notwendige Geld ein, wie uns Veronika zusicherte. Es finanziert sich nicht einmal selbst. Wir müssen tricksen, damit es nicht geschlossen wird, denn wir brauchen das Studio, es zieht die Studenten an. Und wenn mich dann der Teufel reiten sollte und ich von der mir einmal versprochenen vollen Professur für dich rede, wenn ich statt dieser halben Stellen endlich die für dich benötigte Ratsstelle anspreche, eine für dich und eine für Veronika, für das Institut, dann schlage ich lediglich einen Sargnagel ein. Einen weiteren Sargnagel. Denn dann kann es leicht passieren, dass wir alle nichts mehr haben, und du nicht einmal mehr die halbe Stelle.«

»Kannst du dir vorstellen, wie mich dieses jahrzehntelange Vertrösten ankotzt? Es geht mir auf die Eier, Frieder. Du darfst ruhig grinsen, es ist so, wie ich sage. Es ist nicht sehr angenehm, ein alter Mann zu werden und nichts erreicht zu haben.«

Schlösser hält die Augen geschlossen und massiert seine Schläfen.

»Dass du nichts erreicht hast, stimmt nicht. Du bist mein bester Mann. Du hast Erfahrung, kannst mit den Studenten umgehen, veröffentlichst mehr als alle anderen, mich eingeschlossen, und deine Aufsätze sind nach wie vor lesbar. Und falls du kündigst, was ich nicht hoffe, was ich mir nicht vorzustellen wage, bin ich aufgeschmissen. Denn dann wirst du mir doppelt fehlen. Die Wahrheit ist nämlich, deine Stelle, Rüdiger, diese verfluchte halbe Stelle, wird nicht mehr neu besetzt, sie wird gestrichen. Sie hat die letzte Evaluierung nicht überlebt, wird derzeit nur noch als kw geführt, kann wegfallen. Das ist meine Lage. Unsere Lage.«

Schlösser lässt die Hände sinken und öffnet die Augen.

»Und was in einem Jahr sein wird, darüber wage ich nicht nachzudenken. Als ich damals berufen wurde, da glaubte ich, ich hätte es geschafft. Mein Ehrgeiz war gestillt, ich war unkündbar, hatte ausgesorgt, war am Ziel meiner Wünsche. Fünf Jahre später kam für uns das Ende bei den Germanisten, und ich setzte Himmel und Hölle in Bewegung, dass wir nahezu vollständig, ohne allzu große Verluste, bei der Theaterwissenschaft unterkamen. Und heute bin ich mir nicht mehr sicher, ob ich es hier bis zur Pension durchhalten kann. Seit sechs Monaten geht im Senat die Rede über eine erneute Evaluierung, die Uni muss weiter einsparen, noch mehr und noch mehr, koste es, was es wolle, und du weißt genauso gut wie ich, was das für uns bedeuten würde. Auf so etwas wie Solidarität kann ich nicht mehr hoffen, in den Rektoratssitzungen ist sich jeder selbst der Nächste, und wir gelten ohnehin als Exoten, als ein Orchideenfach. Wir bekommen keine Fördermittel, aus keinem Topf. Wir haben von der Cobac keine Stiftungsprofessur bekommen, die Zusage war heiße Luft, oder die Gesellschaft hat tatsächlich Zahlungsschwierigkeiten. Kurzum, wir kosten die Uni nur Geld. Die Folgen kennst du. Wir sind nicht mehr im Senat vertreten, wir sind nicht mehr stimmberechtigte Mitglieder, unser Stellenplan wird geradezu nach Belieben zusammengestrichen. Und ich kann nichts tun. Inzwischen kann ich nichts für mich tun, ich kann nichts für dich tun. Und all das weißt du genauso gut wie ich.«

»Sind wir eine Universität oder ein Dienstleistungsunternehmen, das sich nach Kundenwünschen zu richten hat?«

»Wenn die Bewerbungszahlen nach unten gehen, werden wir ersatzlos eingestellt.«

»Und so etwas nannte sich mal Alma Mater, Bildung und Wissen, nährende Mutter.«

»Sie nährt nicht mehr, jedenfalls nicht mehr ihre Professoren und Dozenten.«

»Tja, dann werd ich mal«, sagt Stolzenburg und erhebt sich umständlich aus dem Sessel, »meine wissbegierigen Studenten warten. Und wir wollen sie ja gut ausgebildet in die Arbeitslosigkeit entlassen. Das ist ja unsere pädagogische Pflicht, nicht wahr?«

Schlösser sieht ihn missbilligend an. »Drücken wir uns die Daumen, Rüdiger. Bist du nicht morgen in Basel? Dann grüß Gotthardt von mir.«

Drei

Das Seminar verläuft ohne Vorfälle. Es gibt kein Leuchten und kein Licht, keine Offenbarung, keine Idee, keinen Geistesblitz, keine Erkenntnis, weder bei ihm noch bei den Studenten. In den zwei Stunden taucht kein einziger Gedanke auf, der, wie unausgegoren auch immer, es wert wäre, entfaltet oder gar aufgeschrieben zu werden.

Sebastian Hollert hält ein Referat über Juden im London zur Shakespearezeit. Hollert ist der dümmste und gelangweilteste all seiner Studenten, und Stolzenburg musste ihn mehrfach mahnen, das übernommene Referat endlich auszuarbeiten und vorzutragen. Und nun spricht dieser Junge geschlagene dreißig Minuten, doppelt so lang, als es üblich und erforderlich ist, zumal über ein Thema, das ihn nicht interessiert und zu dem er vermutlich keine zehn Sekunden etwas zu sagen hätte. Er weiß, er ist ihm gegenüber ungerecht. Aber er kann und will es nicht ändern. Er hasst Hollert. Er hasst ihn aus einem, wie er sich eingesteht, dummen und banalen Grund. Hollert bekommt von seinen Eltern ein monatliches Salär, denn ein Stipendium will er eine Summe nicht nennen, die über seinem eigenen Monatsgehalt liegt. Und Hollert weiß das, und er weiß, dass er es weiß. Über die finanzielle Situation des Instituts und der Lehrkräfte sind die Studenten gut unterrichtet, und sie sprechen auch über das ihnen zur Verfügung stehende Geld, jedenfalls Hollert und jene zwei Studenten, die ebenfalls größere Einnahmen haben, wenn auch wesentlich weniger als dieser junge Krösus. Sie sprechen gern darüber, um die anderen zu demütigen, die anderen Studenten und auch die schlecht bezahlten Dozenten, wie er selbst einer ist. Hollert hat als Student mehr Geld zur Verfügung als er, und er wird nach seinem sinnlosen Studium in den väterlichen Betrieb einsteigen oder als Rentier dem Nichtstun huldigen und dabei durch sein Erbe noch weit mehr Geld erhalten. Und Stolzenburg weiß auch, dass Hollert ihn und seine Arbeit verachtet. Verachten muss. Studenten mit solch hohen monatlichen Schecks kann man nicht unterrichten, davon ist Stolzenburg überzeugt. Man kann einem Menschen, dem mehr, viel mehr, möglicherweise ein Mehrfaches an Geld zur Verfügung steht als einem selbst, nichts von der Welt erzählen. Es wäre vernünftiger, das Verhältnis umzudrehen, sein Schüler zu werden statt seinen Lehrer zu spielen, und sich von ihm die Welt und die Gesellschaft erklären zu lassen, und sei es nur, damit er zeigt, wo Barthel den Most holt.

Hollert hat erkennbar Mühe, sein Referat vorzutragen. Er versteht nicht, was er vorliest, die Sätze sind ihm fremd, deren Sinn ist ihm verschlossen, er liest einen Vortrag ab, der ihm offenbar nichts sagt, der für ihn ein Buch mit sieben Siegeln ist. Er hat ihn zusammengeschrieben, abgeschrieben, kopiert, ohne etwas zu begreifen. Vielleicht hat er ihn zuvor nicht einmal durchgelesen, sondern nur halbwegs passende Bausteine zu einem Thema zusammengestellt, und nun trägt er stotternd ein Referat vor, verkündet Thesen, die er nicht versteht. Mit einer einzigen Frage könnte Stolzenburg diesen aufgeblasenen Ballon zum Platzen bringen.

Hollert hat sich vermutlich sein Referat aus dem Internet zusammengestellt, aber er ist es leid geworden, seinen Studenten einen Betrug nachzuweisen. Er hatte von Kollegen erfahren, dass mittlerweile im Internet ein Programm angeboten wird, das die zusammengeklaubten Textstellen automatisch so weit verändert, dass jede oberflächliche Überprüfung folgenlos bleibt und bei einer intensiveren Untersuchung sich bestenfalls deutliche Verdachtsmomente herausstellen. Und er hat es satt, mit arbeitsunwilligen, verlogenen Studenten über einen Verdacht zu diskutieren. Er scheut den Ärger mit den Studenten. Vor vier Jahren hatte er einem Absolventen einen Betrug bei der Diplomarbeit eindeutig nachweisen können. Dem Studenten drohte die Aberkennung seines Abschlusses und die Aufkündigung eines gerade abgeschlossenen Arbeitsvertrags, und er nahm sich daher einen Anwalt, der ihn mit unverschämten Briefen und Anrufen traktierte. Stolzenburg wurde verklagt, und nur weil er sich schließlich zu einem Vergleich bereit erklärte, verlor er den Prozess nicht. Das Institut musste die Diplomarbeit anerkennen, und er selbst hatte auf Druck von Schlösser dem Betrüger das Diplom auszuhändigen. Das Institut, die Universität hatten ihn in diesem Rechtsstreit alleingelassen, obwohl er, allein um die Standards und das Ansehen ebendieses Instituts und dieser Universität zu verteidigen, den unverschämten Angeboten des Studenten und dessen Anwalt nicht nachgegeben und den Prozess riskiert hatte. Sogar die Prozesskosten hatte er zu tragen und daher entschieden, sich nie wieder für seinen Arbeitgeber über ein unumgängliches Maß hinaus einzusetzen. Warum auch? Er hatte nicht für die Uni zu sorgen, sie sorgte sich auch nicht um ihn. Und die Studenten waren ihm letztlich egal. Wenn sie nichts lernen wollten, so war das ihre Entscheidung, er war nicht ihr Kindergärtner. Und wenn sie, was neuerdings offenbar üblich wurde, eine verpatzte Arbeit nicht wiederholen wollten, sondern stattdessen einen Anwalt bemühten, der ihm Fehler und Unterlassungen nachzuweisen suchte, um ihm die Schuld an der unzureichenden Leistung anzulasten, dann geht er auf eine Verabredung ein, einen Deal, um weiteren Ärger zu vermeiden und keine Zeit zu verschwenden. Falls einem seiner Studenten einfallen sollte, seine Abschlussnote mit der Hilfe eines Anwalts verbessern zu wollen, er würde nicht mehr den Kohlhaas spielen, vielmehr einen weiteren Prozess vermeiden und ihm umgehend eine freundliche Zwei eintragen. Und sollte sich ein ganzes Anwaltsbüro bei ihm melden, ließe sich mit ihm auch über ein cum laude verhandeln. Er hat schließlich nur eine halbe Stelle an diesem Institut.

Hollert liest gelangweilt Worte und Sätze vor, mit denen er nichts anzufangen weiß. Er benutzt Fremdworte, die er nur selten korrekt ausspricht, bei einer Anfrage nach ihrer Bedeutung geriete er in hilfloses Stottern. Aber Stolzenburg fasst nicht nach. Nicht mehr. Und schon gar nicht bei einem Typen wie Hollert. Er will auch nicht wissen, wieso dieser Kerl studiert, wozu er das nötig hat und warum er sich ausgerechnet in seinem Institut einschreiben musste.

Hollert ist gelangweilt, Stolzenburg ist gelangweilt und die Seminargruppe ebenfalls. Als Hollert endlich den Schluss findet, dankt er ihm knapp und fordert die Anwesenden auf, sich zum Vortrag zu äußern. Die Diskussion schleppt sich dahin, es sind nur zwei der vierzehn Teilnehmer des Seminars, die sich zu Wort melden, es sind immer dieselben zwei Studenten, die mit ihrem Eifer vermutlich ihren begrenzten Geisteshorizont zu erweitern oder zu verbergen suchen. Stolzenburg arbeitet sein Programm ab, das Programm des Instituts, er liefert das Verlangte. Falls einer der jungen Leute ihm gegenüber etwas mehr vorzuweisen hätte, etwas mehr Geist oder Neugierde oder nur Lebhaftigkeit, würde er darauf eingehen und den Betreffenden zu fördern suchen. Er würde ihm Lektüre empfehlen, zusätzliche Arbeiten abverlangen, ihm in seinen Sprechstunden auch einen zusätzlichen Vortrag halten. Er war bereit, mehr zu geben, aber nur, wenn es verlangt sein sollte, und es wurde höchst selten verlangt. Das Übliche reicht, sagt er sich und lässt seinen Blick durch den Raum gleiten, schaut sich die Gesichter an und stellt sich vor, was diese Jungen und Mädchen in zwei, drei Jahren machen werden, wenn sie die Universität mit einem sinnlosen Diplom verlassen und – ausgenommen jener drei, die lebenslang vom Elternhaus gut versorgt werden – einen Kurzzeitjob nach dem anderen annehmen müssen oder neue Rekruten im riesigen Heer der jahrelangen Praktikanten werden. Neunundfünfzig, sagt er sich, das ist dagegen eine recht angenehme Alternative. Man bekommt in diesem Alter zwar keine volle Stelle, aber er hat immerhin eine halbe, und das ist mehr, als die Mehrheit von diesen jungen Leuten je bekommen wird.

Am Seminarende, als er sich bereits verabschiedet hat und den Raum verlassen will, erkundigt sich Hollert, ob Stolzenburg mit seinem Referat zufrieden war, wie er es beurteilt.

»Erstaunlich«, sagt Stolzenburg, »ganz erstaunlich. Sie waren sehr fleißig. Ihr Vortrag war nicht originell, es gab keine Überlegung, die neu und mir unbekannt war, die ich nicht hier und dort bereits gelesen hatte. Aber fleißig, das waren Sie. Eine große Schreibleistung. Sie haben mich verblüfft, Hollert.«

»Und mehr haben Sie nicht dazu zu sagen?«

»Es war mehr, als ich erwartet habe. Wie gesagt, erstaunlich. Ich denke, Sie sollten mit sich zufrieden sein.«

»Ich wollte eigentlich wissen, ob Sie zufrieden sind.«

»Ich? Was wollen Sie hören? Sie sollten nicht zu viel von sich erwarten. Mich zufriedenstellen, das gelingt selbst mir selten.«

Einige Mädchen kichern.

»Niemals kann man vorsichtig genug sein, als wenn man andere zu sprechen lehrt«, fährt Stolzenburg fort, »das jedenfalls meinte Konfuzius, und ich denke, er hat damit nicht unrecht.«

Er nimmt seine Tasche vom Pult, grüßt nochmals freundlich und verlässt den Seminarraum.

Er war nicht immer so übersättigt und zynisch gewesen. Auch er war einmal vergnügt und mit Energie in die Seminarräume gestürmt und zu seinen Vorträgen, war bemüht, die jungen Leute aufzuwecken, sie aus ihrer Lethargie zu reißen, ihnen Futter zu geben oder doch anzubieten. Er war ehrgeizig und lustvoll genug, sie zu unterhalten und zu begeistern, und er wollte von den Studenten bewundert und verehrt werden. Das war ihm damals gelungen. Seine Seminare waren überfüllt, als Betreuer für die Jahresarbeiten riss man sich um ihn, die Kollegen beneideten ihn um seine Akzeptanz bei den Studierenden. Zu unterrichten bereitete ihm Spaß, er genoss es, ein Lehrer zu sein. Dabei galt er, wie er wusste, als streng und anspruchsvoll, er sei nie zufriedenzustellen, doch es hieß, er sei gerecht und höre zu, was offenbar seltene Lehrertugenden waren, denn ebendiese in seinen Augen Selbstverständlichkeiten wurden immer wieder gerühmt. Damals, sagt er sich heute, hat er sich seine Studenten noch erzogen.

Ein kleiner Vorfall in seinem zweiten Jahr an diesem Institut wird ihm unvermittelt erinnerlich. Es war nur eine Winzigkeit, aber sie hatte Aufsehen gemacht und war typisch für den Ruf, den er damals genoss. Er hatte das allererste Seminar für frisch immatrikulierte Studenten zu leiten, die er eine Woche zuvor bei einem informellen Treffen kennengelernt hatte und bei dem er ihnen die künftige Arbeit vorstellte und ihnen eine allererste Aufgabe, ein Lesen und Analysieren von Shakespeares *Zwölfte Nacht*, für die erste Seminarstunde nannte. Selbstverständlich, sagte er, werde man über das englische Original sprechen, man möge sich also keine der Übersetzungen nehmen, sonst würden sie aneinander vorbeireden. Die Studenten hatten laut gestöhnt, was er belustigt zur Kenntnis genommen hatte. Der erste Student, den er im Seminar aufrief, ein rothaariger, verpickelter Hesse, entschuldigte sich wortreich, er habe sein Quartier nicht beziehen können und sei noch immer auf Zimmersuche, weshalb er nicht dazu gekommen sei, das Stück genau zu lesen. Ohne darauf einzugehen, rief er dessen Nachbarin auf, eine kleine Schönheit aus Leipzig, die umgehend zu einer Suada ansetzte, um überaus wortreich gleichfalls mitzuteilen, auch sie habe das Stück nicht gelesen oder nur in einer Übersetzung. Wir haben so viel zu tun, Herr Professor, das können Sie sich gar nicht vorstellen, sagte sie zu seinem unaussprechlichen Vergnügen. Belustigt und fast heiter erkundigte er sich, wer von den anwesenden Herrschaften gleichfalls zu überlastet gewesen sei, um innerhalb einer Woche ein paar Seiten englischer Literatur zu lesen. Zögernd gingen zwei Arme hoch, und bald danach, da er sehr gelassen vor ihnen stand und auf ihre Reaktion wartete und wohl ermutigt durch das Beispiel der ersten vier Geständigen, meldeten sich weitere Studenten. Von den achtzehn Anwesenden hatten lediglich sechs die gestellte Aufgabe erfüllt. Stolzenburg blieb freundlich, er schien nicht verärgert zu sein, stattdessen sagte er ruhig und fast liebevoll zwei, drei Sätze über die Notwendigkeit, das Alltagsleben, die Schwierigkeiten eines neuen Lebensabschnitts und die Studienverpflichtungen unter einen Hut zu bekommen. Es war kühl im Seminarraum, alle Studenten glaubten, dem Herrn Professor sei es zu kalt, als er sich während seiner Ausführungen den Mantel vom Haken nahm und überstreifte. Dann griff er nach dem kleinen Zettel, der auf seinem Pult lag, steckte ihn in eine Manteltasche, ging zur Tür, öffnete sie und wandte sich um. Der Studentenvertreter, sagte er, möge ihm bitte mitteilen, wann alle Seminaristen, aber auch wirklich alle, das Stück gelesen oder vielmehr studiert hätten, damit er endlich das erste Seminar mit ihnen durchführen könne. Danach verschwand er, und die Studenten saßen einige Minuten schweigend auf den Plätzen, unsicher und ungewiss, was sie nun zu tun hätten, bevor es laut wurde und man sich gegenseitig beschuldigte. Stolzenburg hatte niemanden über diesen Vorfall informiert, doch er sprach sich am Institut herum, und selbst Schlösser kam nicht umhin, sich dazu zu äußern. Er beglückwünschte ihn, als habe er eine Heldentat begangen, was Stolzenburg lächerlich erschien.

Man muss ihnen die Leviten lesen, hatte er lediglich erwidert, dann wird schon etwas aus ihnen.

Und nun, nach all den Jahren müßiger Mühe, will er nichts und keinen mehr zurechtbiegen. Wozu auch? Wenn er die jungen Leute vor sich sah, von denen ein paar lebenslang vom vermögenden Papa ausgehalten werden und die übrigen ihren Lebensunterhalt vermutlich mit dem Steuern eines Taxis verdienen müssten, fragte er sich, weshalb sie von seinem Institut ein Diplom in der Tasche haben und ihm auf die Nerven fallen mussten. Er jedenfalls hatte sich von seinen Illusionen verabschiedet, nun hatte er die Pension fest im Blick. So lächerlich gering sie auch sein würde, er wollte sie keinesfalls aufs Spiel setzen. Ein dienstliches Vergehen mit schwerwiegenden Folgen wollte er in jedem Fall vermeiden, und da eine Auseinandersetzung mit einem Studenten schwerwiegende Folgen haben konnte, ließ er die Fünf eine gerade Zahl sein, jedenfalls soweit dies nicht gleichfalls schwerwiegende Folgen haben könnte.

In seinem Wortschatz war ein neuer Begriff aufgetaucht, ein Wort, vor dem er sich noch vor wenigen Jahren geekelt hatte, ein Wort, das bisher mit seiner Kultur und seiner Bildung, mit seiner Auffassung von Universität und Lehre, von Humanitas und Leben unvereinbar gewesen war. Ich lerne hinzu, sagte er sich, als er das Wort »abreißen« zum ersten Mal gebrauchte, als er zu einer Kollegin sagte, er habe noch ein Seminar »abzureißen«. Damals war er zusammengezuckt, aber da die Kollegin auf diesen für ihn merkwürdigen Ausdruck überhaupt nicht reagierte und die Wortwahl sie keineswegs verstörte, lächelte er über sich selbst. In Wahrheit war er längst dabei, seine Vorträge und Seminare »abzureißen«, bevor er dieses Wort in den Mund nahm. Er war alt geworden und zynisch, oder, was er als Erklärung vorzog, er war belehrbar. Er riss seine Stunden herunter, er arbeitete mit uralten, vor Jahren erstellten Manuskripten, er lebte von der Wiederholung und scheute sich auch nicht, wie ein Stadttheaterbuffo die erfolgreichsten Stücke seines Repertoires immer wieder anzusetzen und, am Pult stehend, einen unendlich oft durchgekauten Gedanken auf eine Art zu präsentieren, als würde ihm dieser Geistesblitz gerade in jenem Moment einfallen, als könnten die Studenten Augenzeugen sein, wie er, den zerstreuten Blick aufs Fenster oder gegen die Decke gerichtet, ganz in sich ruhend, nachdenkt und elegante, geistvolle und witzige Apercus formuliert, scheinbar völlig in sich versunken, als habe er das Seminar und die Studenten vergessen und lebe und bewege sich in der reinen Welt der Wahrheit und der Künste. Er nahm, ohne zu ihnen zu schauen, wahr, wie sie ihm begeistert folgten, seine Bemerkungen notierten und voll Achtung und Bewunderung zu ihm sahen.

Es hatte eine Zeit gegeben, in der es ihm unangenehm aufstieß, wenn er einen seiner Gedanken ein weiteres Mal äußerte. Es passierte, es unterlief ihm, und sobald er es bemerkte, war es ihm peinlich, er schämte sich dafür und hatte sogar das Gefühl, rot zu werden, obgleich die Wiederholung keinem aufgefallen war und kein anderer sie bemerken konnte. Damals hasste er nichts so sehr wie diese Wiederholungen, den Abklatsch von geistiger Arbeit, diese Duplikate des Denkens und des Unterrichtens. Er verachtete jene Kollegen, die seit Jahren und Jahrzehnten den immer gleichen Stoff, die gleichen Themen behandelten und hemmungslos vor den neuen

Semestern dieselben Vorträge hielten, die schon Studenten gehört hatten, die längst die Universität verlassen hatten. Er verachtete diese Kollegen, aber noch mehr irritierten sie ihn damals. Ihm war es unverständlich, wie ein geistig arbeitender Mensch sich damit abfinden und zufriedengeben konnte, die immer gleichen Thesen und Sätze von sich zu geben, wie ein Tonbandgerät, wie ein Automat. Ihm schien das unendlich langweilig zu sein. Ihn ärgerte die mangelnde geistige Hygiene, die Lethargie der Kollegen, ihre Unbeweglichkeit, aber vollkommen unbegreiflich war ihm, wie ein Hochschullehrer, ein ausgewiesener Pädagoge und Wissenschaftler, sich damit begnügen konnte, unentwegt den gleichen, ihn notwendigerweise langweilenden Stoff durchzukauen. Er war so aufgeschlossen und lebendig, ihnen in diese Faulheit nicht zu folgen und stattdessen in jedem Jahr neue Stoffe für seine Seminare anzukündigen, auch wenn ihn das seine gesamte freie Zeit kostete und weit mehr als das Zeitbudget einer halben Stelle. Die Kollegen bemerkten es natürlich, es gab wohlmeinende oder ironische Hinweise, er könne sich seine Lehrtätigkeit ökonomischer gestalten. Als sich Schlösser einmal nach seinem enormen Arbeitspensum erkundigte und ihn fragte, wieso er selbst die Vorlesungen zum Thema seiner Doktorarbeit – ihretwegen war man auf ihn aufmerksam geworden, hatte ihn zu einem Vorstellungsgespräch geladen und ihm schließlich die Stelle angeboten – nur in einem einzigen Studienjahr anbot und als einziger Dozent keine der Lehrveranstaltungen wiederholte, hatte er den Kopf geschüttelt und erwidert: »Wiederholen? Dasselbe noch einmal formulieren? Ach nein, dafür bin ich nicht geeignet. Dazu bin ich zu arrogant.«

Und dann hatte er gelächelt, sehr freundlich und überaus verbindlich, so dass Schlösser unsicher sein musste, wie ernsthaft er das meinte.

Das war Jahre her. Irgendwann hatte er einen älteren Vortrag ausgraben müssen, weil er im Sommer nicht dazugekommen war, einen neuen Stoff zu erarbeiten, da ihn andere Aufträge, mit denen er Geld verdienen musste, davon abgehalten hatten. Es waren für ihn unangenehme Wochen, als er in der Sitzung die Veränderung bekannt gab und das Forschungsprojekt einer Studiengruppe als Begründung erwähnte. Keiner der Kollegen hatte sich dazu geäußert, keiner von ihnen erhob einen Einwand, aber natürlich verstanden alle, dass auch er nun zu einem älteren, vor Jahren ausgearbeiteten Manuskript greifen werde. Sie werden es genossen haben. Mit Vergnügen werden sie registriert haben, wie der arrogante Adler auf dem harten Boden ihrer Realitäten gelandet – oder vielmehr aufgeschlagen war und sich Beulen und Blessuren geholt hatte. Und bei dem ersten wiederholten Vortrag, als er die alten, vor Jahren in einem grauen Leitz-Ordner abgehefteten Seiten wieder aufschlug, um sie vorzulesen, war ihm unbehaglich. Ihm war, als hätte er Fieber, und wie ein kleiner Schüler dachte er daran, die Veranstaltung wegen Krankheit abzusagen, sich in die Krankheit zu flüchten. Am Pult war er verlegen und nervös, er musste sich mehrmals unterbrechen, um nach der Wasserflasche zu greifen, da ihm ein Kloß im Hals zu stecken schien. Unsinnigerweise befürchtete er, dass einer der Studenten ihn darauf aufmerksam machen würde, ihm sage, er habe diesen Vortrag bereits vor fünf Jahren gehalten, stattdessen gab es nach der Veranstaltung ein freundliches Klopfen auf die Tische, das ihm sogar heftiger und begeisterter als üblich erschien, so dass er sich fast verbeugt hätte. Und ein weiteres Jahr später trug er wiederum einen älteren Text vor, den er diesmal rechtzeitig und von vornherein angekündigt hatte, weshalb er vor den Kollegen keine Veränderung bekannt geben musste. Und dann hatte er häufig und wie alle anderen Kollegen zu ausgearbeiteten Manuskripten gegriffen. Ich habe nur eine halbe Stelle, hatte er sich gesagt, bei einer halben Stelle kann keiner mehr von dir verlangen, auch du selbst nicht. Und dennoch war es ihm unangenehm, und dieses Unbehagen blieb.

Etwas hatte sich verändert. Er hatte sich verändert. Sein Ehrgeiz war geschwunden, war ihm abhandengekommen, hatte sich leise und unmerklich verabschiedet. Er ertappte sich, wie er bei den Vorbereitungen für seine Seminare flüchtig die Texte durchging, in der Sekundärliteratur überdrüssig blätterte, sich lustlos Notizen machte, nicht mehr an dem Thema interessiert war, sondern sich lediglich Stichpunkte herausschrieb, um für das Seminar gewappnet zu sein. Folgte er nun seinen Studenten in ihre allgemeine Gleichgültigkeit, ihre Apathie? Hatte er sich von ihnen anstecken lassen, von ihrer überwältigenden Teilnahmslosigkeit in seinen Lehrveranstaltungen, dem ganzen Studium gegenüber? Oder begann damit das Altern, sein Altern? Ein dummes Haushalten mit den eigenen Kräften, die Rücksicht auf sich selbst? Nun fehlte nur noch, dass er sich einen Mittagsschlaf angewöhnt, sich wie Rothmeier nach dem Mittagessen in sein Arbeitszimmer zurückzieht, der Sekretärin mitteilt, für eine halbe Stunde unerreichbar zu sein, um sich dann aufs Ohr zu legen.

Und wann hatte das angefangen? Seit wann unterschied er sich nicht mehr von den Kollegen, wann hatte sein Abstieg in die Normalität begonnen? Wenn er ehrlich war, musste er sich eingestehen, dass er seit Jahren auf diesem Weg dahinschlitterte. Vielleicht hatte es mit der Fleischbeschau begonnen, mit dem Tag, an dem auch er die neuen Studentinnen lange ansah und über sie sprach wie die verachteten Kollegen. Vielleicht war es der Vormittag in jenem Jahr, als er die Studenten eines ersten Studienjahres begrüßte, wie stets eine Namensliste anfertigen ließ und mit besonderer Aufmerksamkeit die Mädchen in Augenschein nahm, sie taxierte, sich für sie interessierte. Als auch er in dieser allerersten Stunde, an dem Tag, an dem er ihnen zum ersten Mal begegnete, eins der jungen Gesichter nach dem anderen eingehend prüfte, nicht, um nach einer möglichen Intelligenz oder Witz zu forschen, vielmehr um ihre Attraktivität zu begutachten. Er sprach mit allen ein paar Worte und brachte unter einem unverdächtigen Vorwand die Mädchen, die ihm gefielen, dazu, aufzustehen und zu ihm zu kommen oder den Raum zu durchqueren. Welches könnte ihm gefallen, mit welcher der entzückenden jungen Damen würde er mehr zu tun haben, als von der Institutsleitung vorgesehen war? Welche von ihnen würde er irgendwann – nach einem Referat, das sie gehalten und er als ungewöhnlich und herausragend gelobt hatte, oder nach einer misslungenen Prüfung oder auch ohne jeden Anlass – einladen, mit ihm essen zu gehen, um sie anschließend in seine Wohnung zu bitten, weil er ihr etwas zeigen oder geben wollte.

Von einem Missbrauch, von einer Verführung zu reden, wäre unsinnig. Die jungen Frauen waren volljährig, sie waren nicht naiv und unschuldig, sie wussten Bescheid, waren aufgeklärt, aufgeklärter, als es seine Generation seinerzeit war. Sie alle, da durfte er sicher sein, wüssten beim ersten Satz, bei seinem allerersten und möglicherweise unbeholfenen und verlegenen Versuch, sie einzuladen, um was es ging, was er ihnen nach dem Essen in seiner Wohnung zeigen und geben wollte. Sie wussten seit der allerersten Stunde, seit er sie genötigt hatte, aufzustehen, um sich ihm zu präsentieren, dass er mit ihnen schlafen wollte. Das waren keine unerfahrenen Jungfrauen, die mit Mädchenschwärmereien und Illusionen an die Universität kamen. Das waren, trotz ihrer Jugend, erfahrene Frauen, erfahren jedenfalls im Sex. Sie konnten, und er hatte es erlebt, mit ihrer unverblümten Direktheit einen älteren Mann wie ihn verblüffen und in die Enge treiben, und sie beurteilten ihrerseits die männlichen Dozenten auf genau die gleiche Art, wie er und seine Kollegen es mit den Mädchen taten. Du willst doch nur mit mir ficken, hatte ihm eine dieser jungen Schönheiten erwidert, als er sie zu einem Essen einlud. Sie hatte ihn geduzt und ihn, noch bevor er die ihm unterstellte Absicht energisch zurückweisen konnte, angestrahlt und die Einladung angenommen. Zum Essen und zum Ficken. Unterrichten war ein Geben und Nehmen, so hatte er es einst bei seinen Lehrern der Pädagogik gelernt, und nichts anderes praktizierte er, wenn er dieses Geben und Nehmen ein wenig erweiterte.

Was sich verändert hatte, wo er sich verändert hatte, das war vielleicht lediglich das Alter. Sein Älterwerden. Das nahende, noch nicht fühlbare, aber unabweisbare und nicht mehr zu verdrängende Altern. Eine uneingestandene Angst vor dem Ende, dem Schlusspunkt. Dem Ende des Lebens oder eines gesunden Lebens. Dem Ende seiner kraftvollen, potenten Existenz. Es gab nicht den geringsten Hinweis auf irgendwelche Beschränkungen, weder geistige noch körperliche, er fühlte sich unverändert gut, gefühlte zwanzig Jahre jünger, als er es war. Aber er war nicht mehr Mitte dreißig, sein wirkliches Alter war in seinem Körper vorhanden, es steckte dort im Kopf, in den Därmen, im Herzmuskel, im Geschlechtsteil, und es würde sich melden. Unvermutet vielleicht. Überraschend in einem bestimmten Jahr, in einem gewissen Monat. Oder schlagartig an einem Tag. Dann wäre er auf einmal ein alter Mann. Ein Greis. Und er wusste nicht, wie viel Zeit ihm bis zu diesem Finale blieb. Sicherlich zehn Jahre. Mit etwas Glück zwanzig. Sehr viel mehr gewiss nicht. Und dann würde alles peinlich werden. Peinigend. Die Haut schlaff, die Haare heftig gelichtet, ein paar Fettpolster hier und da, die man weder im Sportstudio noch durch Laufen oder harte Fahrradtouren zum Verschwinden bringen konnte, ein völlig harmloses, aber hässliches Liposom, das ihn entstellt, unattraktiv macht. Wenn er sich dann mit einer Frau verabreden würde, mit einer vermutlich jüngeren Frau, denn er hatte immer jüngere Frauen, sehr viel jüngere Frauen, würde er sich eilig auskleiden und im Bad verschwinden oder sich rasch unter einer Decke verstecken, um ihrem spöttischen Blick, frechen Kommentar zu entgehen. Sie würden sich lieben, doch den nackten Körper zu präsentieren, völlig unbefangen durch das Zimmer zu gehen, das wird dann wohl der Vergangenheit angehören, für immer. Er wäre begierig, sie zu betrachten, ihr nachzusehen, wenn sie durchs

Zimmer lief, sich im Bad wusch, auf der Klobrille hockte. Und er würde alles tun, um zu vermeiden, dass auch sie ihn außerhalb des Bettes nackt zu sehen bekam. Er würde es vermeiden, ohne dass es ihr auffiel, jedenfalls hoffte er das. Keinesfalls sollte das Mädchen, wer immer es sein würde, bemerken, dass er sich verbarg, seine Blöße bedeckt hielt. Denn die zu verdeckende Blöße, das wäre dann nicht mehr nur jener kleine Zipfel zwischen den Beinen, das wäre der gesamte Körper, Bauch und Rücken, Kopf und Beine. Mit einer Hand, mit einem Feigenblatt ist das nicht zu verdecken, da braucht es einen dicken Bademantel, in den man sich, Kälte vorschützend, wickelt. Und in diesem befürchteten Monat, an diesem Tag, der ihm die Tür in seine verbliebene Zukunft wies, ins Aus, ins Nichts, würde er überrascht und beschämt feststellen müssen, dass er zur Liebe nicht mehr fähig war, dass ihn das Alter impotent gemacht hatte. Vermutlich würde er noch begehren, würde seine Hand ausstrecken, um eine fremde Haut zu streicheln, nach einem Körper zu greifen, eine weibliche Brust zu umfassen, einen Frauenschenkel zu berühren, aber alles bliebe folgenlos. Ein Tag einer völlig neuen Peinlichkeit. Er würde vermutlich die Frau erregen, vielleicht wäre er auch selbst erregt, aber bei ihm würde sich nichts mehr rühren. Eine Erregung im Kopf, in der Fantasie, unbrauchbar, nutzlos, folgenlos, lächerlich. Ein lächerlicher Mann, das wäre er, und vermutlich würde die Frau auch lachen, mitleidig, boshaft, verärgert. Er würde dann irgendetwas zu erklären versuchen, was keiner Erklärung bedurfte. Er würde etwas vorschützen, von irgendeinem Problem reden, das ihn unablässig beschäftigte und ablenkte, einer beruflichen Überanstrengung, einer familiären Sorge. Dann würde er ins Bad gehen, die Tür schließen und in den Spiegel schauen, um sich von sich selbst zu verabschieden. Vielleicht würde er sich noch einen weiteren Versuch zugestehen oder es immer wieder erproben, weil er es nicht glauben wollte. Er würde sich sorgsam für das weitere Experiment vorbereiten, für die Stunde seiner männlichen Bestätigung oder für die endgültige Erkenntnis seines Zustands, seines Alters. Er würde zuvor jeden Stress vermeiden, nicht zu viel essen, keinesfalls etwas trinken. Den Körper etwas mehr und etwas sorgfältiger pflegen, um die kleinen Defizite, die Fettpolster zu übertünchen. Vielleicht würde er sich gar entsprechende Zeitschriften kaufen, um sich anzuregen, oder mit seinem Hausarzt reden und sich ein Medikament empfehlen lassen. Aber falls er erfolglos bleibt, wenn all seine Bemühungen immer wieder in Peinlichkeiten enden, dann wird er aufgeben, endgültig und hoffentlich für immer. Rüdiger Stolzenburg verlässt die Matte, gibt auf, zieht sich für alle Zeiten an den Rand des Spielfelds zurück. Und er wird hoffen, keine neuen Dummheiten zu machen, nicht mehr das Blut in den Ohren, durch den Körper rauschen zu hören. Und führe uns nicht in Versuchung, sondern erlöse uns von dem Übel. Vielleicht meinten die Kirchenväter ebendiese Verführung, den Trieb, den Sex, die Gier auf die andere Haut, das fremde Fleisch. Es waren vermutlich gleichfalls ältere Herren, die diese Gebote und Gebete verfasst hatten, und vermutlich steckte auch in ihnen der alte Stachel aus dem Paradies oder der Hölle.

Dumme Aussichten, aber die einzigen, die er hat. Nicht heute und morgen, aber bald. Ein paar Jahre, die man noch ein Mann ist. Und dann? Was ist man dann? Ein Neutrum? Ein geschlechtsloses Wesen? Man wird der Umgebung auf den Wecker fallen, der Freundin, der Tochter, den Krankenschwestern, den Ärzten, das gewiss. Man wird sich möglicherweise auf das Essen konzentrieren. Falls die Geschmacksnerven nicht auch zum Teufel gegangen sind und es völlig einerlei ist, was er sich kocht, was man ihm hinstellt. Oder man wird zum Liebhaber der Natur. Genießt den Gesang der Vögel, erfreut sich an den Bäumen, dem neu aufbrechenden Grün, an den Spaziergängen. Vielleicht auch an den jungen Menschen? An den jungen Mädchen? Platonisch. Ganz selbstlos, interesselos, ohne jede Absicht. Er kann es sich nicht vorstellen, aber es ängstigt ihn.

Die Zeit läuft ab, seine Zeit. Dieser Gedanke war ihm im vorigen Jahr zum ersten Mal gekommen, als er von einem Kommilitonen hörte, der in Pension ging. Ein Kumpel, ein Kneipenbruder der Studienjahre, ein Tausendsassa und Draufgänger, ein Mann seines Jahrgangs war Rentner geworden. Er war erstaunt, als er davon hörte, irritiert, glaubte an einen Scherz, einen Steuertrick, einen Schachzug, um sich irgendwelchen Zahlungen und Verpflichtungen zu entziehen, aber im nächsten Moment war er tief erschrocken. Die Einschläge kommen näher, mit diesen Worten hatte ein Mann in einer Kneipe grinsend den Tod eines Nachbarn kommentiert. Eine Pensionierung ist auch so ein Einschlag. Eine Voranmeldung, ein erster Tod. Die große Skala hat ein Ende, und man ist bedenklich weit auf ihr vorangekommen.

Stolzenburg geht, bevor er das Institut verlässt, in die Bibliothek. Er will sich erkundigen, ob seine über die Fernleihe bestellten Bücher endlich eingetroffen sind. Marion, die Bibliothekarin, gratuliert ihm zum Geburtstag. Offenbar hat Sylvia dem ganzen Haus Bescheid gegeben. Er dankt ihr, fragt nach seiner Bestellung und erfährt, dass die Bücher noch immer nicht eingetroffen sind.

»Ist es sehr dringend, Rüdiger? Soll ich anrufen und nachfragen?«

»Nein, alles nicht wichtig. Ich komme momentan sowieso nicht dazu.«

»Und was machst du heute? Ich denke, es steigt eine große Feier.«

»Auch dafür habe ich keine Zeit. Morgen früh muss ich wieder mal nach Basel, da will ich ausgeschlafen sein.«

»Basel? Sehr schön. Für mich wäre Basel das schönste Geburtstagsgeschenk.«

»Ja, wenn ich dort Zeit hätte. Aber ich fliege nur einen Tag hin und werde froh sein, beim Umsteigen in München den nächsten Flieger zu erreichen. Von Basel werde ich nichts sehen, gar nichts.«

»Trotzdem, ich fliege einfach gern. Für mich wär es ein Fest.«

Er geht zum Zeitschriftenregal, blättert kurz in den beiden ausliegenden Tageszeitungen, dankt ihr nochmals und wünscht ihr einen schönen Feierabend, denn es ist Mittag und Marion wird das Institut um eins verlassen. Sie hat einen Vertrag über sechzehn Wochenstunden, weshalb die Institutsbibliothek nur noch an zwei Vormittagen und einem Spätnachmittag offen ist. Von einer halben Stelle, wie er sie hat, kann sie bloß träumen, und sie weiß, dass die winzige Bibliothek auf der Streichliste oben steht, ganz oben, und sie wird die nächste Überprüfung nicht überleben. Neuanschaffungen sind äußerst begrenzt, sie ist auf Belegexemplare und Buchspenden angewiesen. In den letzten zwanzig Jahren gab es zweimal größere Zugänge, als sie die Witwen zweier emeritierter Professoren überreden konnte, die umfänglichen Privatbibliotheken ihrem Institut als Schenkung zu überlassen.

Trotz ihrer prekären beruflichen Situation war Marion stets gut gelaunt, sie beklagte sich nie. Sie war eine hochgewachsene üppige Frau, lebensfroh und aufgeschlossen. Sie hatte sich kurz nach der Geburt einer Tochter von ihrem Mann getrennt und ihr Kind allein aufgezogen. Seit acht Jahren hatte sie ein Verhältnis mit einem Professor von der medizinischen Fakultät, einem Orthopäden, der mit einer querschnittsgelähmten Frau verheiratet war und mit Marion jedes Wochenende verbrachte. Die Ehefrau wurde an diesen beiden Wochentagen von einer Krankenschwester betreut. Über das Verhältnis ihres Mannes war sie informiert und billigte es, sie verstand ihn, auch wenn sie es vermied, Marion kennenzulernen, sie zu sehen. Der Orthopäde war ein passionierter Segler und fuhr vom frühen Frühjahr bis in den Herbst hinein jedes Wochenende mit der Geliebten zu seinem Segelschiff auf einem See irgendwo in der Mark, um sich dort zu erholen. Im Winterhalbjahr trafen sie sich in Marions Wohnung und unternahmen, wenn es sein Dienstplan erlaubte, mit dem Auto kurze Reisen in die umliegenden Städte oder buchten eine zweitägige Flugreise in Städte der Nachbarländer. Marion gefiel diese Beziehung, wie sie Stolzenburg erzählt hatte. Etwas Spaß und keinerlei Verpflichtungen, das war alles, was sie von Männern erhoffte und erwartete. Und von ihr sei auch nicht mehr zu erwarten, jedenfalls würde sie die Beziehung mit ihrem Professor umgehend beenden, wenn es Schwierigkeiten gäbe. Falls seine gelähmte Ehefrau mit dem getroffenen Arrangement nicht mehr zurechtkäme oder der Professor mehr von ihr verlangen sollte, als sie zu geben bereit war, dann würde sie diese hübsche Geschichte über Nacht beenden. Sie würde ihn auch nie heiraten, nie mit ihm zusammenziehen, selbst dann nicht, wenn er sich von seiner Frau scheiden lassen oder aus anderen Gründen plötzlich ungebunden sein sollte. Nur nicht zu viel Nähe, meinte sie, das habe sie hinter sich, das wolle sie nicht noch einmal. Und falls ihr generöser Professor ein Pflegefall werden sollte, er war immerhin zwanzig Jahre älter als sie, dann wäre es ganz bestimmt nicht sie, die seinen Rollstuhl schiebt. Ein Segelboot, eine Reise nach Venedig oder Paris, das seien amüsante Dinge, aber daraus ergeben sich keinerlei Verpflichtungen, sagte sie zu ihm und kicherte fröhlich.

Stolzenburg unterhielt sich häufig mit ihr. Er hatte sie gern, sie wirkte sehr anziehend auf ihn, und einmal, das war Jahre her, hatte er die sonnengebräunte Schönheit umworben. Sie waren zusammen essen gegangen, es wurde ein anregender Abend, aber sie hatte ihm sehr deutlich einen Korb gegeben.

»Keine so gute Idee, Rüdiger«, hatte sie gesagt, »am selben Institut zu arbeiten und dann ein Verhältnis, das ist schlimmer als Ehe. Und außerdem hast du kein Segelboot.«

Dann hatte sie ihr Glas hochgehoben und sich ausgeschüttet vor Lachen.

Er war nicht gekränkt, er verstand sie. Ihre Haltung gefiel ihm sogar, sie entsprach seinen eigenen Auffassungen. Was denn sonst waren Beziehungen? Ein paar

Freundlichkeiten, ein angenehmes Beisammensein, etwas Sex, Nähe auf Verlangen und stets ein Anrecht auf ausreichende Distanz. Und dieses Letztere, der Freiraum, war der alles entscheidende Knackpunkt einer Beziehung. Man wurde nicht zu einem Leib und einer Seele, das waren Kinderträume, die zu Katastrophen führen mussten. Eine Beziehung ist eine Freundschaft mit Bettlaken, nicht mehr, allerdings auch nicht weniger. Die Poeten und die Pfaffen haben sie mit einem Mythos umgeben, sie zu etwas Überirdischem verklärt, was das Ganze unbeweglich machte und schwerer zu handhaben als nötig. Und der Staat sah da seine Chance, in das lockere, brüchige Gefüge einer mehr oder weniger zufälligen Gemeinschaft von Menschen, einer sogenannten Nation, eine tragfähige Stabilität zu bringen. Ein gemeinsam bewohntes Territorium ist für eine Menschenansammlung keine ausreichende Fessel, um sie in Staatsabgaben, Kriegsdienste und lokale oder gar nationale Verpflichtungen einzubinden. Ehe und Familie dagegen, so privat und winzig sie erscheinen, sind der Nukleus, um Gemeinschaften zu festigen, Gesellschaften zu gründen, Staaten zu stabilisieren und zu verteidigen. So haben die Staatstheoretiker sehr bald und weltweit begriffen und durchgesetzt, dass eine stabile Beziehung zwischen zwei Individuen den Staat überlebensfähig macht, wenn diese Beziehung ausreichend umhegt, gefördert, begünstigt wird. Und was mit einem Kuss begann, mit einer ersten gemeinsamen Nacht, wird unter dem Druck der staatlich geregelten Moral und den kleinen Vorzügen und Vorteilen, von Zuwendungen und Begünstigungen zur Ehe zementiert. Zwei Menschen, die sich gern haben, die sich berühren und miteinander schlafen, die gemeinsam einen Alltag bestehen und überstehen wollen, werden, um einen Staat zu etablieren, genötigt und verführt, einen Gesellschaftsvertrag einzugehen, der in seiner Gültigkeit und seinen drakonischen Folgen bei Vertragsverletzung die bürgerliche Existenz massiv einschränkt und bedroht und den Strafen des Kriminalgesetzbuches kaum nachsteht. Der Krieg braucht den Familienvater, der zusätzlich zu seinem eigenen Leben den Staat verteidigen soll, und der fast unscheinbare Gesellschaftsvertrag Ehe macht es möglich. Eine Falle mit dem Lockmittel Lust, Sex als treibende Kraft nutzend, so verschafft sich der Staat die Voraussetzungen seiner Existenz. Mit Singles, mit einer Horde weiblicher und männlicher Junggesellen, ist keine Gesellschaft zu errichten und zu verteidigen, ist kein Staat zu machen. Sie sorgen lediglich für sich selbst, schützen sich und ihr Eigentum und sind für darüber hinausgehende Verpflichtungen und Gefühle, für Familie und Vaterland, schwerlich zu gewinnen.

Marion hatte ihm einen Korb gegeben, und er verstand sie. Sie hatte eine Beziehung, die für sie ausreichend war und auch ausreichend luxuriös. Sie hatte genügend Freiraum und war vor dummen Überraschungen geschützt, denn ihr Orthopäde war beschäftigt und durch Beruf und Ehefrau daran gehindert, über das geregelte und abgesprochene Beisammensein hinaus Forderungen zu stellen. Was konnte er dagegen bieten? Weniger Annehmlichkeiten und ein ständiges Sich-über-den-Weg-Laufen, denn selbst wenn jeder von ihnen seine Wohnung beibehielt, würde man sich zwangsläufig im Institut sehen. Damals hatte er genickt und gelacht und ihr die Hand geküsst.

Stolzenburg steht bereits an der Tür, als er sich nochmals zu Marion umdreht. Sie lächelt ihm zu, selbstsicher und ironisch, lächelt für einen Augenblick, den Bruchteil einer Sekunde, für einen winzigen Moment, in dem die ganze Welt steckt. Ja, das wär's, sagt er sich, das könnte es sein, und er weiß nicht genau, was er meint und denkt, und will es gar nicht wissen, nicht in diesem Moment. Er spürt, dass er rot wird. Verlegen nickt er und verlässt den Raum.

Als er das Treppenhaus erreicht, kommt ihm Manfred Krupfer entgegen. Ein Kollege mit einer vollen Stelle, Theorie der Kommunikation, was immer sich dahinter verbarg. Vor sieben Jahren hatte Stolzenburg bei einer Leitungssitzung erklärt, er stehe als Beisitzer in den Prüfungen, die Krupfer abnehme, nicht länger zur Verfügung. Er hatte, da Schlösser empört protestierte, seine Entscheidung wortreich begründen müssen, hatte seine Unkenntnis dieses Gebiets, seine mangelnde Qualifikation in Sachen kommunikative Theorien vorgeschützt und war zufrieden, dass es ihm bei seinen Bemerkungen zu Krupfer und über dessen Fach gelungen war, das Wort Geschwätz zu vermeiden, aber seine wahre Meinung über den Kollegen und dessen Theorien war trotzdem für alle im Sitzungszimmer versammelten Institutsmitarbeiter deutlich geworden. Krupfer und er redeten seit dem Tag nicht mehr miteinander, hatten sich seit sieben Jahren auf die unumgänglichsten Absprachen beschränkt, kühl, knapp, feindselig, doch in den vielen Jahren hatte zwischen ihnen kein einziges Gespräch mehr stattgefunden. Man ging sich aus dem Weg, was in einem so kleinen Institut und über einen so langen Zeitraum schwierig war und die Atmosphäre belastete.

Schlösser hatte sie wiederholt in sein Zimmer gebeten, sie ermahnt und ein Mindestmaß an Kollegialität von ihnen verlangt, da unter ihrem Zwist die Arbeit leide und das Klima alle Mitarbeiter belaste. Krupfer und Stolzenburg hörten sich die Ermahnung schweigend an und äußerten in seltener Gemeinsamkeit ihr Unverständnis für Schlössers Klage, versprachen dennoch, wenngleich sehr vage, sich um ein besseres Verhältnis zu bemühen.

Es änderte sich nichts oder wenig, da fortan beide noch weniger miteinander sprachen und die gelegentlich unumgänglichen Absprachen über die Nutzung von Seminarräumen, über Stundenpläne und Prüfungszeiten nach Möglichkeit durch Dritte tätigten.

Stolzenburg verachtete Krupfer aus ganzem Herzen. Er verachtete dessen Lehrfach, seine Person, sein ganzes Auftreten und vor allem seinen Umgang mit den Studenten oder vielmehr mit den Studentinnen. Es war ein offenes Geheimnis am Institut, dass Krupfer käuflich ist. Für Studentinnen käuflich. Gute Noten gegen Beischlaf. Manfred Krupfer mit seinem pockennarbigen, rötlichen Gesicht und der Hühnerbrust, dieser unansehnliche Krupfer, der nie eine Frau bezaubern oder verführen könnte, gab seit Jahren oder Jahrzehnten all jenen Studentinnen, die zu dumm oder zu faul waren, gute oder ausreichende Abschlussnoten, wenn sie sich bereitfanden, mit ihm ins Bett zu gehen. Ein offenes Geheimnis. Die Studenten redeten darüber, die Jungen jedenfalls. Die Mädchen teilten es sich flüsternd und kichernd mit, und alle hatten Vermutungen, wer von ihnen mit dem unsäglichen Krupfer ins Bett hüpfte.

Im Lehrkörper weiß man darum oder ahnt es, doch es

ist ein heikles Thema, bei dem man sich die Finger verbrennen kann. Zudem gibt es keine Beweise und wird es nie welche geben, denn keine der krupferwilligen jungen Damen wird bereit sein, den Dozenten zu beschuldigen. Im gleichen Moment wäre ihre Abschlussnote keinen Pfifferling mehr wert, und im günstigsten Fall hätte sie die Prüfung zu wiederholen, diesmal allein mit dem niedlichen Köpfchen und ohne Ganzkörpereinsatz, vielleicht aber würde die Uni das erpresste und gewährte Schäferstündchen als Betrug beider Beteiligter werten und das Mädchen exmatrikulieren. Es wird daher nie eine Zeugin gegen Krupfer auftreten, das weiß dieses Ekel, und er wäre gezwungen, gegen Gerüchte, falls irgendjemand der Kollegen darüber sprechen sollte, juristisch vorzugehen, um die Karriere und den Verbleib am Lehrstuhl nicht zu gefährden.

Krupfer widert ihn an. Nein, zu einem Manfred Krupfer wird er nicht werden, so tief will er nicht in der Banalität versinken. Als die beiden Männer auf gleicher Höhe sind, berühren sie sich fast. Sie sehen sich für einen Moment an, keiner von ihnen sagt etwas, dann sind sie aneinander vorbei, und eine kleine, klebrige Wolke bösartiger Lust platzt über ihnen und besprüht beide.

Auf dem Heimweg hält er am Mandelstam, stellt sein Rad in den Fahrradständer, geht in die Gaststätte und fragt das Mädchen hinterm Tresen, ob Speiche im Haus sei. Als er hört, dass sein Bekannter unterwegs ist und erst am Nachmittag auftauchen wird, erkundigt er sich, wer in der Küche steht.

»Heute ist Peter da«, sagt das Mädchen, »Peter ist neu, ist erst seit letztem Freitag bei uns, aber er ist sehr gut. Der kocht lecker. Das wird dir schmecken.«

Stolzenburg nickt, bestellt einen gespritzten Weißwein, nimmt die Speisenkarte und geht nach draußen, um sich an einen der Straßentische zu setzen. Er bedauert, dass er Marion nicht eingeladen hat. Er sitzt ungern allein in einer Gaststätte, er isst nicht gern allein, er liebt es zwar, allein zu sein, aber er ist ungern einsam. Als das Mädchen an seinem Tisch erscheint, klappt er die Karte auf und bestellt eins der Tagesgerichte.

Eine Stunde später ist er zu Hause, stellt das Rad im Hinterhof ab, nimmt die Post aus dem Kasten und geht in seine Wohnung hoch. Er legt die Unterlagen vom Seminar in sein Arbeitszimmer zurück, holt den ausgearbeiteten Vortrag für Basel aus einem Ordner und verstaut ihn in einer kleinen Aktentasche. Sekundenlang starrt er in die geöffnete Tasche, dann steckt er noch ein Buch und sein Reisenecessaire hinein. Von der Pinleiste über seinem Schreibtisch reißt er das ausgedruckte Flugticket ab und startet den Computer. Fünf Minuten später hat er die Plätze in allen vier Maschinen gebucht, druckt die Bestätigungen aus und überprüft die Daten. Damit sind die Vorbereitungen für den nächsten Tag abgeschlossen.

Er greift nach dem Telefon und ruft Patrizia an, doch nach dem ersten Klingelzeichen legt er rasch auf. Heute nicht, sagt er sich, sie würde es falsch verstehen. Lieber diesen Abend allein verbringen oder mit einer wildfremden Frau als mit einem Mädchen, das ihn am liebsten heiraten würde. Er nimmt das Handy, schickt ihr einen freundlichen, völlig unverbindlichen Gruß, man wird sich demnächst sehen, irgendwo, irgendwann. In der Küche macht er sich einen Kaffee und geht mit der Tasse und der Post auf den Balkon. Eine halbe Stunde später sitzt er an seinem Computer, um an einem Kleistaufsatz weiterzuarbeiten, den er vor zehn Tagen hätte abgeben müssen und den der Herausgeber einer Münchner Literaturzeitschrift bereits angemahnt hatte. Am späten Nachmittag meldet sich Patrizia am Telefon, sie ist gekränkt und eifersüchtig. Er versucht sie zu beruhigen, lacht über ihre Verdächtigungen, aber da sie den Tränen nahe ist, willigt er schließlich ein, sich am Abend mit ihr zu treffen. Sie verabreden sich in der Innenstadt, sie wollen ins Kino gehen, Stolzenburg verspricht, einen Film auszusuchen.

Er schaut sich in der Zeitung das Kinoprogramm an, die Filmtitel sagen ihm nichts oder wenig. Debile Dummheiten, damit kann man offensichtlich sehr viel verdienen. Es ist schließlich ein Spielfilm über Wrestler, für den er sich entscheidet. Irgendwo hatte er gelesen, es sei eine aufregende Analyse der amerikanischen Alltagskultur, eine ergreifende und messerscharfe Studie einer durch Gewalt verstörten und traumatisierten Gesellschaft, doch nach einer Stunde verlassen sie beide gelangweilt das Kino, und er entschuldigt sich bei Patrizia für seine Wahl. Er lädt sie zu einem Italiener ein, sie haben beide keinen Hunger, und Stolzenburg bestellt einen Teller mit verschiedenen Vorspeisen und für jeden ein Glas Wein. Dann laufen sie durch die nächtliche und vom Sommer aufgeheizte Stadt zu ihm nach Hause. Patrizia stellt mehrere Kerzen auf dem Balkon auf, während er in der Küche eine Flasche Wein öffnet. Bevor er mit den Gläsern und dem Wein zu ihr geht, zieht er Hemd und Hose aus und streift den neuen Kimono über. Sie lacht entzückt auf, als er auf den Balkon tritt.

»Ich liebe dich, Rüdiger«, sagt sie leise. Ihr Gesicht leuchtet hell im Licht der vielen brennenden Kerzen.

»Ja, ja«, erwidert er, küsst sie flüchtig auf die Wange und reicht ihr ein Glas.

Am nächsten Morgen fährt sie ihn mit seinem Auto zum Flughafen und verspricht, ihn abends abzuholen.

»Und bring mir eine Schokolade mit, Rüdiger. Eine mit Pfeffer, die habe ich am liebsten.«

»Kann ich nicht versprechen. Ich weiß nicht, ob ich so viel Zeit habe, ich werde froh sein, die Anschlüsse zu erreichen. Bis heute Abend.«

Vier

Nach dem Vortrag an der Basler Kunsthochschule geht er mit Gotthardt und der kleinen spitznäsigen Frau, die an der Schule für Bühnenbild zuständig ist, zu einem Italiener in der Nähe, die Hochschule bezahlt. Das Budget, hatte ihm Gotthardt vor vierzehn Tagen am Telefon gesagt, erlaube ein Essen, so arg sei es bei ihnen noch nicht.

Stolzenburg ist mit der Veranstaltung zufrieden. Die Studenten hatten am Schluss heftig auf die Tische geklopft, er hatte sie scheinbar nicht gelangweilt. Andrerseits hält er den Vortrag über europäische Theaterbauten zur Shakespearezeit bereits zum achten Mal, er kann ihn fast auswendig und weiß mittlerweile, was die Studenten interessiert, wo sie ihm aufmerksam zuhören und wann sie träge dahindämmern.

Auf dem Weg zum Italiener schließen sich ihnen zwei Studenten an, die ihm aufgeregt Fragen stellen und ihnen gern in die Gaststätte gefolgt wären, doch Gotthardt sagt, er habe mit Stolzenburg noch einiges in Ruhe zu besprechen.

»Sehr gut, Rüdiger«, sagt er, als sie am Tisch sitzen und der Ober ihnen die Speisenkarte reicht, »eine gute Vorlesung. Ich bin froh, dass du gekommen bist. Weißt du schon, was du essen willst? Die Berner Platte ist hier vorzüglich. Etwas heftig und deftig, aber genau das Richtige an einem so kühlen Tag. Und danach ein Leckerli, wenn du schon mal hier bist. Ein Baseler Leckerli, das muss einfach sein, und das macht Giovanni göttlich. Du wirst sehen.«

Er bestellt eine Flasche Rotwein, obgleich Stolzenburg protestiert und die kleine Frau erklärt, sie würde nur einen Schluck zum Anstoßen trinken. Dann fragt er ihn nach der Leipziger Schule und erzählt von den Veränderungen an seiner Schule, von den Einsparungen und Kürzungen. Stolzenburg und die Frau vom Bühnenbild können sich ganz dem Essen widmen, Gotthardt redet ununterbrochen und gießt sich beständig Wein nach. Er bestellt, als die Flasche leer ist, noch ein weiteres Glas für sich. Kurz nach vier verabschieden sie sich vor der Gaststätte, die kleine Frau gibt Stolzenburg einen Fahrschein für den Flughafenbus und dankt ihm für sein Kommen.

»Für meine Studenten waren Sie ein Gewinn«, sagt sie, »da bin ich mir sicher. Und wenn wir es uns leisten können und Sie weiterhin alle zwei Monate bei uns sprechen können, wäre ich sehr glücklich.«

Stolzenburg nickt dankbar und starrt auf die Nase der kleinen Frau, auf diese unglaublich spitze Nase. Nachdem sie sich getrennt haben, bummelt er durch ein paar Geschäfte, kauft sich zwei Bleistifte und einen roten Mohairschal und fährt dann zum Flughafen, wo er noch eine Stange Zigaretten ersteht, bevor er ins Flugzeug steigt. Es gibt keine direkte Verbindung nach Leipzig, er muss in München umsteigen und wird erst kurz vor elf in seiner Stadt landen und nicht vor Mitternacht im Bett sein. Die Maschine startet mit einer halbstündigen Verspätung vom Airport Basel-Mulhouse.

Da er nur eine kleine Tasche bei sich hat, braucht er in München nicht zur Gepäckausgabe zu gehen. Er eilt an den Förderbändern vorbei, überholt andere Passagiere und rennt fast zum Ausgang. Der Flieger nach Leipzig geht von einem weit entfernten Gate ab, und er will auf keinen Fall den Anschluss verpassen. Er steht schon an der Tür zur Lobby, als er zurückgerufen wird. Ein Zollbeamter ist ihm hinterhergeeilt und bittet ihn um sein Ticket und das Personaldokument. Stolzenburg sagt verärgert, er habe es eilig, sein Flugzeug starte in zwanzig Minuten. Der Zollbeamte sieht sich ungerührt und bedächtig die Papiere an, die ihm Stolzenburg gegeben hat.

»Sie kommen aus Basel?«

»Wie Sie sehen.«

»Und Sie sind heute früh erst nach Basel geflogen?«

»Ja, ich bin heute früh nach Basel geflogen, und jetzt will ich zurück nach Leipzig. Wenn Sie lesen können, es steht alles in den Papieren.«

»Ich kann lesen, Herr … Herr Stolzenburg. Ich darf Sie bitten, für einen Moment mit mir zu kommen.«

»Ich habe es eilig. Mein Flieger …«

»Es dauert nur einen Moment. Kommen Sie bitte hier hinein.«

»Ist was passiert? Was wollen Sie von mir?«

»Ich darf Sie bitten, Ihre Tasche zu öffnen und den gesamten Inhalt auf den Tisch zu legen.«

»Bitte. Ich verstehe allerdings überhaupt nicht, was Sie wollen.«

Der Beamte schaut sich ungerührt den Inhalt der Tasche an. Er bittet Stolzenburg, das Reisenecessaire zu öffnen. Dann nimmt er das Buch und das Manuskript in die Hand und blättert beides sorgfältig durch, Seite für Seite, wie es Stolzenburg scheint.

»Sie können wieder einpacken. Ich darf Sie bitten, Ihren Mantel und das Jackett auszuziehen.«

»Was zum Teufel suchen Sie?«

In dem Moment, als er die Frage stellt, kennt er die Antwort und lacht laut auf.

»Ach so«, sagt er vergnügt, »ich verstehe. Ich komme aus der Schweiz zurück, aus dem Steuerparadies, und Sie suchen Geld bei mir. Sie suchen Schwarzgeld, nicht wahr?«

Der Beamte antwortet nicht.

»Leeren Sie bitte die Taschen. Alle Taschen«, sagt er.

»Bei mir sind Sie an der falschen Adresse, guter Mann. An der völlig falschen Adresse. Ich habe kein Geld in der Schweiz. Ich habe kaum Geld in Deutschland, da kann ich nicht auch noch Konten in anderen Ländern eröffnen. Dafür habe ich nicht den richtigen Beruf. Ich bin Wissenschaftler, Dozent, verstehen Sie? Da sammeln sich keine Reichtümer an, leider.«

Der Beamte schaut sich ungerührt an, was Stolzenburg aus seinen Taschen kramt und auf den Tisch legt. Dann lässt er sich den Mantel und das Jackett reichen und tastet beides ab.

»Danke. Sie können sich wieder anziehen. Und ich hoffe, Sie erreichen Ihren Flieger«, sagt der Beamte, als er die Kleidungsstücke auf den Tisch legt, sich umdreht und aus dem kleinen Raum geht. Die Tür lässt er offen.

Stolzenburg zieht sich rasch an und packt all seine Sachen in die Tasche. Bevor er den Raum verlässt, vergewissert er sich mit einem Blick, dass er nichts vergessen hat. Seine schlechte Laune ist verweht, und als er den Beamten, der ihn untersuchte, an der Tür zur Gepäckausgabe sieht, winkt er ihm freundlich zu und lacht nochmals laut auf. Er eilt zu dem Flieger nach Leipzig, er rennt durch die Gänge, immer noch vergnügt von der Vorstellung, der Beamte habe in ihm einen Mann mit einem Schweizer Konto vermutet.

Natürlich, sagt er sich, früh hin und abends zurück, der Kerl hatte völlig recht, genau das sind vermutlich die Typen, die man mit einem Bündel Scheinchen erwischen kann. Nur, dass er nicht für einen kleinen Bankbesuch den Flug unternahm, sondern für einen schlecht bezahlten Vortrag und dass er nur deswegen am selben Tag zurückfliegen muss, weil die Hochschule kein teures Quartier in Basel für ihn bezahlen will, selbst Gotthardt hat kein Geld mehr. Auch die Schweizer Kunsthochschule scheint pleite zu sein, bezahlt nur noch Billigflieger und spart an Honorar und Quartier.

Als er am nächsten Gate seine Tasche zur Kontrolle auf die Rollen vor dem Röntgengerät legt und gefragt wird, ob sich ein Laptop darin befinde, schüttelt er den Kopf. Er komme aus der Schweiz, erklärt er, in der Tasche befänden sich nur Banknoten und Wertpapiere. Er sagt es lächelnd, ein kleiner Scherz, den der Angestellte hinter der Absperrung auch versteht. Dennoch, und belustigt nimmt Stolzenburg es zur Kenntnis, beugt sich der Mann zu seinem Kollegen hinüber, um einen Blick auf den Bildschirm zu werfen, auf dem sich der Inhalt seiner Tasche schemenhaft abbildet.

Am Flughafen steht Patrizia. Sie hatte ihm eine Nachricht geschickt und wartet vor dem Flughafen neben ihrem Auto. Er küsst sie flüchtig, sagt, dass es nicht nötig sei, ihn abzuholen, und überreicht ihr den roten Mohairschal.

»Für mich?«, fragt sie überrascht.

»Nein, für meine Mutter«, knurrt er gereizt und setzt sich auf den Beifahrersitz. Sie fragt ihn nach der Veranstaltung und ob er etwas Schönes in Basel gesehen habe, eine Ausstellung vielleicht. Er antwortet unlustig und einsilbig. Als sie mit dem Auto in seine Straße einbiegen, sagt sie, dass sie heute bei ihm bleiben könne.

»Ich bin erledigt, ich bin völlig fertig«, erwidert er, »ich fürchte, ich werde heute Nacht wie ein Holzfäller schnarchen.«

»Du bist müde«, sagt sie tonlos und reibt sich nervös die Finger, »ich verstehe. Die Reise war für den Herrn zu anstrengend.«

Sie ist gekränkt. Als er aus dem Auto gestiegen ist, fährt sie weiter, ohne sich zu verabschieden oder zu winken.

Fünf

Am nächsten Tag muss er nicht ins Institut. Er bringt den Aufsatz über Kleist zu Ende und schickt ihn, nachdem er ihn zweimal durchgelesen hat, umgehend an den Herausgeber. Dann gönnt er sich am Nachmittag den Luxus, an seinem Lieblingsprojekt zu arbeiten. Seit sechs Jahren reist er auf eigene Kosten zu den entlegensten Archiven, um Material zu Friedrich Wilhelm Weiskern zu entdecken. Er träumt von einer vollständigen, von einer kritischen Gesamtausgabe aller Werke und Briefe des mittlerweile vergessenen Schriftstellers, der ein Libretto für Mozart schrieb und das Wiener Publikum seinerzeit begeisterte. Als Autor und Schauspieler erfreute er sich der besonderen Gunst der Kaiserin Maria Theresia und Josefs II. Einst geschätzt und verehrt, ist er heute vollständig vergessen.

Die Weiskern-Werkausgabe ist für Stolzenburg ein Luxus, ein unverantwortlicher, denn seine Arbeit wird ihm keiner honorieren wollen und können. Er hat mit neun Verlagen korrespondiert, um sie für seinen Plan zu gewinnen, aber von allen mehr oder weniger höfliche Absagen erhalten. Zumeist schrieb ihm ein Lektor eine nichtssagende Ablehnung, und er hatte den Eindruck, man habe seinen Brief kaum gelesen und die Möglichkeit einer Publikation gar nicht erst geprüft. Ihn amüsierte, dass alle Lektoren den Eindruck zu erwecken suchten, ihnen seien Name und Werk von Weiskern vertraut.

Eine Verlegerin antwortete ihm selbst und schrieb, sie begrüße eine Herausgabe der Werke und Briefe von Friedrich Wilhelm Weiskern und fördere sie nach Maßgabe ihrer Möglichkeiten auch, sehe sich jedoch außerstande, diese verdienstvolle, lobenswerte Jahrhundertausgabe in ihrem Verlag zu publizieren. Überdies sei ihr kleiner Verlag mit einer Werkausgabe überfordert, ein solches Unternehmen entspreche nicht dem Profil des Verlages.

Ein anderer Verleger, Jürgen Richter aus Frankfurt, lud ihn handschriftlich ein, bei ihm vorbeizuschauen, wenn er in der Nähe sei. Stolzenburg rief umgehend an und ließ sich einen Termin geben, da die prompte Antwort vom Verlagschef persönlich ihm Hoffnung machte. Aber die Reise brachte, wenn er von einer generösen Kaufzusage des Verlegers absah, nichts außer weiteren Kosten und einem dicken Buchpaket mit Neuerscheinungen des Frankfurter Verlages, das der Chef ihm zum Abschluss des Gesprächs schenkte. Bei ihrer Unterredung vermutete Stolzenburg nach den ersten Sätzen, der Verleger habe ihn nur eingeladen, um jenen merkwürdigen Vogel kennenzulernen, der sich in diesen Zeiten für die Werkausgabe eines in Deutschland völlig vergessenen Autors einsetzt und bereit war, jahrelang ohne jedes Honorar zu arbeiten. Und während Stolzenburg enttäuscht und verärgert immer tiefer im Sessel versank, stolzierte der Verleger durch sein beeindruckend großes Arbeitszimmer, in dem neben den Buchregalen mit allen Erstausgaben des Verlages, einem Schreibtisch, dem Chefsessel sowie zwei Besuchersesseln nur noch ein gewaltiger Kamin zu sehen war, und verkündete dozierend sein verlegerisches Credo, das aus der Binsenweisheit bestand, Bücher sollten gut sein, notfalls aber könne man auch erbärmliche Texte verlegen, wenn sie sich verkaufen ließen.

Der Verleger erkundigte sich bei Stolzenburg, wie viele Käufer es für eine Werkausgabe von Weiskern in Deutschland geben könne, und beantwortete seine Frage selbst: »Zweihundertzweiundzwanzig, keiner mehr, keiner weniger. Und von diesen zweihundertzweiundzwanzig werden einhundertfünfundachtzig die Ausgabe in einer Bibliothek lesen. Lesen müssen, weil sie kein Geld haben und auf eine billige Taschenbuchausgabe warten, die kein Verlag der Welt machen wird, weil sie sich nicht kalkulieren lässt. Wir haben also – falls Sie mitgerechnet haben, ich rechne immer, das ist eine Berufskrankheit –, wir haben für den fabelhaften Weiskern siebenunddreißig Interessenten, die fähig und vielleicht bereit sind, viel Geld auszugeben, um Ihre wundervolle kritische Ausgabe zu kaufen. Siebenunddreißig! Wissen Sie, wie sich das für einen Verleger anhört? Sie unterbreiten mir einen obszönen Antrag. Justitiabel ist das, sträflich, kriminell. Ich sollte Sie anzeigen, Herr Stolzenburg.«

Der Verleger lachte dröhnend und hämmerte mit beiden Fäusten begeistert auf den Schreibtisch. Stolzenburg schob sich langsam aus dem Sessel hoch und ließ dabei keinen Moment den Verleger aus den Augen. Der Mann widerte ihn an. Er war einige Jahre älter als er selbst, vielleicht zehn Jahre, er verdiente vermutlich ein Vermögen, die Wagen hinter den Rabatten rechts vom Haus, die ihm bei der Ankunft aufgefallen waren und sicherlich Richter gehörten, wundervolle englische Fabrikate, edel und elegant, diese drei blitzenden Autos kosten zusammen so viel, wie er in seinem ganzen Arbeitsleben verdienen könnte, und gewiss kam noch eine Villa dazu und ein Haus da und zwei Häuser dort, doch die ganze »Lebensphilosophie« dieses Kerls, sein verlegerisches Berufsethos kann man in einen Satz fassen: Wenn ein Buch sich gut verkaufen lässt, ist es gute Literatur, wenn ein Buch sich sehr gut verkaufen lässt, ist es sehr gute Literatur. Mit ihm wollte er nicht tauschen, nicht für einen Moment, nicht für alle Schätze der Welt, ein solches Leben war für ihn zutiefst verächtlich. Er war mit Hoffnungen, mit dummen Hoffnungen nach Frankfurt gereist, nun würde er belehrt zurückfahren, mit einem solchen Verleger wollte er nichts zu tun haben, dafür war ihm seine Zeit zu kostbar, seine Zeit, die er lieber vollständig einem Friedrich Wilhelm Weiskern opferte, als nur weitere fünf Minuten an diesen ekelerregenden Fettkloß zu verschwenden, für den Kultur und Bücher bloßes Mittel sind, um Geld zu machen und sich wahnsinnsteure Autos zuzulegen.

»Bleiben Sie sitzen, Herr Stolzenburg, wir sind noch nicht miteinander fertig«, sagte damals der dicke Mann und war plötzlich ruhig und bedachtsam. Fast feierlich wirkte er, als er eine Schreibtischschublade öffnete und ein Buch herausholte.

»Ich will Ihnen etwas zeigen. Etwas, was ich extra für Ihren Besuch aus meinem Allerheiligsten geholt habe.«

Er hielt das Buch hoch, eine Antiquität in Glanzleder mit goldgeprägtem Rückentitel, die Ecken und Kanten wiesen Gebrauchsspuren auf.

»Wissen Sie, was das ist? Sie werden es kaum glauben. Das ist die Beschreibung der kaiserlich-königlichen Haupt- und Residenzstadt Wien.«

Er schlug das Buch auf, setzte seine Brille zurecht und las laut: »›Als der dritte Theil zur österreichischen Topographie. Beigebunden: Anhang zum ersten Theil. Beschreibung der Häuser in der Stadt Wien von 1766. Verlag Joseph Kurzböcken, 1770.‹ Den Autor, Herr Stolzenburg, muss ich Ihnen wohl nicht nennen, nicht wahr?«

Vorsichtig klappte er das Buch zu, legte es auf den Schreibtisch und schob es mit einer geradezu zärtlichen und anrührenden Geste zu Stolzenburg.

»Nun? Habe ich Sie überrascht? Das ist ein echter Friedrich Wilhelm Weiskern, eine Originalausgabe, von seiner Witwe ediert, aber das wissen Sie ja.«

Stolzenburg ergriff behutsam mit beiden Händen das Buch, öffnete es und blätterte vorsichtig die stockfleckigen Seiten um.

»Ja, Herr Richter, damit haben Sie mich tatsächlich überrascht. Darf ich fragen, wie Sie an diese Ausgabe gekommen sind? Und vor allem, warum? Wieso interessieren Sie sich für Weiskern?«

»Wie ich an diese Ausgabe gekommen bin? Nun, das ist mehr als dreißig Jahre her. Und ich habe ein Vermögen dafür bezahlt, jedenfalls war es damals für mich ein Vermögen. Schlagen Sie einmal die letzte Seite auf, da müsste noch der Preis des Antiquars stehen.«

»Vierhundertfünfzig«, las Stolzenburg vor.

Der Verleger lachte auf. »Ja, ich erinnere mich. In Wahrheit stand natürlich noch eine Zahl davor, eine Eins. Die habe ich wegradiert, nachdem ich das Buch erstanden hatte. Meine erste Frau, das heißt, damals waren wir noch nicht verheiratet, hätte mich entmündigen lassen, wenn ich mit einem Buch für eineinhalbtausend Mark zu Hause erschienen wäre. Wir studierten in Berlin, wir hatten kein Geld, ein solcher Kauf war heller Wahnsinn. Diese Eineinhalbtausend habe ich beim Antiquar abstottern müssen, jeden Monat war für mich am Fünfzehnten Zahltag. Ich musste mich krummlegen, ein halbes Jahr lang. Für das Buch habe ich den Tennisjungen bei Peikos gespielt. Wissen Sie, wer Peikos war? Ein griechischer Zigarettenfabrikant. P4, falls Ihnen das was sagt, das war so eine Billigsorte für Rentner und Schulkinder, eine winzige Packung, in der nur drei oder vier Zigaretten steckten. Peikos hatte damals schon einen Tennisplatz hinter seiner Villa. Mitte der fünfziger Jahre war das noch etwas Besonderes, hatte nicht jeder, auch nicht im Grunewald. Ein eigener Tennisplatz, das war etwas, worüber man sprach.«

»Was ist für Sie so spannend an einer Beschreibung des alten Wien?«

»Na, lieber hätte ich natürlich Weiskerns Topographie von Niederösterreich, das ist schließlich sein Hauptwerk. Aber das war für mich damals unbezahlbar.«

»Aber wieso Weiskern? Was haben Sie mit ihm zu schaffen?«

»Wie lange arbeiten Sie schon an der Weiskern-Ausgabe, Herr Stolzenburg?«

»Fünf Jahre, fünfeinhalb.«

»Dann müssten Sie eigentlich wissen, wieso ich Weiskern kenne. Wieso ich eine solche Kostbarkeit besitze. Unbedingt besitzen musste.«

Stolzenburg war wieder in den Sessel zurückgesunken, dieser dicke Mann, dieses Walross von einem Verleger machte ihn neugierig.

»Nein, tut mir leid, ich habe keine Ahnung.«

»Dann sind Sie nicht der Weiskern-Spezialist, für den

ich Sie hielt. ›Friedrich Wilhelm Weiskern – ein sächsischer Komödiant erschafft das Burgtheater‹, sagt Ihnen das etwas?«

»Selbstverständlich. Das ist der Titel einer Doktorarbeit über Weiskern. Eine sehr hilfreiche und fleißige Dokumentensammlung, eine uralte Arbeit.«

»Uralt? So, so, was Sie nicht sagen! Also uralt?«

»Ja, vor Jahrzehnten geschrieben, aber immer noch brauchbar. Eine der wenigen Doktorarbeiten zu Weiskern.«

»Eine der wenigen?«, der Verleger lachte auf. »Junger Mann, das ist nicht eine der wenigen Doktorarbeiten zu Weiskern, es ist die einzige. Und wissen Sie, wer sie verfasst hat? Ja, genau, der Verfasser, Jürgen Richter, das bin ich, der einzige Dissertant zu Friedrich Wilhelm Weiskern. Und darum wollte ich den anderen Mann in Deutschland kennenlernen, der sich mit Friedrich Wilhelm Weiskern beschäftigt. Ich habe recherchieren lassen, eine Doktorarbeit haben Sie zu Weiskern nicht verfasst.«

»Ich war damals noch mit der Spätromantik …«

»Ja, ja. Und bei der Gelegenheit hat sich herausgestellt: Jürgen Richter ist immer noch der Einzige, der eine größere Arbeit zu Weiskern verfasst hat. Weltweit der Einzige. Na, jetzt habe ich Sie verblüfft, nicht wahr. Gerade noch dachten Sie, was ist das nur für ein ungebildeter, geldgieriger Kerl, ein Verleger, der von Kunst und Literatur keine Ahnung hat, nicht wahr? Seien Sie ehrlich, Herr Stolzenburg.«

»Und wie kamen Sie damals an Weiskern? Warum schrieben Sie über ihn Ihre Dissertation?«

»Aus Arroganz. Mein Doktorvater sagte, kein Schwein

würde sich mit diesem Weiskern auseinandersetzen, aber wenn ich es trotzdem versuchen wolle, er würde mich unterstützen. Ich machte es nicht trotzdem, sondern deswegen. Die zweimillionste Doktorarbeit zu Goethe oder Kleist, nein, das war nichts für mich, nicht für einen Jürgen Richter. Ich wollte immer schaffen, was die anderen nicht können.«

Stolzenburg lächelte nun. Wenn es auf der Welt einen Menschen gibt, der für sein Projekt zu gewinnen war, dann muss es dieser merkwürdige Verleger sein.

»Sie haben mich verblüfft, Herr Richter«, begann er und strahlte den dicken Mann an, »weit mehr als nur verblüfft. Ich hatte nie geglaubt, jemals einen Menschen zu treffen, der mit dem Namen Weiskern etwas anfangen kann, der sogar ein Weiskern-Fachmann ist. Ihre Doktorarbeit kenne ich natürlich, ich wusste, dass der Verfasser Richter heißt, doch es gab keine weiteren Arbeiten von diesem Richter, weder zu Weiskern noch zu anderen Themen. In der Wissenschaft tauchte dieser Jürgen Richter nirgends mehr auf. Ich ahnte nicht, dass Sie es sind, der große, bekannte Verleger. Meine Verehrung, Herr Richter, Sie sind einzigartig.«

»Ich weiß.« Der Verleger nickte.

»Und ich glaube, Sie sind der richtige Mann für meine Ausgabe. Seit Sie mich mit dieser Kostbarkeit überraschten, erwartete ich eigentlich, dass Sie auf den Tisch schlagen und sagen: Ich verbiete Ihnen, das Gesamtwerk von Weiskern bei irgendeinem anderen Verlag herauszugeben, für Weiskern komme nur ich in Frage, kein anderer Verlag, kein anderer Verleger.«

»Schön, sehr schön. Sie gefallen mir. Doch Sie sind drei Jahrzehnte zu spät dran. Ich habe den Verlag vor dreiunddreißig Jahren gegründet. In den ersten zwei Jahren habe ich ihn von meiner kleinen Wohnung aus betrieben, das kostete mich schließlich die erste Ehe. Aber wären Sie damals zu mir gekommen, ich hätte sofort zugesagt. Mein Verlag wäre zwar nach zwei Jahren in Konkurs gegangen, ich hätte mit der Ausgabe viel mehr Geld verloren, als für ein kleines Unternehmen bekömmlich ist, und Sie hätten ganz gewiss keinen einzigen Pfennig zu sehen bekommen. Aber vielleicht wären die Weiskern-Bücher erschienen, vielleicht. Nein, nein, heute werden Sie mich dazu nicht mehr überreden können. Als Doktorand fand ich es toll, etwas zu machen, von dem keiner etwas weiß und versteht und was keinen interessiert. Das gefiel mir, das gab Kraft. Aber heute veröffentliche ich in meinem Verlag Bücher, die jeder lesen will.«

»Herr Richter, Sie sind vermutlich der einzige Mensch in ganz Deutschland …«

»Lassen Sie es gut sein. Mein Nein ist definitiv. Ich bin nicht mehr sentimental, das wäre in meinem Alter einfach lächerlich. Nein, Weiskern im Richter-Verlag, das werden Sie nicht erleben.«

»Und als Sponsor? Wenn Sie bereit wären, die Ausgabe finanziell zu unterstützen, wäre vielleicht ein anderer Verlag zu gewinnen.«

»Keine gute Idee. Sie kennen das Verlagsgeschäft nicht, Herr Stolzenburg. Für Ihre Ausgabe wäre es kontraproduktiv, wenn mein Unternehmen das Projekt eines kleinen Nischenverlags unterstützen würde. Sie würden das Gegenteil erreichen. Nein, aber ich werde Ihnen helfen. Wie umfangreich wird die Ausgabe? Wissen Sie das schon?«

»Alles in allem, drei bis vier Bände.«

»Nein, das ist Unsinn. Ausgeschlossen. Es werden zwei Bände. Mehr verträgt der Markt nicht. Zwei Bände und maximal sechzehnhundert Seiten. Haben Sie mich verstanden? Die Zeit der unendlich dicken Ausgaben ist vorbei. Keiner kauft mehr zwölfbändige Gesamtwerke. Das war was für unsere Großeltern, aber die hatten auch noch Bücherschränke. Gehen Sie mal in die Möbelhäuser, da werden Bücherregale gar nicht mehr angeboten. Tempi passati. Darauf müssen Sie sich einrichten. Also zwei Bände und keiner mehr als achthundert Seiten.«

»Aber es soll eine Gesamtausgabe werden, es braucht ein Vorwort, einen kritischen Kommentar, eine Biographie.«

»Natürlich, unbedingt, unbedingt! Aber Ihr Buch soll den Kunden zum Kauf verführen, es darf ihn nicht erschlagen. Ihr Verleger, den Sie hoffentlich bald finden, und seine Verlagsvertreter, der Buchhandel und vor allem die Buchhaltung Ihres künftigen Verlages werden bei der Ausgabe auch ein Wörtchen mitreden. Ein einziges, und zwar ein entscheidendes. Und das lautet, ich verrate es Ihnen schon heute, das Wörtchen lautet: allerhöchstens zwei Bände.«

»Vielleicht haben Sie recht.«

»Ich habe recht, das ist mein Beruf, anderenfalls wäre ich längst insolvent. Und mehr noch, ich werde Ihnen helfen. Ich habe mich mit Ihnen und Ihrem Projekt vor Ihrem Besuch beschäftigt. Ich glaube, Sie sind der Mann für meinen Weiskern, Sie können es schaffen. Und hier ist die erste Bestellung für die Ausgabe.«

Der Verleger reichte ihm einen Briefbogen über den Tisch.

»Nehmen Sie. Das ist eine Blanko-Bestellung. Ich kaufe hundertfünfundzwanzig Exemplare! Garantiert! Das hilft Ihnen, das hilft dem tollkühnen Verleger, wer immer der Unglücksvogel sein wird, und es beruhigt mein Gewissen.«

»Sie bestellen einhundertfünfundzwanzig Exemplare und wissen nicht einmal den Preis. Die Ausgabe wird teuer, vermutlich sehr teuer.«

»Mein Lieber, ich bin Verleger, ich weiß, was das kosten wird. Was es kosten muss. Und sollte die Rechnung zu hoch ausfallen, dann rede ich mit Ihrem Verleger und sage ihm, was ich zahle. Wenn ich von Ihrem Jahrhundertwerk hundertfünfundzwanzig Exemplare kaufe, dann wird er nolens volens auf meine Vorstellungen über den Kaufpreis eingehen.«

»Und warum so viel? Was wollen Sie damit anfangen?«

»Das wird mir ein besonderes Vergnügen werden, Herr Stolzenburg. Alljährlich zum Jahreswechsel verschicke ich an die Freunde des Verlags ein Präsent. Manchmal eine besonders schöne Ausgabe des Richter-Verlags, manchmal eine Kiste Wein, einen besonders guten Whiskey. Früher gab es auch mal eine kleine Kiste Havanna, als das noch verboten war. Heute kann ich kubanische Zigarren kaufen, so viel ich will, aber nun ist das Rauchen nicht mehr comme il faut. Wenn Ihr Buch erscheint, gönne ich mir den Spaß, meinen Geschäftspartnern und Freunden und dem ganzen Rattenschwanz von Schnorrern unseren Weiskern zu verehren. Sie werden nichts damit anfangen können, ihn zum Trödler schaffen, aber Sie müssen sich bei mir bedanken und so tun, als hätten sie Weiskern gelesen. Und darum hoffe ich, Sie haben Erfolg, damit ich meinen Spaß habe.«

Er lachte dröhnend und strahlte Stolzenburg mit diebischer Freude an.

»Und Sie selbst bringen die Werkausgabe auf keinen Fall? Gerade Sie, der einzige Kenner von Weiskern auf der ganzen Welt, der einzige mit einer Doktorarbeit zu ihm? Und Sie haben auch noch einen Verlag, sind Verleger. Es wäre das Natürlichste der Welt …«

Plötzlich erstarb das Lachen des Verlegers, seine Miene verfinsterte sich. Von einer Sekunde auf die andere wirkte Jürgen Richter wie ausgewechselt. Er schaute den Besucher irritiert an, durchsuchte Papiere auf seinem Schreibtisch und knurrte böse vor sich hin. Er sah auf, blickte Stolzenburg an, als ob er sich erinnern müsste, wieso dieser Mann in seinem Büro säße. Mit leiser Stimme, er flüsterte nun fast, sagte er: »Ich habe mich entschieden, Herr Stolzenburg, ich wiederhole mich nicht gern. Sie haben meine Bestellung, heben Sie das Papier gut auf. Das sind ein paar tausend Euro, Stolzenburg, die Sie in der Hand halten. Ich rechne mit einer fünfstelligen Zahl, die ich Ihrem Verleger hinblättern werde. Es war mir ein Vergnügen. Und ich hoffe, ich höre von Ihnen. Ich erwarte, dass Sie mein Geschenk einlösen. Danke für Ihren Besuch. Meine Sekretärin hat noch eine Tüte für Sie. Ich habe ein paar Bücher heraussuchen lassen, die Sie vielleicht lesen wollen. Leben Sie wohl und bleiben Sie unserem Weiskern treu.«

Ohne aufzustehen, reichte er Stolzenburg die Hand und griff, noch bevor der Gast den Raum verlassen hatte, zum Telefon und forderte einen seiner Angestellten schroff auf, umgehend bei ihm zu erscheinen. Stolzenburg nickte ihm an der Tür nochmals zu und verließ lautlos das Zimmer.

Seine Fahrt zu dem Frankfurter Verlag lag mittlerweile zwei Jahre zurück. Er hatte Jürgen Richter in größeren Abständen Briefe geschrieben, ihm mitgeteilt, welche Funde er gemacht habe und wie weit seine Forschungsarbeit gediehen sei. Und jedes Mal endeten seine Briefe mit dem Hinweis, er habe noch keinen Verleger gefunden. Er schrieb ihm, weil er noch immer hoffte, diesen Verleger für die Weiskern-Ausgabe zu gewinnen, doch Richter hatte ihn nie einer Antwort gewürdigt, und langsam machte er sich mit dem fatalen Gedanken vertraut, dass der einzige Verleger in diesem Land, dem der Name Weiskern wirklich vertraut, der ihn kannte und durch die eigene Biographie mit ihm verbunden war, die große Gesamtausgabe nicht in sein Programm aufnehmen würde. Richters Kaufverpflichtung, den Bogen mit dem Briefkopf des Verlags und der Unterschrift von Richter, hat er sorgfältig abgelegt und betrachtet ihn ab und zu, wenn ihm seine Weiskern-Arbeit allzu absurd und aussichtslos erscheint. Eine Kopie dieser ungewöhnlichen Erklärung, von einer in den Sternen stehenden Ausgabe, die gewiss mehrbändig sein würde und sehr teuer, hundertfünfundzwanzig Exemplare zu erwerben, hatte in den Verhandlungen mit Lektoren und Geschäftsführern anderer Verlage Erstaunen oder anerkennendes Verstummen hervorgerufen, doch konnte sie keinen Verleger dazu verführen, sich auf ein solches unternehmerisches Abenteuer einzulassen.

Er war Weiskern treu geblieben. Noch immer sucht er Archive auf, durchforscht Kirchenbücher und korrespondiert mit Wissenschaftlern, Publizisten, verschrobenen Hobbyarchivaren und misstrauischen oder vollkommen uninteressierten Nachfahren des Schauspielers und Autors aus Eisleben, um unentdeckte Schriften und Briefe aufzustöbern oder Hinweise und Informationen, um weitere Teile zu jenem Puzzle zu erhalten, mit dem er ein facettenreiches Gesamtbild des außerordentlichen und in Wien äußerst erfolgreichen Sachsen schaffen wollte, das die Herausgabe der Schriften von Weiskern vollenden und abrunden sollte. In seinem Arbeitszimmer hängt ein plakatgroßes Diagramm, auf dem in einer wilden Anhäufung von Strichen und Kurven der Stammbaum der Weiskerns dargestellt wird und auf dem die Namen und mühselig eruierten Jahreszahlen seiner Freunde, der Bekannten, seiner Arbeitgeber und Kollegen verzeichnet sind, der Bühnen, auf denen Weiskern aufgetreten war, und der Gasthäuser, in denen er nächtigte, als er für seine niederösterreichische Topographie durch das Land gereist war. Jeder noch so kleine Hinweis hatte auf dem Diagramm einen winzigen Platz gefunden, so dass dieser riesige Bogen, der ihm behilflich sein und einen Fahrplan für seine weiteren Forschungen abgeben sollte, inzwischen selbst ihn verwirrte und eher an ein irritierendes Kunstwerk eines abstrakten Postmodernen erinnerte als an die pedantische Genealogie eines Chronisten oder die Konkordanz eines Forschers. Was als Übersichtstafel und Logbuch angelegt war, hatte sich im Verlauf der Jahre verselbständigt, und Stolzenburg erwog bereits mehrmals, für diese Gedenktafel seiner Forschungen ein gesondertes Verzeichnis anzulegen, um sich auf dem eigenen Blatt zurechtzufinden. Seinen Freundinnen und den wenigen Besuchern, die sein Arbeitszimmer betraten und vor dem Diagramm verwundert stehenblieben, erklärt er mittlerweile, es sei die Arbeit eines Malers aus Eisleben, den er vor einigen Jahren kennengelernt habe. Für dieses Kunstwerk habe er eine nicht unerhebliche Summe bezahlen müssen, aber er wollte dieses Blatt, das er ihnen mit dem Titel »Weißer Kern« vorzustellen pflegt, unbedingt in seinen Besitz bringen, da es ihn vom ersten Augenblick an fasziniert habe. Mit andächtigem Schweigen reagiert man auf seine Erklärungen und starrt, mit dem Wissen um ein teures Kunstwerk, nochmals beeindruckt auf das Wirrwarr der Striche und Kurven. Stolzenburg ist es zufrieden, da er damit der Misslichkeit enthoben ist, über Weiskern zu sprechen und seine jahrelangen Forschungen, und er nicht erklären muss, wieso er jahrelang an einer Arbeit sitzt, die wohl nie erscheinen und die keiner honorieren wird.

Sechs

Im Briefkasten findet er eine Benachrichtigung der Post. Man habe versucht, ihm ein Einschreiben zuzustellen, ihn jedoch nicht angetroffen, das Schriftstück liege in seinem Postamt zur Abholung bereit. Er ärgert sich, denn er war den ganzen Tag über daheim. Der Bote hatte gar nicht versucht, ihm das Schreiben zu übergeben, sondern den rötlichen Vordruck über eine nicht zustellbare Sendung eingeworfen, um seine Tour eher beenden zu können. Stolzenburg wirft einen Blick auf die Uhr, die unbekannte Sendung muss bereits auf dem Postamt lagern, und er entscheidet sich, dorthin zu fahren, um das Einschreiben abzuholen und danach im Supermarkt etwas zum Essen und zum Trinken einzukaufen.

Die Fahrradwege sind mit parkenden Autos zugestellt, mehrmals muss er auf den Fußweg oder auf die Autospur ausweichen. Hinter dem Blumenladen der beiden kleinen Vietnamesinnen ist er zum abrupten Bremsen gezwungen, eine Frau mit einem Kinderwagen kreuzt seinen Weg und bleibt unvermittelt stehen, da ihr wütend schreiendes Kind alles Mögliche aus dem Wagen wirft und er einer Rentnergruppe wegen nicht auf den Fußweg ausweichen kann. Die junge Frau sammelt das Spielzeug ein und verstaut es im eingehängten Netz des Wagens. Stolzenburg ist vom Rad gestiegen und wartet. Die junge Frau nimmt das laute Heulen und Kreischen ihres Kindes hin, hebt wortlos die weiterhin auf den

Bürgersteig fliegenden Gegenstände hoch und stopft sie in das Netz. Als ihr Kind nichts mehr zum Hinauswerfen findet und mit dem Kopf gegen die Seitenwand hämmert, schiebt sie den Wagen weiter und gibt den Weg frei. Stolzenburg will auf sein Rad steigen, als er ein übersehenes Spielzeug auf den Steinplatten entdeckt, einen bunten Kunststoffpropeller an einem Holzstab. Er bückt sich nach dem Spielzeug, hält es in die Höhe und blickt sich nach der Frau um. Er sieht sie mitsamt Kinderwagen und schreiendem Kleinkind in der Drehtür des Einkaufscenter verschwinden und verzichtet darauf, ihr hinterherzulaufen. Ein junges Mädchen lächelt ihn an. Als er sie verwundert anblickt, deutet sie auf den Propeller, den er noch immer hochhält. Das Plastikkreuz mit den bunten Streifen dreht sich langsam im Wind, die Farbstreifen zeichnen sich nun als rotierende, regenbogenfarbene und ineinander verlaufende Kreise ab. Für einen Moment schaut er dem sich drehenden Kinderpropeller zu, dann in Richtung des jungen Mädchens, doch sie ist bereits weitergegangen. Er stellt den Propeller in seinen am Lenker befestigten Fahrradkorb, quetscht das Kettenschloss hinein, um den Stab notdürftig zu befestigen, und fährt weiter. Der kleine Propeller dreht sich heftig während der Fahrt, dann kippt der Stab zur Seite, das Kunststoffrad wird an die Klingel gedrückt und zum Stehen gebracht.

Im Postamt muss er warten. Wie immer ist nur einer der vier Schalter besetzt, und die Postbeamtin erklärt einem alten Ehepaar, wie es den Geldautomaten zu bedienen hat. Sie kommt nach vorne und geht mit dem Paar in den Vorraum, um ihm zu zeigen, welche Tasten es zu bedienen hat. Die anderen Leute in der Schlange warten mit grimmigem Schweigen, Stolzenburg ist nervös, doch amüsiert beobachtet er die gelangweilten oder unwilligen Mienen und Gesten der Wartenden vor ihm. Als er vor der Beamtin steht, muss er seinen Ausweis vorlegen und den Empfang quittieren, dann händigt sie ihm zu seiner Überraschung einen Brief vom Finanzamt aus. Als er sich auf sein Rad setzt, ist er zunächst versucht, den Brief sofort aufzureißen. Ihn irritiert, dass ihm das Finanzamt einen eingeschriebenen Brief schickt, und er fürchtet eine schlechte Nachricht, doch dann wirft er den verschlossenen Brief in den Fahrradkorb und fährt zum Supermarkt, um die Lebensmitteleinkäufe wie geplant zu erledigen.

Daheim stellt er den Korb in die Küche und setzt sich mit dem Brief an seinen Schreibtisch, öffnet ihn und zieht ein mehrseitiges Computerformular hervor, das ihm auf den ersten Blick nichts sagt, bis er das einzelne fettgedruckte Wort Forderung liest. Auf dem dritten Blatt findet er die Summe, die er innerhalb von vierzehn Tagen dem Finanzamt zu überweisen habe, elftausendvierhundertvierundvierzig Euro und vierundsiebzig Cent. Ihm bricht augenblicklich der Schweiß aus, und er muss sich zurücklehnen, das Blatt wirft er auf den Tisch. Dann nimmt er das Schreiben wieder in die Hand, überzeugt, es müsse sich um einen Irrtum des Finanzamtes handeln, eine Namensverwechslung, einen Computerfehler. Er zwingt sich, den Brief langsam zu lesen, doch er versteht diese Sprache nicht. Er nimmt das Telefon und wählt die angegebene Nummer. Nach dem ersten Tonzeichen meldet sich eine Automatenstimme, die ihm die wöchentlichen Dienstzeiten des Amtes nennt, er ruft zu spät an. Er legt das Schreiben des Finanzamtes beiseite, er will sich am nächsten Tag darum kümmern, aber nach wenigen Minuten greift er wieder danach, da ihn die Forderung derart beunruhigt, dass er an nichts anderes denken kann. Wenn er den Brief richtig liest, so ergibt sich die vom Finanzamt geforderte Nachzahlung aus einem Berechnungsfehler der letzten zehn Jahre. Seine Honorare seien von ihm fälschlich mit dem niedrigen Mehrwertsteuersatz deklariert worden, was ungesetzlich war und die Nachforderung erzwinge, die er innerhalb von vierzehn Tagen zu leisten habe. Stolzenburg muss sein Bankkonto nicht aufrufen, er weiß, er hat das Geld nicht, er lebt seit Jahren von der Hand in den Mund. Am Ende eines jeden Monats verbleibt gelegentlich ein kleiner Rest, den er auf dem Konto stehen lässt, aber das ist selten, und die Summen sind lächerlich.

Den größten Luxus, den er sich leistet, ist – neben dem Weiskern-Projekt – eine Lebensversicherung, für die er seit Jahrzehnten einzahlt, aber er weiß, er darf diese Versicherung keinesfalls aufkündigen. In einigen Jahren, spätestens an seinem fünfundsechzigsten Geburtstag, wird er die halbe Stelle verlieren, und da in den letzten Jahren die Aufträge der Redaktionen von Zeitschriften und Rundfunksendern stetig zurückgegangen sind, sie ihn immer seltener um Beiträge bitten, er ist unschlüssig, ob es an den allgemeinen Einsparungen liegt oder sie jüngere Leute vorziehen, muss er sich darauf einrichten, mit seiner erbärmlichen Rente auszukommen und nicht mehr mit zusätzlichen Honoraren zu rechnen. Er darf, so schwer es ihm auch fällt, die Lebensversicherung nicht aufgeben, und er sieht keine Möglichkeiten, sich noch weiter einzuschränken. Er geht selten aus, vermeidet teure Restaurants, leistet sich

Bücher nur, wenn es unumgänglich ist, und nutzt die Bibliothek im Institut und die Stadtbücherei. Er achtet auf die Sonderangebote der Supermärkte, und ein neues Hemd oder eine Hose legt er sich selten zu, das Vorhandene muss ausreichen. Bei Strom und Wasser kontrolliert er seit Jahren den Verbrauch und redet sich ein, er tue dies vor allem aus ökologischen Gründen. Sein Auto ist über vierzehn Jahre alt, er hat es gebraucht gekauft und wird es erst verkaufen, wenn ihm die Reparaturen zu teuer kommen. Vor vier Jahren fing er sogar an, ein Haushaltsbuch zu führen in der unsinnigen Hoffnung, etwas zu entdecken, was man einsparen könnte.

Er geht in die Küche, um die eingekauften Lebensmittel in den Kühlschrank und die winzige Speisekammer zu räumen. Den kleinen Kunststoffpropeller bringt er auf den Balkon und steckt ihn in die Erde eines der beiden Balkonkästen. Behutsam dreht er den Holzstab, bis sich der Propeller langsam zu bewegen beginnt.

Am nächsten Morgen ruft er eine Minute nach neun im Finanzamt an und ist zu seiner Überraschung sofort mit dem zuständigen Beamten verbunden. Er sagt ihm mehrmals, dass er dieses Amtsdeutsch nicht lesen könne und die Forderung nicht verstehe, er habe jahrelang an das Finanzamt gezahlt, was immer es verlangt habe. Der Beamte erläutert ihm geduldig den Brief und versichert ihm, die Nachzahlung sei von ihm persönlich nachgeprüft worden und bestehe zu Recht, er habe innerhalb der genannten Frist das Geld an das Amt zu überweisen, da ansonsten Versäumnisgebühren fällig werden. Von einer Verjährung könne in seinem Fall keine Rede sein, da das Amt grundsätzlich lediglich jene Jahre überprüfe, in denen Forderungen noch durchsetzbar seien.

»Ich habe das Geld nicht«, sagt Stolzenburg, »ich habe keine elftausendvierhundertvierundvierzig Euro. Ich habe nicht mal fünfhundert Euro auf meinem Konto. Woher zum Teufel soll ich eine solche Summe nehmen?«

Der Beamte schweigt, Stolzenburg hört ihn atmen.

»Ich kann nicht zahlen. Begreifen Sie doch.«

»Dann fallen Versäumnisgebühren an. Das erfolgt automatisch, darauf habe ich keinen Einfluss.«

»Versäumnisgebühren? Was heißt das?«

Stolzenburg ist laut geworden, er brüllt in den Hörer und ist im gleichen Augenblick peinlich berührt. Rasch wiederholt er die letzte Frage in einem höflichen Ton. Der Beamte kann ja nichts dafür, er tut seine Pflicht, sagt er sich.

»Pro Monat wären das zwölf Prozent.«

»Das heißt, in einem Jahr wollen Sie die doppelte Summe von mir. Das ist unverschämt, das ist Wucher.«

Der Beamte zögert, dann gibt er in einem vertraulichen Ton einen Ratschlag: »Der Prozentsatz ist tatsächlich hoch. Ich rate Ihnen, sprechen Sie mit Ihrer Bank, da werden Sie gewiss einen günstigeren Kredit bekommen.«

Da Stolzenburg nicht antwortet, fährt er fort: »Und zahlen Sie pünktlich. Der Computer berechnet die Versäumnisgebühren umgehend, sie fallen bereits am allerersten Folgetag an.«

»Vielen Dank, vielen, vielen Dank«, sagt Stolzenburg sarkastisch und legt auf.

Er braucht eine Stunde, um sich von diesem Telefonat zu erholen. Dann ruft er Marion daheim an, schildert ihr seine Lage und fragt sie nach jenem Steuerberater, der ein Cousin von ihr ist und ein fabelhaftes Schlitzohr sei und schon einige seiner Klienten erfolgreich gegenüber dem Finanzamt vertreten habe. Marion verspricht ihm, den Cousin anzurufen und einen Termin für ihn auszumachen.

»Ich kann ihn nicht bezahlen, Marion, ich bin blank.«

»Ich weiß, Rüdiger. Die ersten drei Termine bei Klemens sind immer kostenfrei. Das gehört zu seinem Service, wie er sagt. In Wahrheit bindet er damit seine Klienten, er nötigt sie, dankbar zu sein und bei ihm zu bleiben.«

»Da hat er bei mir kein Glück. Auch wenn ich nichts von Steuer verstehe und mich jeder Brief von denen in den Wahnsinn treibt, ich muss die Abrechnungen auch weiterhin allein machen. Einen Spezialisten wie deinen Klemens kann ich mir nicht leisten.«

»Klemens sagt, er kostet seine Klienten keinen Pfennig, er bringt ihnen vielmehr Geld.«

»Dann ist er der Mann für mich. Aber ich fürchte, er braucht dafür Klienten mit Geld. Geld retten, das geht vermutlich nur bei Leuten, die Geld haben. Je mehr einer hat, desto mehr kann man retten.«

»Da hast du recht. Aber er wird dir sicher helfen können.«

»Ich hoffe es. Ich hoffe es inbrünstig, Marion. Mir ist ganz schlecht, seit ich den Brief geöffnet habe. Ich könnte kotzen.«

»Ich spreche mit ihm und gebe dir Bescheid. Spätestens morgen.«

»O Gott, der Fiskus will einem nackten Mann in die Tasche greifen.«

»Ich stelle es mir gerade vor, Rüdiger.«

Sie kichert, dann verabschiedet sie sich und legt auf.

Am Nachmittag muss er ins Institut, aber es gelingt

ihm nicht, das Seminar vorzubereiten. Er ist mit den Gedanken bei dem Geld, das er in vierzehn Tagen zu überweisen hat. Anstatt den Landauer für die Seminarsitzung nochmals durchzugehen und in seinen Aktenordnern mit Kopien geeignete Stellen herauszusuchen, ruft er drei Redaktionen an und zwei Verlagslektoren und sagt ihnen unumwunden, er stecke in einer verteufelten Lage und benötige dringend Geld. Er brauche Aufträge, er nehme alles an, hemmungslos sei er und zu allem bereit. Auf Verlangen könne er auch einen achten und neunten Gottesbeweis erbringen oder einen esoterischen Ratgeber für scheinschwangere Frauen Mitte dreißig verfassen. Er lacht und scherzt am Telefon, ist charmant und geistreich, aber alles, was er erreicht, ist die unverzügliche Überweisung eines seit sechs Wochen ausstehenden Honorars in Höhe von zweihundertdreiunddreißig Euro.

In seinen beiden Seminarstunden ertappt er sich immer wieder dabei, wie er Sebastian Hollert anstarrt. Diesen Kerl würde eine solche Zahlung an das Finanzamt nicht durcheinanderbringen und schon gar nicht ruinieren. Vermutlich würde er die Forderung kaum prüfen und sofort das Geld überweisen, oder er würde den Brief seinem Papa und dessen Anwälten übergeben, und die würden wahrscheinlich mit dem Finanzamt einen Deal aushandeln. Er beschimpft sich im Geheimen, auf dieses dumme und hässliche Söhnchen eifersüchtig zu sein, diesen fetten Einfaltspinsel, der nichts von seinen Ausführungen begreift und der sich so offensichtlich im Seminar langweilt, dass er ihn am liebsten vor die Tür setzen möchte.

Unkonzentriert und fahrig übersteht er die zwei Stunden. Diesmal glänzt er nicht, und es gibt auch keine Apercus von ihm, mit denen er sonst den Unterricht zur Freude der Studenten würzt. Er beendet das Seminar auf die Minute, verlässt rasch das Institut, um nicht aufgehalten zu werden, und fährt heim.

Auf dem Anrufbeantworter hat er eine Nachricht von Marion. Sie teilte ihm mit, sie habe mit ihrem Cousin gesprochen und er erwarte seinen Anruf. Sie nannte dessen Telefonnummer und wünschte ihm Glück. Er hört sich ihre Mitteilung nochmals an und notiert sich die Nummer. Die wählt er sofort, aber es meldet sich nur der Automat, und er legt wortlos den Hörer auf. Eine halbe Stunde später versucht er es nochmals, dann zwingt er sich, eine Stunde zu warten, bevor er zum dritten Mal den Steuerberater anruft. Kurz nach sieben erreicht er ihn. Klemens Gaede, Marions Cousin, hört sich geduldig an, was ihm Stolzenburg zu sagen hat, dann erklärt er gelassen, das letzte Wort sei noch nicht gesprochen und Stolzenburg möge ihm den unverschämten Brief des Finanzamtes zusenden. Er sei sich sicher, dass man verhandeln könne, dass man verhandeln müsse. Als Stolzenburg ihn fragt, was seine Hilfe kosten werde, lacht Gaede wohlwollend und sagt, er sei doch ein guter Freund seiner Cousine, da werde er nicht gleich mit einer Rechnung kommen.

Das Telefonat beruhigt Stolzenburg. Er ist erleichtert, auch wenn er weiß, dass die Forderung nach wie vor besteht und er allenfalls hoffen kann, mit der Hilfe von Gaede die Summe herunterzuhandeln oder die Zahlungsfrist zu strecken. Er hat das Gefühl, ein Fachmann habe sich seines Problems angenommen und werde auf irgendeine raffinierte Art seine Zahlungsunfähigkeit abwenden oder den Anspruch der Finanzbehörde zurückweisen. Ein Kinderglaube, wie er ahnt, das uralte kindliche Vertrauen in die Kraft und alles übersteigenden Fähigkeiten der Eltern, der Erwachsenen, die in jeder ausweglosen Situation leicht und schnell die Rettung erkannten und ihm halfen. Er spürt, dass ihm das Gespräch geholfen hat. Er vertraut diesem Klemens Gaede, den er nie gesehen hat, weil der ihn ermunterte, ihm zugehört hatte, sein Problem ernst nahm. Er fühlt sich von ihm ermutigt, bestärkt, getröstet. Wie damals. Wie in der Kindheit.

Er atmet tief durch und entschließt sich, nicht mehr an jenen Brief zu denken, sondern sich auf seine Arbeit zu konzentrieren. Er kopiert die Seiten des Briefes, und steckt sie mit einem weiteren Bogen, auf dem er sich bei Gaede für dessen Bereitschaft und die angekündigte Hilfe bedankt, in ein Kuvert. Er nimmt sich den Landauer vor und versucht ein paar Seiten zu lesen, doch er ist mit den Gedanken ganz woanders. Er ruft Patrizia an, hört sich ihre Vorwürfe an und bestätigt ihr mehrmals, dass sie recht habe, dass er nicht aufmerksam genug sei und sich zu wenig um sie kümmere, und dann fragt er sie, ob sie sich heute sehen können.

»Na, du traust dir ja was«, entgegnet sie schnippisch, und da er sekundenlang nichts sagt, fügt sie rasch hinzu: »Und wo? Bei dir oder bei mir?«

»Komm zu mir. Kannst du in einer Stunde hier sein? Dann fahre ich jetzt los und besorge uns etwas. Bei mir um die Ecke hat ein Sushi-Laden aufgemacht.«

»Roher Fisch? So was esse ich nicht.«

»Hast du es mal probiert?«

»Das ist eklig.«

»Gut, dann gibt es ein Stück Fleisch. Rind und Rotwein, das passt. Einverstanden?«

»Hast du denn wirklich Zeit für mich oder hast du nur ein schlechtes Gewissen? Wofür du natürlich allen Grund hast.«

»Ist ja gut, Patrizia. Komm zu mir und lass deine schlechte Laune zu Hause.«

Auf dem Weg zum Supermarkt fährt er an der Hauptpost vorbei und wirft sein Schreiben mit den Kopien für Klemens Gaede in einen Briefkasten mit Nachtleerung.

Pünktlich eine Stunde nach ihrem Telefonat steht Patrizia vor seiner Tür. Entzückt nimmt sie den Bratengeruch wahr, lobt den gedeckten Tisch und küsst ihn leidenschaftlich. Ihr Ärger scheint verflogen, über sein tagelanges Schweigen verliert sie kein Wort, die eben noch vorgebrachten Vorwürfe scheinen vergessen zu sein, sie ist wie ausgewechselt. Er ist es zufrieden, lobt ihr Kleid, streift es hoch und streichelt ihren Oberschenkel.

»Komm«, sagt er, »setz dich auf den Balkon. Der Wein ist entkorkt, du kannst ihn eingießen, er braucht etwas Luft. Und leg eine CD ein, such dir raus, was dir gefällt. Ich bin mit dem Essen in fünf Minuten fertig, muss nur noch die Soße machen.«

»Aber auf keinen Fall mit Fett. Und bitte ohne Sahne, ich will keinen dicken Hintern bekommen.«

»Soßen kann ich nicht mit Wasser machen, es soll schließlich schmecken. Und was du bei mir zunimmst, das trainieren wir hinterher gemeinsam ab. Und mit deinem Hintern fangen wir an.«

Patrizia schlägt spielerisch nach ihm, er wehrt sie ab, dann schiebt er sie aus der Küche und kümmert sich um das Essen.

Sie amüsiert ihn, er hat sie gern, doch er liebt sie nicht. Sie macht ihm Spaß, es gefällt ihm, sich mit ihr zu unterhalten und mit ihr zu schlafen. Er genießt ihre Anwesenheit und ebenso die Zeit, in der er allein ist und sie nicht sieht, nicht mit ihr sprechen und keine Rücksicht auf sie nehmen muss. Er schätzt es, wenn sie sich nur gelegentlich treffen, und er will sie keinesfalls für immer bei sich haben. Manchmal spricht sie davon, ihre Wohnung aufzugeben und bei ihm einzuziehen, es wäre sinnvoll, würde beiden helfen, Geld zu sparen, und sie könnte die ihm lästigen Hausarbeiten übernehmen, sie würde die Wohnung in Ordnung halten und Wäsche waschen und sich dafür von ihm bekochen lassen. Wann immer sie davon anfing, sagte er, für ein Zusammenleben sei er nicht geeignet. Zusammenzuziehen bedeute bei ihm das Ende einer Beziehung, er müsse ihr abraten, wenn sie weiterhin Wert auf ihn lege, und wenn ihr wirklich an der Beziehung liege, solle sie ihm den Freiraum lassen, der für ihn unabdingbar mit einer eigenen Wohnung, mit einer gelegentlich völlig leeren Wohnung verknüpft sei. Wir können uns sehen, wann immer du willst, sagte er ihr schließlich, und damit war das Thema für ihn beendet.

Er ist jetzt bereits ein halbes Jahr mit ihr zusammen, und er weiß nicht, ob er diese Beziehung aufrechterhalten will, ob er an dem Mädchen so interessiert ist, dass er das Wagnis eingehen soll, weitere Monate mit ihr zusammenzubleiben, denn nach seiner Erfahrung leiten Frauen aus der Zahl der gemeinsam verbrachten Monate Rechte und Forderungen ab. Nach einem Vierteljahr, so hat er es immer wieder erlebt, ist es einfach und unkompliziert, sich von einer Frau zu verabschieden, nach zwei

Jahren kostet es bereits mehrere Wochen, klarzumachen, dass die Beziehung gestorben ist. Es gibt offenbar eine Art Verfallsdatum für Trennungen. Nach einer einzigen Nacht kann man sich geradezu liebevoll verabschieden, danach wird es schwierig und mit der Zeit dann fast unmöglich. Vielleicht gewähren Frauen dem Anspruch ihrer Partner auf Alleinsein eine Garantiezeit. Solange die Garantie gilt, wird vieles toleriert und hingenommen, doch wer die Zeit überschreitet, verliert jeden Anspruch auf ungebundene Einsamkeit und hat für alle Zeit gesellig zu sein und mit Begleitung zu leben. Dann ist eine Gemeinsamkeit zementiert und besiegelt, wer sie auflösen will, muss mit schwerem Gerät anrücken. Seit er diese Merkwürdigkeit begriffen hatte, achtete er darauf, diese Garantiezeit im Auge zu behalten, ganz so wie bei einem Auto oder einem Fernseher. Ansonsten gab es jedes Mal Ärger.

Aber vielleicht, sagt er sich, ist er mittlerweile zu so etwas wie Liebe nicht mehr fähig, vielleicht ist er zu alt dafür oder zu müde. Nach wie vor ist er gern mit Frauen zusammen, er ist lieber in ihrer Gesellschaft, geht lieber mit ihnen aus als mit seinen Freunden, und die Gespräche mit Frauen sind ihm angenehmer als die etwas drögeren Unterhaltungen mit Männern, wenn er von seiner Billardrunde einmal absieht, die ihm wichtig ist. Im Institut schätzt er nur die Kolleginnen, und nur mit ihnen führt er private Gespräche, während er mit den männlichen Mitarbeitern sich auf das Unumgängliche beschränkt und Unterhaltungen vermeidet. Er liebt Frauen, aber er braucht die Distanz. Er verträgt es nicht, wenn Tag und Nacht eine Frau um und bei ihm ist, und sei es auch nur im Nachbarzimmer. Er hat sie gern, es macht ihm Spaß, für sie zu kochen, er schläft gern mit ihnen, aber das war es dann auch. Nach einer gemeinsamen Nacht macht er das Frühstück, bringt es auf Wunsch sogar ans Bett, doch danach möchte er, dass sie gehen. Nach dem Frühstück will er allein sein, ganz allein, und er wird ungeduldig, wenn sie noch für Stunden das Bad blockieren oder die Küche aufräumen. Er wird unleidlich und gereizt. Er sitzt an seinem Schreibtisch und ist unfähig, sich zu konzentrieren. Er lauscht den Geräuschen nach, die ihn aus den anderen Räumen seiner Wohnung erreichen, und wartet nervös darauf, dass sie endlich angezogen sind und zu ihm kommen, um sich zu verabschieden. Dann begleitet er sie zur Wohnungstür, häufiger bis zur Haustür, und seufzt erleichtert, wenn hinter ihnen die Tür ins Schloss fällt. Allein zu sein, das ist für ihn lebensnotwendig. Zu viel Nähe verträgt er nicht.

Vor Jahrzehnten war das noch anders. Es hatte Jahre gegeben, wo er nicht einen einzigen Tag allein war. Wo er unruhig wurde, wenn nicht jemand in seiner Wohnung war. Er brauchte die Anwesenheit eines anderen Menschen, einer Frau, er fühlte sich geborgen, wenn er wusste, eine Frau, eine Freundin ist im benachbarten Zimmer, wenn in seiner Wohnung jemand atmete, sich bewegte, lebte. Manchmal verließ er sein Arbeitszimmer, um sie zu umarmen oder auch nur anzulächeln, er ging zu ihr, um ein anderes Leben zu sehen, zu erleben, um sich seiner eigenen Anwesenheit zu versichern. Aber das ist lange her, das ist vorbei. Nun scheut er jede Störung, fühlt sich durch die bloße Anwesenheit einer anderen Person belästigt, verspürt ein Unbehagen, wenn ein anderer Mensch in seiner Wohnung sich aufhält, und sei dieser andere auch mucksmäuschenstill, sei es selbst eine Partnerin, mit der er vor wenigen Stunden intim und glücklich zusammen war. Etwas hat sich verändert, er hat sich verändert, aber er ist nicht gewillt, dagegen anzukämpfen. Vielleicht ist es das Alter, eine präsenile Griesgrämigkeit, wie er es selbstironisch registriert, der wachsende Überdruss, die allzu große Müdigkeit nach den vielen schlafarmen Nächten, die ihn seit ein paar Jahren behelligen. Er weiß es nicht, es ist ihm gleichgültig, er will keine Rücksichten mehr nehmen.

Der Abend mit Patrizia bleibt freundlich. Sie beklagt sich nicht über ihn, verzichtet auf ihre kleinen Spitzen, ist heiter und liebevoll. Irgendwann sagt er ihr, dass sie ein nettes Mädchen sei, doch als sie ihn fragt, ob er sie liebe, lächelt er.

»Große Worte«, sagt er, als sie die Frage wiederholt, »viel zu große Worte. Warum bin ich denn sonst mit dir zusammen, Patrizia? Ich habe dich gern. Wirklich. Sehr gern.«

»Du schläfst gern mit mir. Das macht dir Spaß, aber du liebst mich nicht.«

»Und was ist das, Liebe? Was stellst du dir darunter vor?«

»Dass man mit jemanden zusammen sein will, immerfort, Tag und Nacht. Dass man ohne den anderen nicht leben kann.«

»Tag und Nacht? Nein, das kann ich nicht. Wenn das deine Definition von Liebe ist, dann habe ich noch nie geliebt. Ich bin gern allein und vermisse dann gar nichts. Ich bin sehr gern allein. Ich brauche die Einsamkeit. Ich genieße sie.«

»Ich weiß.«

»Nur wenn ich allein bin, kann ich nachdenken, arbeiten. Dann bin ich ganz bei mir.«

»Und ich bin nur bei mir, wenn ich bei dir bin. Wenn ich allein bin, fällt mir die Decke auf den Kopf. Ich brauche dich, aber du brauchst mich nicht.«

»Und das heißt für dich, dass ich dich nicht liebe?«

»Manchmal denke ich das. Wenn du mich gar nicht sehen willst. Mich nie anrufst.«

»Komm, Patrizia, trink aus, wir gehen ins Bett.«

Sieben

Klemens Gaede ruft zwei Tage später an. Er hat mit dem Finanzamt telefoniert, aber nichts erreicht, keine Minderung, keinen Aufschub. Er schlägt vor, sich einen gemeinsamen Termin mit dem zuständigen Sachbearbeiter geben zu lassen. Ein persönliches Gespräch könne gelegentlich Wunder bewirken, meint er. Er werde selbst im Finanzamt um den Termin bitten und will von Stolzenburg wissen, welche Tage, welche Uhrzeit ihm recht seien. Er verspricht, sich umgehend zu melden. Kurz danach ruft er wieder an, er hat mit Herrn Kerzer, so der Name des zuständigen Sachbearbeiters, für den nächsten Vormittag ein Treffen vereinbart und bittet Stolzenburg, zwei Stunden zuvor bei ihm vorbeizukommen und seine Steuererklärungen mitzubringen.

»Die Steuererklärung vom letzten Jahr?«

»Am besten die der letzten zehn Jahre. Bringen Sie mit, was Sie an Papierkram vom Amt haben. Ich sehe es mir an, vielleicht finden wir etwas, was uns weiterhilft.«

Sie verabreden sich für neun Uhr, und Gaede nennt ihm seine Adresse, er wohnt in der Nähe des Kanals, Stolzenburg kennt die alte Straße.

Am Abend holt Stolzenburg die beiden Ordner aus dem Schrank, auf deren Rücken mit breitem Filzstift Steuer steht, und packt sie in seine Fahrradtasche. Er ist erleichtert, dass sich jemand seiner misslichen Geschichte annimmt, jemand, der nicht gleich Kopfschmerzen bekommt, wenn ein Schreiben des Finanzamtes in seinem Briefkasten liegt, und der es nicht nur lesen kann, sondern sich in den Paragrafen bestens auskennt, dem die zulässigen Schleichwege vertraut sind, die ein paar Abkürzungen gestatten. Und er hofft, dass dieser fabelhafte Herr Gaede ihm dabei behilflich ist, die Nachzahlung abzuwenden, denn das geforderte Geld besitzt er nicht.

Die angegebene Adresse ist ein altes Fabrikgebäude, das man zu Wohnungen mit Lofts umbaute. Als er die Klingel drückt, meldet sich Gaede und bittet ihn, in das oberste Stockwerk zu kommen, er möge den Fahrstuhl nehmen. Als sich der Fahrstuhl oben öffnet, steht Stolzenburg direkt in der Wohnung, in einem großen hohen Vorraum mit einer grünen Palme, die bis zu der Glaskuppel reicht. Gaede begrüßt ihn lächelnd, öffnet eine der Zimmertüren und bittet ihn herein.

»Eine beeindruckende Wohnung«, sagt Stolzenburg.

»Ja, ganz hübsch. Etwas zu groß für mich.«

Gaede ist sehr jung, kaum älter als seine Studenten. Er hatte, wie er bereitwillig mitteilt, zwei Jahre Betriebswirtschaft und Steuerrecht studiert, dann das Studium ohne Abschluss abgebrochen, da er es für Zeitvergeudung hielt, sich die Funktionsgesetze der Wirtschaft und das Auf und Ab der Finanzmärkte von Leuten erklären zu lassen, die nie die Praxis kennengelernt und niemals Geld in die Hand genommen hatten, um damit zu spekulieren, also mit vollem Risiko, wie Gaede sagte, totaler Gewinn oder totaler Verlust.

»Mit Leuten, die ein sicheres Monatsgehalt beziehen, würde ich jederzeit eine Bergwanderung machen oder Schach spielen. Nur segeln, segeln würde ich mit ihnen nie, falls Sie verstehen, was ich meine. Segeln Sie?«

Stolzenburg schüttelt den Kopf.

»Beim Hochseesegeln kann man im Sturm kentern, das gehört dazu, das macht den Spaß aus. Man kann sogar ertrinken, wenn es der Wind und der Herrgott so wollen. Gehört alles zum Spiel. Man kann verlieren, selbst sein Leben, aber wenn man allem trotzt, ist es einfach riesig. Das ist das Leben.«

Er erzählt, er habe nach dem abgebrochenen Studium ein Jahr in einer Immobilienfirma in Frankfurt und London gearbeitet und sich, als er alle Tricks kannte, wie er meint, selbständig gemacht.

»Und seitdem sind Sie Steuerberater?«

»Nun, manchmal, aber eher selten. Sagen wir so: Ich verdiene mein Geld mit Finanztransaktionen. Immobilien, Wertpapiere, Fonds, Rohstoffe, die ganze Palette. Und da ist es hilfreich, das Steuersystem von ein paar Ländern genauer zu kennen. Das hilft enorm. Selbst die kleinsten Unterschiede zwischen den nationalen Gesetzen können ein Vermögen einbringen. Und alles vollkommen legal.«

»Davon verstehe ich nichts. Damit habe ich mich nie beschäftigt.«

»Davon lebe ich. Die meisten verdienen zwar viel Geld, wissen aber nicht, wie sie damit umgehen sollen, und verlieren es schließlich wieder. Es sei denn, sie treffen auf einen Menschen wie mich.«

»Und wie machen Sie das?«

»Man muss früh aufstehen. Der frühe Vogel fängt den Wurm, das ist das ganze Geheimnis. Und ich meine, wirklich früh. Um halb drei, da klingelt jeden Morgen meine innere Uhr, und ich stehe auf, selbst im Urlaub. Dann schau ich mir an, was die Börsen in Südostasien so treiben, gebe ein paar Orders ein und lege mich nach einer Stunde wieder hin. Damit habe ich mehr als den halben Arbeitstag bereits hinter mir. Gegen zehn Uhr schaue ich mir den deutschen Markt an, und am Nachmittag die Amerikaner, aber das ist nur noch ein Checken, da passiert selten etwas elementar Neues. Das Wichtige läuft frühmorgens ab, mein Geld mache ich in Ostasien.«

»Jeden Tag um halb drei, um zwei Uhr dreißig?«

»Nein, nicht jeden Tag. An drei Tagen im Jahr bleibe ich im Bett. Es gibt drei wirklich internationale Feiertage, an denen die Börsen von Tokio bis Francisco geschlossen bleiben. Aber an allen anderen Tagen muss man früh auf der Matte stehen. Ein versäumter Tag, ein einziger, kann mich ein Vermögen kosten, unter Umständen alles. Inzwischen ist mir das frühe Aufstehen in Fleisch und Blut übergegangen, wie bei einem Bäcker, und die Frauen gewöhnen sich auch daran.«

»Ich vermute, Sie verdienen jede Menge.«

»Ausreichend, ja. Durchaus.«

»Und wie komme ich zu der Ehre, dass Sie sich mit meinem kleinen Problem befassen? Für Sie wahrscheinlich eine Lächerlichkeit. Und ich kann Sie nicht bezahlen.«

»Über meine Honorierung sollten Sie sich keine Gedanken machen. Und warum ich es tue? Ganz einfach, Marion hat mich darum gebeten. Ihr zuliebe. Marion ist eine tolle Person. Ohne sie hätte ich vermutlich nicht einmal die achte Klasse geschafft. Ich bin mit zwölf von zu Hause abgehauen, weil mein Alter unerträglich war. Hab auf der Straße gelebt, in Gartenhäuschen der Laubenpieper, auf Dachböden. Marion war die Einzige in der Familie, die mich vermisste. Sie hat nach mir die Stadt und die Stadtränder abgeklappert, danach durfte ich bei ihr wohnen, sie hat mich wieder zur Schule geschickt. Sogar das Abitur habe ich gemacht, weil sie es so wollte, weil sie es verlangte. Und wenn sie zu mir sagt, da gibt es jemanden, einen Freund von mir, der hat ein Problem, das du vielleicht lösen kannst, dann nehme ich mich der Sache an, weil ich ihr viel verdanke. So, und nun zeigen Sie mir, was Sie mitgebracht haben.«

Gaede sieht die beiden Ordner durch. Er blättert Blatt für Blatt um, scheint jedes mit einem einzigen Blick zu erfassen und klebt kleine farbige Haftmarker an einige Seiten. In einer Stunde hat er schweigend und konzentriert den Papierwust durchgearbeitet und sich zweimal Notizen gemacht.

»Haben Sie etwas gefunden? Etwas, was uns nützt?«

»Sie haben in den ganzen Jahren zu viel Steuern bezahlt, das ist schon einmal sicher. Was man von der Steuer alles absetzen kann, das wissen Sie nicht, oder?«

»Nein, und es langweilt mich, wenn ich mich damit beschäftigen soll.«

»Es langweilt Sie, sehr schön. Das können Sie sich noch nicht einmal als Millionär leisten, und schon gar nicht bei dem, was Sie verdienen. Und, ehrlich gesagt, wenn das, was Sie hier dem Finanzamt als Einnahmen angeben, alles ist, was Sie in diesen zehn Jahren verdient haben, ist mir unerklärlich, wovon Sie leben. Sie haben studiert, sind, wenn ich Marion richtig verstanden habe, so etwas wie ein Professor, und Sie haben ein Gehalt, das kein Automechaniker akzeptieren würde. Ich glaube, mein Postbote bekommt mehr als Sie.«

Gaede sagt das freundlich, er will Stolzenburg nicht kränken, doch er ist tatsächlich überrascht.

»Die Gesellschaft braucht Postboten. Germanisten und Theaterwissenschaftler werden nicht benötigt, also bezahlt man sie schlecht. So einfach ist das. Wenn ich als Wissenschaftler arbeiten will, muss ich halt das Minigehalt akzeptieren.«

»Genau wie Marion. Ich verstehe nicht, warum eine so kluge Person wie Marion als schlecht bezahlte Bibliothekarin arbeitet. Und sie ist dabei auch noch zufrieden, das ist mir ein Rätsel. Und vermutlich liegt genau da der Grund, warum das Finanzamt Geld von Ihnen haben will, warum es Ihre Akten nochmals überprüft hat. Man glaubt einfach nicht, dass Sie von derartig wenig Geld leben können. Man vermutet, Sie haben noch andere Einnahmequellen.«

»Wir betreiben eben unser Leben als Hobby, Herr Gaede, nicht um Geld zu verdienen. Sie haben meine Steuerunterlagen gesehen, ich habe nichts auf dem Konto, aber sind Sie glücklicher? Sie haben viel Geld, aber Sie müssen unter allen Umständen jeden Tag um halb drei aufstehen. Und wenn am frühen Morgen Ihr Computer streikt, ist das vermutlich eine mittlere Katastrophe.«

»Für solche Situationen hat man ein Laptop, und notfalls behilft man sich mit dem Handy. Die Katastrophen haben wir im Griff.«

»Sie sind ein junger Mann und haben vermutlich bereits eine halbe Million verdient, vielleicht auch eine Million …«

Klemens Gaede lacht auf: »Wenn man genau weiß, wie viel man hat, hat man sehr wenig, Herr Stolzenburg.«

»Und es geht Ihnen besser als Marion und mir?«

»Mir würde es nicht gefallen, mich derart einzuschränken wie Marion und Sie. Würde mir keinen Spaß machen. – Ich denke, wir sollten aufbrechen.«

»Und Sie können mir helfen?«

»Versuchen wir es. Versuchen wir unser Bestes, um diesen Herrn Kerzer zu etwas mehr Milde zu bewegen. Fahren wir mit Ihrem Auto oder meinem?«

»Ich bin mit dem Fahrrad da.«

»Also nehmen wir meinen Wagen. Ich bringe Sie dann wieder zu Ihrem Fahrrad.«

»Ich besitze ein Auto, Herr Gaede, so arg ist es auch nicht.«

»Ich weiß, ich habe doch Ihre Papiere studiert, ich weiß jetzt alles über Sie. Ich kenne das Baujahr Ihres Autos. Ihre Bank und Ihr Finanzamt besitzen Ihre intimsten Daten. Die wissen mehr als Ihre Frau. Ach stimmt ja, verheiratet sind Sie nicht. Sie sind geschieden, auch das habe ich gesehen.«

Er klopft auf seinen Aktenkoffer, in dem er die beiden Ordner von Stolzenburg verstaut hat.

Im Finanzamt müssen sie fast eine Stunde warten. Als Kerzer sie endlich ins Zimmer bittet, entschuldigt er sich wortreich, es sei nicht seine Art, jemanden warten zu lassen, und Verabredungen seien ihm heilig, aber er habe überraschend bei seinem Chef erscheinen müssen. Er setzt sich an den Schreibtisch, nimmt einen Aktendeckel in die Hand und erklärt, wobei er immer wieder mit einem Finger auf den Bildschirm seines Computers klopft, die Nachzahlung sei mehrfach geprüft und unumgänglich. Stolzenburg erwidert, er habe kein Geld, doch Klemens Gaede unterbricht ihn. Er zieht einen der beiden Aktenordner aus dem Koffer, öffnet ihn und zitiert aus den Steuerbescheiden der letzten beiden Jahre. Er reicht dem Beamten nacheinander einige Blätter und zeigt auf bestimmte Summen, die Stolzenburg als steuerbefreit hätte deklarieren können. Das Finanzamt, sagt er, hätte ihn darauf aufmerksam machen sollen.

»Wir sind keine Steuerberater, wir akzeptieren die Erklärungen oder korrigieren sie, aber wir machen keinerlei Beratung, und schon gar nicht für Steuertricks«, erwidert Kerzer lächelnd.

»Herr Stolzenburg hat in den vergangenen zehn Jahren mehr an Sie gezahlt als nötig. Er hatte leider keinen Steuerberater, den konnte er sich nicht leisten. Wollen Sie ihn bestrafen, weil er zu wenig Geld verdient?«

Klemens Gaede öffnet nochmals den Ordner, entnimmt ihm ein Blatt und gibt es Kerzer.

»Und hier wird die volle Mehrwertsteuer angesetzt, der ermäßigte Satz wäre aber korrekt. Und das zieht sich durch all die Jahre, da sammelt sich was an. Herr Stolzenburg ist geradezu ein Mäzen des deutschen Fiskus.«

Gaede nimmt weitere Blätter aus dem Ordner, reicht sie über den Tisch und sagt zu jedem ein paar Sätze, deren Sinn Stolzenburg nicht versteht. Aber er sieht, dass Gaede triumphiert. Bei jedem Bogen, den er über den Tisch reicht, bei jeder Erklärung leuchten seine Augen auf. Er blättert die Formulare wie ein unschlagbares Spielblatt auf den Tisch, als würde er seine Trümpfe aufdecken. Er lächelt siegessicher und lauert auf die Reaktion des Gegners.

Kerzer scheint beeindruckt zu sein. Er blickt kurz auf die Blätter und nickt zu den Ausführungen Gaedes. Stolzenburg hat fast den Eindruck, Kerzer werde gleich seine Niederlage eingestehen. Nachdem Gaede den letzten Bogen vor ihm ausgebreitet hat, schaut Kerzer ihn an, nickt anerkennend, lächelt nun seinerseits ironisch und sagt: »Richtig, Herr Gaede, alles richtig.«

Er macht eine Pause, blickt kurz zu Stolzenburg, dann wieder zu Gaede.

»Alles richtig, gewiss. Aber es sind die Erklärungen, die Herr Stolzenburg einreichte. Wir haben sie akzeptiert. Es ist ausgeschlossen und undenkbar, dass wir die Erklärungen aller Steuerpflichtigen auf Ersparnismöglichkeiten durchgehen. Dafür fehlen uns Mitarbeiter, dafür gibt es Steuerberater. Meine Herren, ich sehe keine Möglichkeiten, die Forderung auszusetzen oder auch nur zu mindern.«

»Herr Stolzenburg zahlte dem Amt in den letzten zehn Jahren Steuern, die zu zahlen er nicht verpflichtet war. Diese Überzahlungen übersteigen die nun erhobene Forderung. Sie sollten diesen Umstand im Wortsinn in Rechnung stellen und dann auf Ihre Forderung verzichten.«

»Das kann ich nicht allein entscheiden.«

»Nein, aber Ihr Wort wäre ausschlaggebend. Andernfalls sehe ich bei der finanziellen Situation von Herr Stolzenburg nur einen Weg: Sie akzeptieren, dass er die Forderung in Raten begleicht. Zehn oder auch zwanzig Euro im Monat, das könnte er aufbringen, und das Finanzamt hätte in zwanzig Jahren das Geld. Eine andere Möglichkeit hat er nicht, und das wissen Sie genau. Sie kennen seine finanzielle Lage.«

»In zwanzig Jahren? Darauf können wir uns nicht einlassen.«

»Genauer gesagt, in sechsundvierzig Jahren.«

»Herr Gaede, das ist nicht Ihr Ernst.«

»Wenn wir uns nicht einigen, werde ich Herrn Stolzenburg raten, in private Insolvenz zu gehen.«

»Bleiben Sie seriös, bitte. Sie haben keine Ahnung, was Sie Ihrem Klienten damit antun. Eine Privatinsolvenz wünsche ich nicht meinem ärgsten Feind. Außerdem hat Herr Stolzenburg regelmäßige Einnahmen, da hätte ein solcher Antrag keine Chance«

»Die Einnahmen sind derart gering, dass allein schon die Forderung des Finanzamts den Antrag mehr als rechtfertigt. Und was eine Insolvenz für ihn bedeutet, weiß ich sehr gut und werde es ihm erklären. Sie ist sehr einengend, macht viele Umstände, aber in seiner Situation sehe ich für ihn keine Alternative. Es sei denn, das Finanzamt lässt die Forderung fallen.«

Stolzenburg versteht wenig von dem, was die Männer verhandeln, immerhin so viel, dass sie sich einen Kampf liefern, ein Wortgefecht, an dem beide ihr Vergnügen haben.

»Unsere Forderung entspricht absolut der Gesetzeslage. Sie wollen mich doch nicht dazu anstiften, gegen Gesetze zu verstoßen?«

»Um Himmels willen, Herr Kerzer, nicht im Traum würde ich daran denken. Ich versuche lediglich, das Terrain zu beschreiben, in dem sich Herr Stolzenburg bewegt. Und eine private Insolvenz ist eine Option, vom Gesetzgeber als Ultima Ratio zugelassen. Ultima Ratio Pauperi, so haben wir das gelernt. Und Herr Stolzenburg muss nach den letzten Mitteln greifen. Er wird einigen Schreibkram und lästige Termine haben, doch wann das Finanzamt Geld sehen wird und wie viel, das steht in den Sternen. Da wäre doch eine Ratenzahlung von zwanzig Euro geradezu opulent.«

Der Finanzbeamte erwidert nichts. Er schaut auf seine Armbanduhr, dann sieht er schweigend Gaede an. Es vergehen Sekunden, in denen keiner etwas sagt, und Stolzenburg betrachtet die zwei Männer fasziniert. Für Momente vergisst er, dass es um ihn geht, um das Geld, das er zahlen soll. Er sieht vielmehr einem Match zu, dessen Regeln ihm unbekannt sind, von dem er allerdings weiß, dass keiner der Kontrahenten nachgeben wird, sondern alle zulässigen Mittel anwendet, um zu gewinnen.

Nach einer längeren Pause sagt der Beamte: »Ich will sehen, was ich tun kann. Versprechen kann ich Ihnen nichts.«

Er wendet sich dabei Gaede zu, der ihn im Moment seines Triumphes dankbar und fast unterwürfig ansieht.

Kerzer sieht Stolzenburg an und fragt ihn eindringlich: »Gibt es irgendwelche Einkünfte, und seien sie noch so gering, die Sie nicht angegeben haben? Mieteinkünfte, Renten, Stipendien, Bankzinsen, Nachzahlungen?«

Stolzenburg schüttelt den Kopf: »Nein, es gibt nichts anderes, leider.«

»Gut. Ich denke, Sie bekommen innerhalb der nächsten sechs Wochen einen Bescheid von uns. Der gegenwärtige Zahlungstermin ist damit aufgehoben. In dem neuen Bescheid wird er gegebenenfalls neu festgesetzt. Ich mache mir eine Gesprächsnotiz, und Sie bekommen die Stundung in den nächsten drei Tagen schriftlich, damit alles seine Ordnung hat.«

»Vielen Dank.«

»Keine Ursache. Wir sind schließlich keine Blutsauger.«

Er steht auf und reicht Stolzenburg die Hand. Als er sich von Gaede verabschiedet, lächelt er.

Im Flur stößt Klemens Gaede zweimal energisch und heftig die rechte Faust in die Luft und strahlt Stolzenburg an.

»Wir waren nicht schlecht«, sagt er, »wir können zufrieden sein. Rufen Sie mich an, sobald Sie den Bescheid in Händen halten. Es interessiert mich, wie weit man gehen, was man in diesen heiligen Hallen erreichen kann.«

»Danke, Herr Gaede.«

»Nein, nein, danken Sie mir nicht, es ist noch zu früh. Heute, das war ein Etappensieg. Das hohe Amt entscheidet allein, wer den Kampf gewinnt. Das müssen wir abwarten. Aber ich bin hoffnungsvoll. Ich glaube, wir haben ihn geknackt, den Herrn Kerzer.«

»Sie. Sie haben es geschafft.«

»Zu irgendetwas müssen die zwei Jahre Studium ja gut sein.«

Als sie bei Gaedes Wohnung ankommen und aus dem Auto steigen, bedankt sich Stolzenburg nochmals.

Gaede schüttelt den Kopf und schaut ihn neugierig und ein wenig belustigt an: »Ich verstehe Sie nicht. Ich verstehe Leute wie Sie und Marion nicht. Warum machen Sie beide das, was Sie machen, wenn es keiner bezahlen will?«

»Es macht mir Spaß, und meine Arbeit erscheint mir sinnvoll, gibt meinem Leben einen Sinn, um es pathetisch auszudrücken. Ich würde gern mehr Geld verdienen, aber ich würde nie arbeiten, nur um Geld zu verdienen. Das wäre für mich die schiere Vergeudung von Lebenszeit. Aber da bleiben wir beide uns wohl rätselhaft.«

Gaede nickt und lacht auf: »Ich hoffe, ich habe Ihnen geholfen. Und grüßen Sie Marion.«

Acht

Drei Tage später erhält Stolzenburg eine Mitteilung des Finanzamtes, dass die ergangene Forderung nach seinem Einspruch erneut geprüft werde und er zum frühestmöglichen Zeitpunkt das Ergebnis zugestellt bekomme. Bis zu diesem Bescheid sei die alte Forderung vorübergehend außer Kraft.

Er fühlt sich erleichtert, und als er seinen Rucksack für das Seminar packt, steckt er auch den Brief ein, um ihn im Institut Marion zu zeigen. Er sitzt schon auf dem Rad, da bemerkt er, dass er den ungeliebten Fahrradhelm in der Wohnung vergessen hat. Ein gutes Zeichen, sagt er sich, es geht wieder aufwärts, und ich muss mich nicht unentwegt absichern.

Sein erstes Ziel im Institut ist die Bibliothek. Marion freut sich, dass ihr Cousin helfen konnte, und ist amüsiert, wie viel Freude ein Brief vom Finanzamt bereiten könne.

»Ja«, sagt er, »mir fällt ein Stein vom Herzen, auch wenn die Sache noch nicht ausgestanden ist.«

»Ist doch nur Geld«, erklärt sie und macht eine wegwerfende, fast obszöne Handbewegung.

Er widerspricht: »Das klingt vielleicht hübsch, Marion, aber es ist Unsinn. Einen solchen Satz können nur reiche, wirklich reiche Leute von sich geben, ohne sich lächerlich zu machen. Ich glaube, wir beide haben zum Monatsende hin viel zu viel zu rechnen, als dass wir so locker über Geld reden könnten. Ich jedenfalls habe gestern die erste Nacht wieder ruhig geschlafen.«

»Wenn du alles überstanden hast, wirst du darüber lachen.«

»Nein. Dann werde ich aufpassen, dass mir das nicht noch einmal passiert.«

»Kann es sein, Rüdiger, dass du Geld zu wichtig nimmst?«

Er schaut sie überrascht an. Er wirkt fassungslos, schüttelt den Kopf.

»Zu wichtig?«, überlegt er laut und schüttelt nochmals den Kopf. »Nein. Ich brauche es, etwas davon jedenfalls, damit ich mich nicht Tag und Nacht damit beschäftigen muss wie gerade jetzt. Ich hätte gern so viel von diesem Scheißgeld, dass es mich nicht beschäftigt. Damit ich es nicht wichtig nehmen muss. Also nicht zu viel, aber auch nicht zu wenig.«

Er grinst und fügt hinzu: »Wie beim Sex, Marion. Ganz genauso wie beim Sex. Nicht zu viel, nicht zu wenig. Um nicht fortwährend daran denken zu müssen.«

Sie lacht: »Ich denke immer an Sex, obwohl ich ihn hinreichend genieße. Und es ist besser, als an Geld zu denken.«

Bevor er in den Seminarraum geht, schaut er bei Sylvia im Sekretariat vorbei, die ihn aufgeregt begrüßt.

»Ich habe Post für dich«, sagt sie strahlend und reicht ihm einen Brief, »von der Deutschen Forschungsgemeinschaft. Vielleicht hat es geklappt, ich habe dir jedenfalls die Daumen gedrückt.«

»Und ich wette mit dir, dass es wieder eine Absage ist. Ich habe mir ohnehin keine Chancen ausgerechnet. Ich weiß doch, was die wollen und fördern, ich passe nicht in ihr Programm.«

Er nimmt von Sylvia den Brieföffner. Schon als er den Umschlag halb geöffnet hat, liest er den entscheidenden Satz: Sein Forschungsprojekt ist erneut abgelehnt.

»Und ich hatte wieder einmal recht«, sagt er verbittert.

Er legt den Rucksack auf einem Stuhl ab, um den ganzen Brief zu lesen, die ausführliche Begründung, warum die DFG sein erneut eingereichtes Projekt nicht fördert. Eine Herausgabe der Werke von Friedrich Wilhelm Weiskern wird zwar als kulturelle Leistung gewürdigt, jedoch sei in der abschließenden Beratung des Fördergremiums keine qualifizierte Mehrheit für sein Anliegen erreicht worden, so dass eine finanzielle Unterstützung durch die Forschungsgemeinschaft bedauerlicherweise nicht erfolgen könne. Am Ende wird ihm mitgeteilt, er könne sich jederzeit wieder mit einem neuen Projekt an die Forschungsgemeinschaft wenden, und auf die Satzung verwiesen, die dem Brief als Anhang beiliegt.

Er steckt den Brief in die Tasche, den Umschlag und die Satzung wirft er in den Papierkorb.

»Ich danke dir. Den nächsten Brief kannst du gleich zum Abfall tun. Ich bin es langsam müde, die Absagen zu stapeln.«

»Eines Tages«, sagt Sylvia, aber Stolzenburg unterbricht sie: »Nein, auch nicht eines Tages. Ich erzähle meinen Studenten dreimal im Jahr, dass sie keine Chance haben, dass nach dem Studium niemand auf sie wartet, niemand sie braucht, da werde ich mir selbst doch nichts anderes weismachen wollen. – Ist Frieder da?«

»Ja. Willst du ihn sprechen?«

»Nein. Ich muss ins Seminar.«

Auf dem Gang wirft er einen Blick auf seine Armbanduhr, dann geht er nochmals in die Bibliothek zu Marion.

»Und noch ein Brief für mich. Nur weil du meinst, ich nehme Geld zu wichtig.«

Er wirft den Brief vor sie auf den Tisch, stellt sich ans Fenster und starrt schweigend in den Himmel. Marion nimmt den Brief, liest ihn und seufzt: »Tut mir leid, Rüdiger, tut mir wirklich leid. Ich weiß ja, wie du an deinem Projekt hängst. Gibt es noch irgendwo anders Fördermittel? Vielleicht bei den Musikern? Dein Weiskern hatte doch mit Mozart gearbeitet, sagtest du das nicht?«

»Er ist nicht Aufsehen erregend genug, mein Weiskern, sie wollen nur Leuchttürme fördern. Sie verteilen Geld, wenn etwas angeblich nützlich ist oder wenn es sie schmückt. Das nennt man heute Exzellenzforschung. Schlechte Zeiten für meinen kleinen sächsischen Topographen in Wien. Er bringt nichts ein, er kostet nur. Und so etwas ist für das Gremium Schmetterlingskunde, herausgeworfenes Geld. Wir sind nicht vermarktbar, mein Weiskern und ich.«

»Das sind wir hier alle nicht. Unser ganzes Institut.«

»Ja, und das wird uns noch eines Tages auf die Füße fallen.«

Marion lacht auf: »Eines Tages? Das liegt uns doch schon längst auf den Füßen. Frieder hat nur noch damit zu tun, Kürzungen und Einsparungen abzuwehren.«

Stolzenburg steht noch immer am Fenster und schaut in den gleichmäßig grauen Himmel, in einen Himmel von einem so unterschiedslosen, einförmigen Grau, als habe ein Maler eine Leinwand grundiert oder ein Anstreicher eine riesige Wandfläche getüncht. Er steht und starrt und schweigt so lange, dass Marion ihn besorgt fragt: »Alles in Ordnung?«

Er wendet sich zu ihr und blickt sie irritiert an, er hatte nicht zugehört.

»Alles in Ordnung?«, wiederholt sie.

Er nickt.

»Vielleicht solltest du deinen Weiskern aufgeben und dich mit einem Leuchtturm beschäftigen. Ich liebe Leuchttürme. Du weißt ja, ich fahre seit Jahren mit meinem Professor auf meine Insel. Und jedes Jahr steige ich den alten Turm hoch zur Galerie. Das sind zweihundertfünfundfünfzig oder zweihundertdreiundfünfzig Stufen, ich zähle sie jedes Mal, aber ich komme jedes Mal auf ein anderes Ergebnis. Ich liebe diesen Leuchtturm auf Norderney, ich bin unglaublich glücklich, wenn ich ankomme und endlich wieder dieses Monstrum sehe. Leuchttürme sind schön, Rüdiger, vielleicht kannst du einen für dich entdecken.«

»Den Weiskern aufgeben? Du weißt, dass ich seit fünf Jahren daran sitze?«

»Ich weiß. Aber wenn ihn keiner will.«

»Ich will ihn, Marion, ich.«

»Dann musst du um ihn kämpfen. Dann darfst du nicht aufgeben. Dann darfst du nicht an ihm und an dir zweifeln.«

»Das klingt ganz nach Mama.«

»Dann hör auf Mama. Und klage nicht mehr. Du hast halt ein besonderes Hobby, deinen Weiskern, und mit einem Hobby verdient man kein Geld, das kostet höchstens. Mein Hobby ist das Segelschiff, und das kostet jeden Cent, den wir übrig haben. Segeln ist teuer, sehr teuer, da bist du mit deinem Weiskern noch gut bedient.«

»Danke, Marion, das ist sehr, sehr hilfreich. Vielen Dank. Leider habe ich keinen reichen Professor an der Hand, der mir mein Hobby bezahlt.«

»Werd nicht unverschämt. Und damit du es weißt, umsonst ist in dieser Welt nur der Käse in der Mausefalle.«

»War nicht so gemeint. So, und nun gehe ich ins Seminar und werde meinen Frust an den Studenten auslassen.«

Stolzenburg ist verlegen. Er hatte Marion ungewollt gekränkt und verabschiedet sich jetzt besonders freundlich von ihr, streichelt ihr über den Oberarm. Nach dem Seminar fährt er zum Supermarkt, um ein paar Kleinigkeiten für die nächsten drei Tage einzukaufen, und geht danach in den benachbarten Bio-Laden, um Obst, Käse und Milch zu kaufen. Nachdem er die Einkäufe in der Fahrradtasche verstaut hat, schaut er auf die Armbanduhr und entschließt sich, bei Patrizia vorbeizuschauen, die um diese Zeit Feierabend machen müsste. Beim Einbiegen in die Straße, an deren Ende der Friseursalon liegt, in dem Patrizia für ihr Maniküregeschäft das hintere Zimmer angemietet hat, muss er scharf bremsen, da eine Mädchengruppe auf dem Fahrradweg steht und die Fahrbahn nicht freigibt, obwohl er heftig klingelt. Er stoppt so abrupt, dass ein Joghurtbecher und der eingewickelte Käse aus der Fahrradtasche herausgeschleudert werden und auf der Straße landen. Der Plastikbecher platzt auf, das Joghurt spritzt über das Pflaster, einige Spritzer landen auf den Schuhen und Beinen eines der Mädchen. Stolzenburg verhindert mit letzter Mühe einen Sturz. Er wirft einen wütenden Blick in Richtung der Mädchen und sammelt Käse und Joghurt auf. Als er den Becher mit dem Fuß in den Rinnstein schieben will, trifft ihn ein heftiger Schlag auf den Hinterkopf. Er fährt herum, die fünf Mädchen starren ihn aus zusammengekniffenen Augen böse an. Sie werden dreizehn oder vierzehn sein, vielleicht jünger, vielleicht älter, er kennt sich mit Schulkindern nicht aus.

»Seid ihr völlig verrückt geworden«, platzt es aus ihm heraus.

Sein Fahrrad liegt auf dem Boden, mit dem eingewickelten Käse geht er einen Schritt auf die Mädchen zu.

»Erst holt ihr mich vom Rad, und dann habt ihr die Frechheit ...«

»Hey, Alter, hey, du Arsch, hast du nicht was vergessen?«, unterbricht ihn ein besonders dünnes, hochgewachsenes, rothaariges Mädchen.

Diese Göre, denkt Stolzenburg, wenn es ein Junge wär, ich würde ihm eine runterhauen, und bei einer Frau hätte ich auch eine passende Antwort, aber mit Kindern lege ich mich nicht an, das bringt nur Ärger, dann wird mir noch sonst was unterstellt.

»Vergessen? Was soll ich vergessen haben? Ihr blockiert den Fahrradweg, so dass ich fast hingestürzt ...«

Die Rothaarige unterbricht ihn erneut: »Stopp, Alter. Halt die Klappe. Du hast dich bei meiner Freundin zu entschuldigen. Du hast sie mit deinem Scheißquark beschmiert. Eine Entschuldigung ist fällig, und da solltest du nicht zu lange warten. Wir sind nicht immer so freundlich, und wir sind es nie sehr lange, du Sack.«

Stolzenburg ist überrascht, ihm fehlen die Worte, er starrt bloß mit offenem Mund das Mädchen an. Es erscheint ihm unglaublich. Er ist fassungslos, wie dieses Kind ihn soeben angesprochen hat, und zugleich amüsiert, er könnte laut auflachen, zumal ihn die Mädchen anstarren und sich vor ihm aufgebaut haben, als seien sie eine gefährliche Schlägertruppe. Er bemerkt, dass die Passanten ihn und die Girliegruppe betrachten und den Bürgersteig verlassen, um ihnen auszuweichen.

»Nun ist ja gut, Mädchen«, sagt er und bemüht sich um Beruhigung, »es ist ja nichts passiert.«

»Du sollst dich entschuldigen. Bist du auch noch taub?«

Das Mädchen, das offenbar die Wortführerin der Mädchengruppe ist, kommt noch einen Schritt auf ihn zu. Stolzenburg hebt sein Rad auf, um es notfalls als Schutzschild zu nutzen.

»Kinder, ich bitt euch …«

»Wie redet denn der mit uns!«, empört sich das Mädchen und wendet den Kopf zu ihren Freundinnen. »Was glaubt der Arsch, wer er ist!«

Stolzenburg entscheidet sich in dem Moment, die sinnlose Diskussion zu beenden. Er schwingt sich auf das Rad, in der rechten Hand noch immer den aus der Tasche gefallenen eingewickelten Käse, und fährt rasch davon. Ein dickliches Mädchen rennt ihm hinterher, wird aber von den anderen zurückgerufen. Ein Müllwagen heult rückwärtsfahrend laut auf, so dass Stolzenburg die Rufe und Kommentare der Mädchen nicht versteht. Für Momente ist er irritiert, ihn hat die unvermittelt aufbrechende Feindseligkeit der Jugendlichen verblüfft und mehr noch, dass es Kinder sind, denn sie waren wohl so um die zwölf oder dreizehn. Das Leithühnchen, wie er die wortführende Rothaarige nennt, war ganz gewiss nicht älter als vierzehn und gebärdete sich wie eine ausgefuchste Bandenchefin. Er ist froh, dass er halbwegs erwachsene Studenten zu unterrichten hat, vor einer Klasse mit Mädchen wie diesen Kampfhennen möchte er nicht stehen. Auf dem letzten Teil der Strecke zu Patrizias Salon packt er den Käse in die Fahrradtasche, wobei er sich wiederholt nach den Mädchen umschaut, die verschwunden zu sein scheinen. Am Ende der Straße, direkt vor dem Eingang zu einem kleinen Park, steigt er vom Rad, stellt es in einen Fahrradständer und schließt es ab. Kurz bevor er den Friseurladen betritt, schaut er sich noch einmal nach der Mädchengruppe um. Auf der belebten Straße kann er sie nicht entdecken, trotzdem kehrt er zu seinem Fahrrad zurück und hebt es aus dem Fahrradständer, um es im Hausflur unterzubringen. Falls die Mädchen ihn beobachtet haben, hätten sie sehen können, wo er das Fahrrad hinstellt, und er fürchtet, sie könnten sich in ihrer Wut an dem Rad schadlos halten. Er betritt den Salon, nickt der blonden Chefin zu, klopft kurz an der hinteren Tür mit dem Werbeplakat für Naturnagelpflege und Nailbasic und öffnet sie.

Stellwände und Tücher unterteilen den Raum, so dass zwei kleine Kabinen entstanden sind. Patrizias Kopf taucht auf zwischen zwei aufgehängten cremefarbenen Laken. Sie ist überrascht, ihn zu sehen, lächelt ihm zu und bittet ihn, sich zu gedulden, sie sei gleich fertig. Dann unterhält sie sich weiter mit ihrer Kundin, während sie sich mit deren Fußnägeln befasst. Nach ein paar Minuten kommt sie hinter dem Tuch hervor, küsst Stolzenburg und fragt, was ihr die Ehre seines Besuches verschaffe, er habe sie hier doch höchst selten aufgesucht.

»Ich wollte dich abholen. Bist du fertig?«

»In einer Stunde. Tut mir leid, aber mittwochs geht es immer länger. Da mache ich erst Schluss, wenn vorn der Laden schließt. In einer Stunde, geht das für dich?«

Das Tuch hinter Patrizia wird beiseitegeschoben, die Kundin hat ihre Schuhe angezogen und hält ihr Portemonnaie in der Hand. Neugierig betrachtet sie Stolzenburg von oben bis unten, dann wendet sie sich zu Patrizia, um zu bezahlen. Die beiden Frauen vereinbaren einen neuen Termin. Patrizia bringt sie zur Tür und bittet die nächste Kundin, die auf einem Stuhl vorn im Friseursalon sitzt, noch eine Minute zu warten.

»Willst du einen Kaffee?«

Er schüttelt den Kopf.

»Einen Orangensaft? Ich kann dir auch einen Joghurt anbieten.«

»Danke. Joghurt hatte ich gerade«, sagt er und lacht auf.

»Warum lachst du?«

»Nichts von Bedeutung«, sagt er.

»Also, in einer Stunde? Holst du mich dann ab?«, fragt sie nochmals.

Stolzenburg ist unschlüssig. Er will nicht eine Stunde vertrödeln und sagt schließlich, er habe eingekauft und werde nach Hause fahren, um die Sachen in den Kühlschrank zu legen. Zu Hause werde er auf sie warten, wenn sie Lust habe, könnten sie ins Kino gehen.

Sie ist enttäuscht, nickt aber und verspricht, pünktlich zu sein.

»Such uns einen schönen Film raus«, sagt sie zum Abschied. Er nickt und küsst sie flüchtig auf die Stirn.

Er fährt schnell, doch vor jeder Straßenkreuzung bremst er, für heute hatte er genug Niederschläge und

Kollisionen, zudem verdunkeln schwere Regenwolken den Himmel, und es hat angefangen zu dämmern. Er hat nur noch ein paar Hundert Meter und ist auf den Gehsteig gewechselt, da die Straße jetzt mit Kopfsteinen gepflastert ist und keine Fahrradspur besitzt, als mehrere Leute vor ihm auftauchen und ihm entgegenkommen. Sie nehmen den ganzen Gehsteig ein, so dass er ihnen nicht ausweichen kann. Stolzenburg bremst und steigt vom Rad. Es ist eine Gruppe junger Mädchen, fünf oder sechs, er schiebt das Rad an den Gehwegrand, um sie vorbeizulassen. Er beugt sich über das Vorderrad, um den Dynamo einzuschalten. Plötzlich sagt jemand in seinem Rücken halblaut und drohend: »Hey, du Arsch.«

Stolzenburg schrickt zusammen, er erkennt sofort die Stimme. Es ist die Rothaarige, das Leithühnchen von vorhin. Er weiß nicht, ob die Mädchen ihn verfolgt haben oder das erneute Aufeinandertreffen Zufall ist. Er fährt herum, die Mädchen haben ihn auf dem Gehweg umstellt, auf die Straße kann er nicht ausweichen, da ist das eigene Fahrrad ein Hindernis, er müsste es hochheben oder über es steigen, was beides unsinnig und lächerlich wäre. Er wendet sich um, eine Hand liegt auf dem Lenker, um das Rad festzuhalten. Die Kinder schauen ihn triumphierend und lauernd an. In seinen Seminaren würde er eine so kritische Situation mit Ironie und beißendem Sarkasmus unterlaufen und dabei in Kauf nehmen, irgendwelche Studenten ungerechtfertigterweise zu kränken, doch bei den kleinen Mädchen vor ihm, weiß er, ist Ironie nicht angebracht, sie würden sie nicht verstehen, er würde sie nur noch mehr reizen.

»So sieht man sich wieder«, sagt er und bemüht sich, locker zu wirken. Aus dem Augenwinkel versucht er zu erkunden, ob Passanten in der Nähe sind. Er bemerkt, dass auch die Mädchen sich umblicken, und er vermutet, sie halten gleichfalls nach möglichen Zeugen Ausschau. Die sechs starren ihn nach wie vor feindselig an, sagen kein Wort, ihr Blick wandert für winzige Momente immer wieder zu der Rothaarigen. Sie vor allem muss er im Auge behalten, mit ihr muss er sprechen. Er will sich nicht mit ihnen streiten, aber auch nicht von ihnen beleidigen lassen, er will mit seinem Fahrrad und den Einkäufen nach Hause. Er versucht, das bedrohliche Schweigen aufzulösen.

»Das ist vorhin dumm gelaufen. Tut mir leid, aber ihr standet auf dem Fahrradweg, ich hatte keine Chance, euch auszuweichen.«

»Das ist keine Entschuldigung«, sagt die Rothaarige und lächelt dabei tückisch. Sie weiß, dass er dabei ist, klein beizugeben, und genießt es vor ihren Freundinnen. Sie rücken nicht näher an ihn heran, weichen aber auch keinen Millimeter zurück. Um Hilfe zu rufen wäre lächerlich, denkt Stolzenburg, es sind Kinder, wer kann sich von kleinen Kindern bedroht fühlen. Gleichzeitig weiß er, dass sie ihn bedrohen.

»Na, schön, dann entschuldige ich mich. Tut mir leid. Tut mir wirklich leid.«

Die Rothaarige wirft einen triumphierenden Blick zu den Freundinnen. Dann lächelt sie katzenfreundlich Stolzenburg an: »Das reicht nicht, du Arsch. Du musst dich richtig entschuldigen.«

Sie dreht sich zu ihren Freundinnen um und wiederholt: »Das reicht nicht, nicht wahr?«

Eins der Mädchen, die kleine Dicke, die ihm nach ihrem ersten Aufeinandertreffen nachrannte, nickt heftig und begeistert, die anderen vier wirken verlegen und eingeschüchtert.

»Also, wir warten«, wendet sich die Rothaarige wieder Stolzenburg zu.

»Na schön, dann werde ich in Zukunft nie wieder mit meinem Rad auf dem Radweg fahren, um euch nicht zu stören. Jetzt zufrieden?«

Ein Mädchen fängt an zu kichern, die Rothaarige ist einen Moment irritiert, dann grinst sie und sagt, ohne den Kopf zu wenden, zu ihren Freundinnen: »Oh, der Opa will komisch sein. War das komisch, Sue?«

Da keins der Mädchen etwas sagt, funkelt sie Stolzenburg grimmig an und fährt fort: »Nein, das war nicht komisch. Das findet keine von uns komisch.«

Stolzenburg spürt, dass die Aggression des Mädchens zunimmt. Er hat mit seiner Bemerkung ein Mädchen zum Lachen gebracht, und die Rothaarige fürchtet um ihre Autorität. Er will ihre Verunsicherung nutzen, die unsägliche Situation auflösen und beenden und dem dummen Kind eine goldene Brücke bauen, damit sie und ihre Bande sich zurückziehen können. Schließlich hat er einen Abschluss bei den Erziehungswissenschaftlern gemacht, und man hatte ihm in der allgemeinen Didaktik und der pädagogischen Psychologie die kleinen Tricks beigebracht, um in dem Käfig, der sich Schulzimmer nennt, nicht von Halbwüchsigen aufgefressen zu werden.

»Schön, ihr hattet euren Spaß mit mir«, sagt er freundlich, »und nun sollten wir unsere Plauderei beenden. Enough is enough und goodbye. Ich denke, ihr habt noch anderes zu tun, als euch mit einem älteren Herrn abzugeben. Also, lasst mich vorbei. Geht bitte einen Schritt beiseite, dass ich mit dem Fahrrad weiterkomme.«

Tatsächlich treten zwei Mädchen einen Schritt zurück, so dass der Weg aus der Umzingelung mit dem Fahrrad frei ist, aber die Rothaarige geht einen Schritt nach vorn und bellt ihn an: »Schnauze, Alter. Du hast dich noch immer nicht bei meiner Freundin entschuldigt.«

»Doch, das habe ich. Ich habe mich sogar zweimal entschuldigt«, erwidert er und zwingt sich zu lächeln.

»Reicht nicht. Reicht überhaupt nicht.«

»So? Was meinst du denn, was ich machen soll?«

»Knie nieder, du Arsch. Knie nieder, und bitte um Entschuldigung.«

Stolzenburg lacht auf, packt das Rad mit beiden Händen und geht los, wobei er darauf achtet, keins der Mädchen zu berühren. Die Rothaarige öffnet ihren Rucksack, sie hat plötzlich eine Kette in der Hand, eine massive, enggliedrige Kette mit einem Holzstück als Handgriff. Stolzenburg versucht, sie im Auge zu behalten, während er das Fahrrad aus dem Kreis schiebt. Er bemerkt eine rasche Bewegung, dann trifft ihn die Kette am Hinterkopf, und im gleichen Moment spürt er das Eisen auf der Stirn. Blut fließt über seine Augen, er kann und will es nicht abwischen, will nur losstürmen. Dann kreischt eine Stimme: »Hör auf!«, und ein zweiter Schlag trifft ihn quer über den Schädel, er verliert den Halt und stürzt über das fallende Rad. Er bleibt liegen und wartet. Wartet, was passiert, unfähig, sich zu wehren, aufzustehen, zu flüchten. Er will das Blut an den Augen wegwischen, aber die Arme sind unter dem Rad eingeklemmt, und er liegt mit dem Körper auf dem Lenkrad und dem Vorderrad, eine Flügelschraube drückt schmerzhaft gegen die Rippen. Jemand fragt ihn etwas, was er nicht versteht. Es ist eine andere Stimme, es ist nicht die böse, aggressive Stimme der Rothaarigen, sie ist freundlicher, mitfühlend. Er antwortet etwas. Dann fragt die Stimme: »Sind Sie gestürzt?«

Eine Hand hebt seinen Kopf.

»Mein Gott, Sie bluten ja. Können Sie sich bewegen? Soll ich einen Arzt rufen?«

Stolzenburg bemüht sich vergeblich, die Arme unter dem Rad hervorzuziehen, das eigene Körpergewicht fesselt ihn. Dann heben zwei Männer ihn und das Rad hoch, er kann sich das Blut aus den Augen wischen, vier ältere Leute stehen neben ihm, zwei Frauen, zwei Männer. Er nickt ihnen zu.

»Was ist passiert? Was hat Sie denn vom Rad geholt?«, fragt einer der Männer.

Stolzenburg blickt sich um, von den Mädchen ist nichts zu sehen, er muss so lange unter dem Rad gelegen haben, dass sie Zeit hatten zu verschwinden.

»Sie sollten nicht ohne einen Helm mit dem Fahrrad fahren«, sagt einer der Männer, »Sie sehen ja, was Sie von Ihrem Leichtsinn haben.«

Stolzenburg schüttelt den Kopf: »Ich wurde zusammengeschlagen. Von Jugendlichen. Von einer Bande.«

Er hat Mühe zu sprechen, er muss sich bei dem Sturz auf die Zunge gebissen haben.

»O Gott«, schreit eine der Frauen auf, »waren das etwa die, die uns gerade entgegenkommen sind?«

»Nein, Luise«, beruhigt sie einer der Männer, »das waren kleine Mädchen. Vor denen brauchst du dich nicht zu fürchten.«

Er wendet sich an Stolzenburg: »Haben Sie jemanden

erkannt? Was wollten die von Ihnen? Fehlt etwas? Hat man sie bestohlen?«

Stolzenburg starrt ihn an, ohne zu antworten. Es waren kleine Mädchen, wiederholt er im Stillen die Worte des Mannes. Ja, er hat recht, es waren kleine Mädchen, es waren Kinder, die ihn zusammengeschlagen haben. Er schüttelt den Kopf und nimmt das Fahrrad, das einer der beiden Männer hält. Er nickt ihnen nochmals zu und läuft mit dem Fahrrad los. Er schiebt es nach Hause. Kleine Mädchen, geht ihm durch den Kopf, Kinder, ja. Ihn haben Kinder vom Rad geholt, Kinder haben ihn zusammengeschlagen. Kinder waren es, keine Halbstarken, keine Rowdys, keine martialisch wirkende Truppe glatzköpfiger, durchtrainierter junger Männer aus einem Fitnessstudio. Nein, kleine Kinder, junge Mädchen, die vielleicht noch mit Puppen spielen. Er wollte es den Leuten, die ihm auf die Beine geholfen hatten, nicht sagen, ihnen nicht sagen, dass ihn kleine Mädchen so zugerichtet hatten. Ein Gefühl von Scham hatte ihn instinktiv davon abgehalten, und im Nachhinein findet er es richtig, ihnen nicht diese lächerliche Wahrheit gesagt zu haben.

Kinder, sagt er sich immer wieder, dich haben kleine Schulkinder zusammengeschlagen. Sie hätten dich auch totschlagen können, dann wäre die Peinlichkeit perfekt. Würde sich als Todesanzeige seltsam lesen, wäre eher etwas für die Rubrik Vermischtes oder Kuriositäten. Hochschullehrer erliegt den Folgen eines gewaltsamen Anschlags von Schulkindern. Bald musst du dich vor Kindern aus Kindergärten hüten.

Er hat vor ihnen keine Angst gehabt, nicht einen Moment. Er hatte nie mit einem Angriff, einem so brutalen Angriff von kleinen Mädchen gerechnet. Auch als sie ihn auf dem Weg zu Patrizias Salon von hinten auf den Kopf geschlagen hatten, war er nicht besorgt oder beunruhigt gewesen. Und als er sie wieder traf oder sie ihm aufgelauert hatten, war er nicht beängstigt, sondern nur bemüht, eine erneute Auseinandersetzung zu vermeiden. Er hatte sich nicht vor ihnen gefürchtet, vielmehr sich bemüht, gegen die aggressiven Mädchen nicht Gewalt anwenden zu müssen. Er wollte nicht gegen Minderjährige handgreiflich werden müssen. Die Vorstellung, sie zurückzustoßen und ihnen dabei wehzutun oder sie gar zu verletzen, missfiel ihm, er war schließlich Pädagoge und wusste, wie folgenreich ein solcher Zusammenstoß für ihn werden, welche beruflichen Konsequenzen eine unüberlegte oder unglückliche Handbewegung nach sich ziehen konnte. Er wollte die Kinder beruhigen und von seiner Person ablenken. Er hatte keine Angst, von ihnen zusammengeschlagen zu werden, er fürchtete umgekehrt, sie zu schlagen, sich an Kindern zu vergehen.

Bis zu dem Augenblick, in dem die Rothaarige diese Kette aus ihrem Rucksack nahm, fühlte er sich den kleinen Mädchen überlegen und sprach aus dieser Sicherheit mit ihnen. Doch in dem Moment, in dem er die Kette sah, diese stählernen, vibrierenden Kettenglieder an einem handgerechten, zweckmäßigen Griff, wusste er, das Mädchen hat eine Waffe in der Hand und sie war geübt, damit umzugehen. Er begriff sofort: Dieses Mädchen ist gefährlich, sie greift ihn an, er muss fliehen. Er sah dem Mädchen in die Augen, und da hatte er plötzlich Angst. Panische Angst. Einen Moment später lag er auf der Erde, und als er wieder zu sich gekommen war und nicht wusste, wie lange er auf dem Bürgersteig gelegen hatte, war er erleichtert, dass die Mädchen verschwunden waren und sich irgendwelche Fremden seiner annahmen.

Daheim geht er ins Bad und betrachtet sich im Spiegel. Er zieht sich aus und wirft Jacke und Hemd in den Wäschekorb, dann duscht er sich. Die Kopfwunde schmerzt, doch er lässt lange das warme Wasser darüber laufen, um das Blut aus den Haaren zu spülen. Behutsam trocknet er sich ab, um mit dem Handtuch nicht die Wunden zu berühren und die vom Schlag sich langsam rötlich färbende rechte Wange. Da es ihm Mühe bereitet, sich ein Hemd über den geschundenen Kopf zu streifen, zieht er den Bademantel an, dann betrachtet er minutenlang sein Gesicht und den im Spiegel sichtbaren Teil der Wunde. Als es an der Haustür klingelt, schaut er nochmals in den Spiegel und sagt sich, es sei wohl in seinem Zustand besser, eine Wollmütze aufzusetzen. Er drückt den Türöffner, öffnet die Wohnungstür einen Spalt und geht in die Küche.

»Gehen wir ins Kino?«, fragt Patrizia gleich beim Betreten der Wohnung. Sie kommt in die Küche und schreit entsetzt auf, als sie ihn sieht. Sie fragt, was passiert sei, bringt ihn dazu, sich hinzusetzen, sie sei schließlich gelernte Krankenschwester und müsse die Wunde untersuchen. Mehrmals sagt sie ihm, er müsse ins Krankenhaus, sie werde ihn fahren, aber er weigert sich. Sie streicht die Haare beiseite, um sich die Verletzung am Hinterkopf anzusehen.

»Es muss nicht geklammert werden«, verkündet sie anschließend, »es ist ein winziger Riss, Kopfwunden bluten immer stark. Aber ich muss die Wunde reinigen und versorgen, und dazu müssen wir ein paar Haare abschneiden. Wächst ja nach.«

Er muss mit ihr ins Bad gehen und sich auf den Hocker setzen. Als er zusammenzuckt und unwillkürlich den Kopf bewegt, ermahnt sie ihn, stillzuhalten.

»Ein Pflasterspray wäre jetzt gut«, sagt sie, während sie ihm zum Schluss etwas Mull auf den Hinterkopf klebt, »das löst sich von allein und ziept nicht an den Haaren. – So, jetzt siehst du wieder aus wie ein Mensch. Und nun leg dich hin. Vielleicht hast du eine kleine Gehirnerschütterung, da sollten wir vorsichtig sein. Ich an deiner Stelle wäre auf jeden Fall ins Krankenhaus gefahren.«

»Wegen einer Lappalie fahre ich nicht ins Krankenhaus.«

»Und was machst du wegen dieser Rabauken? Was ist, wirst du Anzeige erstatten?«

»Wozu?«

»Aber die Kerle sind gemeingefährlich.«

»Welche Kerle?«

»Na, die, die dich überfallen haben.«

Er schaut sie überrascht an. Er versucht, sich zu erinnern, was er ihr erzählt hat. Er hat nichts von Männern gesagt, aber es vermieden, ihr zu erzählen, dass es kleine Mädchen waren, Schulmädchen, und sie hatte offenbar aus seinen Worten und seinen Verletzungen gefolgert, eine Gruppe junger Männer habe ihm aufgelauert.

»Jaja«, sagt er nur.

Es ist vielleicht besser, es dabei zu belassen. Es ist weniger peinlich. Es lässt sich besser erzählen, denkt er. Die Leute, die ihm geholfen, waren auch davon ausgegangen, junge Männer hätten ihn überfallen, dass es Mädchen gewesen waren, war ihnen nicht in den Sinn gekommen.

»Ich kenne sie nicht«, sagt er, »ich könnte sie nicht einmal beschreiben. Was soll ich denn der Polizei sagen?«

»Aber wenn die weitermachen, wenn die morgen den Nächsten zusammenschlagen, dann hast du hoffentlich ein schlechtes Gewissen. Ab ins Bett. Ich kümmere mich um dich. Hast du Appetit, möchtest du etwas essen?«

»Später. Ich glaube, zuerst sollte ich einen Schnaps trinken. Schau doch mal in der Küche, was ich noch habe. Ein Grappa müsste im Kühlschrank stehen. Gieß mir bitte ein Glas ein. Und nicht zu knapp. Grappa ist gut bei Blutverlust. Und dann sollten wir beide ins Bett gehen.«

Er lächelt sie an, er ist froh, dass sie bei ihm ist. Er weiß nicht, was er bei der Schlägertruppe von Schulmädchen falsch gemacht hat, wie er sich hätte verhalten sollen, wie er künftig reagieren muss, wie er einem solchen Kindergarten gegenübertreten soll. Er fürchtet sich vor der Angst, fürchtet, völlig unangemessen zu reagieren, wenn ihm eine Horde von Jugendlichen, Kindern, Mädchen entgegenkommt. Er fürchtet ihre Gewalttätigkeit, aber auch das Lächerliche einer solchen Situation. Er kann und will sich nicht wegducken, nicht vor ihnen verstecken, gleichzeitig weiß er, er kann gegen eine solche Horde nichts ausrichten, sich gegen eine Überzahl, auch wenn es nur Kinder sind, nicht wehren. Weichen Sie aus, wechseln Sie rechtzeitig die Straßenseite, vermeiden Sie den geringsten Anschein einer drohenden Haltung, aber auch jeglichen Eindruck von Argwohn, Misstrauen und Ängstlichkeit, denn dieses könnte ebenfalls provozierend wirken, so oder so ähnlich hatte sich vor einigen Tagen der Polizeipräsident in einem Zeitungsinterview geäußert. Der oberste Polizist war befragt worden, wie sich Bürger ungefährdet durch ihre Stadt bewegen können, und seinen Aufruf zu einem Ausweichen und vorschneller Flucht hatte er damals empört zur Kenntnis genommen. Er hatte es vor einer knappen Woche gelesen, und nun sagt er sich, es wäre besser gewesen, wenn er sich nicht über die jämmerlichen Ratschläge aufgeregt, sondern sie beherzigt hätte.

»Wer war hier? Wer hat dich besucht?«, fragt Patrizia, die mit einem Glas Tee zu ihm ins Zimmer kommt. Ihre Frage hat einen seltsamen Unterton, so dass er sie überrascht anschaut.

»Niemand«, sagt er, »hier war niemand.«

»Eine Frau war hier, ein Mädchen«, erwidert sie scharf.

Er lacht: »Nein, nicht dass ich wüsste. Oder hast du ein Höschen entdeckt, das dir nicht gehört?«

»Lüg mich nicht an. Wer war hier? Von wem ist der Propeller auf dem Balkon? Den hast du doch nicht gekauft.«

»Den habe ich gefunden«, sagt er, »auf der Straße. Kein Grund, eifersüchtig zu werden. Wenn der Propeller einem Mädchen gehört, dann war es das widerlichste Kleinkind des Jahres.«

Er zieht sie mit beiden Händen zu sich.

»Sei doch nicht dumm«, sagt er. Dann steht er auf und stellt sich ans Fenster. Die Wunde schmerzt jetzt heftig, und vorsichtig legt er eine Hand darauf.

»Was ist mir dir? Zu müde, zu kaputt?«, fragt Patrizia. »Tut es sehr weh?«

»Ich denke gerade nach, was ich morgen zu tun habe. Zum Glück muss ich nicht ins Institut.«

»Bleib ich heute bei dir oder willst du allein sein?«

»Bleib hier, Patrizia. Bitte.«

Neun

Am nächsten Morgen ist der rechte Wangenknochen geschwollen, die Haut bläulich verfärbt, ein Auge rot unterlaufen. Patrizia sagt ihm nochmals, er solle einen Arzt aufsuchen und zur Polizei gehen, er schüttelt nur abwehrend den Kopf, lässt sich aber auf ihre Bitten hin das Frühstück ans Bett bringen. Nachdem sie zur Arbeit gegangen ist, steht er auf, wäscht sich und duscht behutsam die Haare, dann macht er sich einen zweiten Kaffee und setzt sich im Bademantel an seinen Computer. Der Hinterkopf schmerzt. Wenn er ihn unwillkürlich berührt, zuckt er zusammen. Er klickt die Presseübersicht der Hochschule an und überfliegt die Titel der ausgewählten Artikel. Dadurch verschafft er sich eine angenehme und für ihn ausreichende Kenntnis der Tageszeitungen. Ein sehr junger, vermutlich schlecht bezahlter Angestellter der Universität hat sie Tag für Tag bis neun Uhr zusammenzustellen, gedacht war sie ausschließlich für das Rektorat und die Institutsleiter. Er hatte vor vier Jahren, als er einen Jubiläumsartikel für den Prorektor zu schreiben hatte und ihm vorübergehend Zugang zu diesem Service gewährt wurde, den jungen Mann gebeten, ihm die Texte auch nach der vereinbarten Zeit an seine E-Mail-Adresse zu schicken, und für einen Espresso war der auch dazu bereit und hatte seine Adresse unter irgendeinem anderen Namen versteckt gespeichert, so dass er seitdem an jedem Wochentag einen

Querschnitt der deutschen Zeitungslandschaft frei Haus geliefert bekam.

Im politischen Teil geht es fast ausschließlich um Probleme der katholischen Kirche, das Zölibat wird diskutiert, über jahrhundertealte Traditionen soll nachgedacht werden. Alle Zeitungen berichten über Kindesmissbrauch, über Wunden, die noch nach Jahrzehnten bei den Opfern nachwirken, zu sozialen und sexuellen Störungen führen.

Er muss an die Mädchen denken, an die Rothaarige. Irgendetwas ist bei ihr schiefgelaufen, möglicherweise ist sie auch ein Missbrauchsopfer. Warum sonst sollte ein kleines Mädchen eine Metallkette als Totschläger mit sich schleppen. Vielleicht sind nicht nur die Täter allgemein gefährlich, vielleicht sind es auch ihre Opfer. Sie stellen nach dem Missbrauch eine Gefahr für ihre Umgebung dar. Rachsüchtig, angriffslustig aus der Angst heraus, angegriffen zu werden. Ein Leben mit geballten Fäusten. Verständlich, aber eine Gefahr. Vielleicht bräuchten auch Opfer eine Sicherheitsverwahrung.

Er lacht über sich selbst, lacht, weil er nach Erklärungen für das Verhalten des rothaarigen Mädchens sucht, nach Entschuldigungen für ihre Aggression. Er will nicht mehr an sie denken. Er blättert rasch weiter, liest zwei Buchkritiken über Arbeiten von Kollegen und macht sich eine Notiz. Schließlich schaut er sich den heftigen Verriss einer Aufführung in Hamburg an. Ihn interessieren weder Stück noch Bühne, er liest nur belustigt die bösartigen Bemerkungen, die hundsgemeinen Formulierungen des selbstgefälligen Kritikers. Er liest den Artikel aus reiner Schadenfreude, wie er sich eingesteht, aus der gleichen Schadenfreude, mit der die

Gehässigkeit niedergeschrieben war. Es gefällt ihm, wie die Arbeit von anderen Leuten vernichtend beschrieben wird. Er kennt diese Menschen nicht, er hat nichts gegen sie, es macht ihm lediglich Spaß. Sehr viel mehr Spaß, als ihm ein Lob bereitet hätte, das er in dem Fall vermutlich überhaupt nicht zur Kenntnis nehmen würde. Eine seltsame Lust an dem Unglück, an dem Pech eines anderen. Das nennt man wohl menschlich. Vermutlich hätte es andere gefreut, wenn sie gesehen hätten, wie er am gestrigen Nachmittag von Kindern zusammengeschlagen wurde, er könnte sofort ein paar Leute nennen, die liebend gern dabei gewesen wären und die es erfreut genießen werden, wenn sie davon hören.

Er schaut sich in seinem E-Mail-Briefkasten die eingegangene Post an. Die meisten Nachrichten löscht er, ohne sie vorher zu öffnen. Es sind Angebote für irgendwelche Schnäppchen, die ihn nicht interessieren, oder Anfragen seiner Studenten, die sich wegen jeder Kleinigkeit an ihn wenden, die sie ebenso gut der Sekundärliteratur entnehmen oder im Sekretariat erfahren könnten. Er hat den Studenten wiederholt erklärt, er lese grundsätzlich ihre E-Mails nicht, öffne sie nicht einmal, sie erhielten seine E-Mail-Adresse zwar bei Beginn des Studiums vom Institut, allerdings lediglich als Information, wonach an diese Adresse niemals etwas geschickt werden dürfe. Es hatte alles nichts geholfen. Wenn ein Student irgendein angegebenes Buch nicht in der Bibliothek fand, Probleme mit einer Jahresarbeit hatte oder aus angeblich gewichtigen Gründen ein Seminar versäumen musste, man schickte ihm eine E-Mail, und an jedem Wochentag hatte er dutzendfach diesen Unsinn nach einem ersten Blick auf den Absender zu löschen.

Den achten Brief hat er bereits in den Papierkorb geschickt, als er plötzlich stutzt. Ihm ist im gleichen Augenblick, als er den Löschbefehl gegeben hat, ein Name ins Auge gestochen. Er öffnet den Papierkorb und holt die Nachricht heraus. Tatsächlich, er hat sich nicht geirrt, der Name Weiskern steht dort, Friedrich Wilhelm Weiskern. Ein Herr Conrad Aberte wendet sich an ihn und bietet Weiskern-Originale an. Er habe, schreibt er, zwölf Handschriften von Weiskern, neunundzwanzig Blätter. Es seien Briefe an die Mutter und einen Großonkel, den Rittmeister Gottlieb Bretzner, in denen Weiskern ausführlich über seine Auftritte als Schauspieler am Theater am Kärntner Tor berichtet und von den großen Erfolgen seiner eigenen Stegreifkomödien. Mozart werde dreimal erwähnt, zwei Schilderungen von Kutschfahrten an der Donau verweisen, wenn auch kein Name genannt wird, darüber hinaus unzweideutig auf den jungen Komponisten. Den Briefen an die Mutter liege überdies ein Billett der Kaiserin bei mit einem kurzen handschriftlichen Gruß Maria Theresias an den geschätzten Odoardo. Letzteres sei die bekannteste Figur, die Weiskern geschaffen habe, und in dieser Rolle sei er wiederholt nicht nur an seinem Theater, sondern auch am Hof aufgetreten.

Conrad Aberte schrieb weiter, er habe die Manuskripte in Helbra bei einer Wohnungsauflösung in der Siebigeröder Straße erworben und beabsichtige, sie einem Auktionshaus anzubieten. Er habe vor Monaten mit dem Dorotheum in Wien Kontakt aufgenommen und seinen Fund im Palais in der Dorotheergasse prüfen und schätzen lassen. Ein Gutachten liege vor, ebenso ein Angebot des Auktionshauses. Da er aber im Internet einen langen Aufsatz von Stolzenburg über Weiskern entdeckt habe, wolle er ihm das neue sensationelle Material, bevor er es zur Versteigerung gebe und dieses dann in irgendeinem Archiv für Jahrzehnte oder gar Jahrhunderte verschwinde, anbieten. Das Einstiegsangebot des Wiener Auktionshauses liege bei fünfzehntausend Euro, erfahrungsgemäß sei mit einer sehr viel höheren Summe zu rechnen, aber da er einerseits die kostbaren Blätter lieber in der Hand eines kompetenten Wissenschaftlers sehe als bei irgendeinem auf Nebengestalten des 18. Jahrhunderts spezialisierten Sammler, andrerseits das Auktionshaus einen erheblichen Teil des Auktionserlöses einbehalte, würde er Stolzenburg die Manuskripte zum Einstiegspreis anbieten. Das Gutachten des Dorotheums stehe ihm selbstverständlich zur Verfügung.

Stolzenburg bekommt beim Lesen schweißnasse Hände. Er geht in die Küche und setzt Wasser auf, um sich einen Tee zu machen. Zwölf Handschriften von Weiskern, neunundzwanzig Blätter, er atmet tief durch. Und das alles lag fast dreihundert Jahre auf einem Dachboden in einer sächsischen Kleinstadt. Dieser Kerl, dieser Aberte, was für ein Name, hat vermutlich nicht die geringste Ahnung, wer Weiskern war. Er hat die uralten Briefe gesehen und sofort zugeschlagen. Was wird er dafür bezahlt haben? Vielleicht den üblichen Kilopreis von Altstoffhändlern oder zehn Euro pro Briefbogen. Er wusste, dass das Geld wieder hereinkommen wird, wusste, für alte Handschriften würde er vermutlich irgendwo irgendeinen reichen Trottel finden, der ihm dafür einen Tausender hinblättert. Und dann hat er nachgeforscht, rasch entdeckt, dass dieser Weiskern nicht irgendwer ist, sondern dass er auf eine Goldader gestoßen ist. Er hat es Wien angeboten, und das dortige Auktionshaus hat rasch ein Geschäft gewittert, da Weiskern zum Umfeld von Mozart gehört und man mit allem, was diesen berührte, Geld machen kann. Fünfzehntausend! Eine unsinnig hohe Summe, jedenfalls für ihn. Andrerseits braucht er nicht die Originale, ihm würden Kopien reichen, er müsste diesen Aberte dazu bringen, ihm wenigstens Kopien seines Fundes zu zeigen. Oder das Auktionshaus, dieses Dorotheum. Wenn man dort die Blätter geprüft hat, müssen sie im Haus gewesen sein, und man hat ganz sicher Kopien davon gemacht. Und potentielle Käufer werden auch einen Blick auf die Ware werfen wollen. Falls er diesen Aberte nicht dazu bewegen kann, bestünde auch die Möglichkeit, sich beim Auktionshaus als Interessent zu melden und um Kopien zu bitten oder zumindest um Einsicht in den zu versteigernden Schatz.

Eine Stunde später schickt er an Conrad Aberte eine E-Mail. Er teilt ihm in knappen Worten sein Interesse mit, dankt für die Verkaufsbereitschaft und bittet um die Wiener Expertise. Er schreibt sachlich, bemüht, seine Erregung zu verbergen, er will diesem Aberte jenen Eindruck einer nüchternen, teilnahmslosen Aufmerksamkeit vermitteln, die ein von der Universität beauftragter Archivmitarbeiter aufzubringen hat. Er hofft, dem Herrn mit dieser Zurückhaltung zu signalisieren, sich durchaus für den Ankauf der Briefe zu interessieren, jedoch nicht um jeden Preis.

Als sich zwei Stunden später noch keine Antwort im Postkasten findet, wird er nervös. Möglicherweise ist seine Antwort zu kühl, zu unbeteiligt gewesen und hat bei Aberte den Eindruck hinterlassen, dieser Fund sei für ihn eher belanglos. Andrerseits, wer sonst könnte begierig nach Manuskripten von Weiskern sein, wer könnte ihm zuvorkommen? Ihm fällt Jürgen Richter ein, der Verleger in Frankfurt. Der würde eventuell das Angebot von Aberte sofort akzeptieren, falls Aberte auf dessen Namen gestoßen war. Doch wenn Richter kaufen würde, bedeutete das für ihn einen Glücksfall. Der Verleger überließe ihm Kopien, wollte er doch eine Ausgabe der Weiskernschen Schriften nach seinen Möglichkeiten fördern. Falls mit Aberte nicht zu reden ist, falls er ihm die Dokumente nicht zeigen will, könnte er selbst Richter informieren und ihn fragen, ob er, der damals viel Geld für Weiskerns österreichische Topographie ausgegeben hatte, nicht ein paar einzigartige Originale erstehen will, die er ihm dann in irgendeiner Form für die Weiskern-Ausgabe zur Verfügung stellen würde. Richter könnte die Lösung sein, denn er selbst kann die geforderte Summe nicht aufbringen, nicht die Hälfte, nicht ein Viertel.

Als er mittags in die Küche geht, um sich einen Imbiss zu machen, bemerkt er, dass er den gesamten Vormittag über kaum etwas getan hat. Das Angebot von Aberte hat ihn ununterbrochen beschäftigt und von seiner Arbeit abgelenkt. Er schüttelt über sich den Kopf. Es ist unsinnig, sich mit ungelegten Eiern zu beschäftigen. Wieso geht er davon aus, dass die Briefe für ihn und die Werkausgabe wichtig sind, dass sie nicht lediglich private Mitteilungen über selbst familiär nebensächliche Ereignisse enthalten, für den Historiker ohne Wert, nichts Erhellendes über die Zeit und die Arbeit von Weiskern? Er kann nicht seine Zeit und schon gar nicht ein Geld, das er nicht hat, für Zettel verschwenden, auf denen nichts weiter steht, als dass der Sohnemann neue Hemden braucht, der Tante Gertrude zum Namenstag gratuliert oder dass das Wetter in Wien hundsföttisch kalt ist.

Er stößt mit dem Kopf gegen eine offen stehende Schranktür und zuckt zusammen, die Verletzung meldet sich, auch die hat er vollkommen vergessen. Er geht ins Bad und betrachtet sein Gesicht. Die Schwellung ist nicht zurückgegangen, die Verfärbung jetzt in ein intensives, hässliches Gelb übergegangen, als habe er die rechte Wange mit einer Creme eingeschmiert. Er nimmt den kleinen Spiegel aus dem Reisenecessaire, um damit einen Blick auf den Hinterkopf zu werfen. Vorsichtig berührt er die Wunde, er spürt Schorf, der Schmerz ist erträglich, in zwei, drei Tagen ist alles vergessen.

Zurück am Schreibtisch öffnet er erneut den Briefkasten im Computer. Aberte hat geantwortet, nur zwei Zeilen: Das Gewünschte als Anhang, beste Grüße. Der Anhang enthält die Expertise des Wiener Auktionshauses, ein dreiseitiges Schreiben des Dorotheums mit prachtvollem Briefkopf auf der ersten Seite. Akkurat werden die zwölf Briefe von Friedrich Wilhelm Weiskern aufgelistet, der Umfang notiert, ein Blatt oder zwei oder sogar drei, gefolgt von jeweils zwei Zeilen langen Inhaltswiedergaben. Daran an schließt sich eine Zustandsbeschreibung der Papiere, sie seien leicht stockfleckig und an den Rändern verfärbt. Das gesamte Corpus müsse restauriert werden, da die Papiere ursprünglich von mangelhafter Qualität seien und durch offensichtlich unsachgemäße Lagerung ihr Bestand gefährdet sei. Auf zwei Briefen gebe es handschriftliche Zusätze einer zweiten Person, möglicherweise der Adressatin, der Mutter.

Der Gutachter, ein Professor Ferdinand Koenig, empfiehlt, den Faszikel zur Auktion anzunehmen, ihn dem

Restaurator für erste Sicherungsmaßnahmen zu übergeben. In einem zweiten Schreiben schlägt derselbe Gutachter dem Auktionshaus vor, dem Anbieter der neunundzwanzig Blätter eine Eingangssumme von fünfzehntausend Euro vorzuschlagen.

Stolzenburg liest wiederholt die knappen Inhaltsangaben der Briefe. Es scheinen tatsächlich Zeitdokumente zu sein mit Kommentaren und Sottisen zum Hof, über den Kaiser, zur Wiener Musikszene. Der Name Mozart werde in drei Briefen genannt. In acht Briefen seien despektierliche Bemerkungen zu Maria Theresia und Josef II. Und in allen Briefen erzählt Weiskern über seine Arbeiten für das Theater, für die Oper, über seine Texte für Mozart, offenbar schrieb er drei Libretti für ihn, und berichtet von den Fortschritten seiner großen Topographie.

Stolzenburg ist erregt. Er läuft im Zimmer auf und ab, schaut immer wieder auf den Bildschirm. Er druckt die beiden Briefe aus, geht mit den Blättern in die Küche, setzt Wasser auf, stellt sich ans Fenster und schaut auf die Straße. Er schaltet dann am Herd das Gas aus, geht ins Wohnzimmer, setzt sich in einen Sessel und liest nochmals die Inhaltsangaben der aufgefundenen Briefe. Wenn diese wenigen Zeilen tatsächlich eine genaue Zusammenfassung der Briefe sind, so würde der Fund seine Erwartungen weit übersteigen. Die Briefe an Weiskerns Mutter und den Rittmeister Gottlieb Bretzner, seinen Großonkel, sind eine Sensation, sie könnten das Zentrum der Werkausgabe bilden. Mit ihrer Hilfe wäre sehr viel leichter ein Verleger zu gewinnen, den eine überraschende grandiose Neuentdeckung, die er als Erster publizierte, bewegen könnte, ein so schwieriges Projekt wie die Schriften von Weiskern zu veröffentlichen. Zuallerst müsste er die Briefe sehen, diesen Aberte dazu bewegen, ihm die Originale zu zeigen oder Kopien zu überlassen. Das erscheint ihm keine unüberwindliche Schwierigkeit zu sein, denn schließlich will Aberte verkaufen, will sie ihm verkaufen, und er kann nicht verlangen, dass er für eine Katze im Sack blindlings ein Vermögen hinblättert. Das kann er von keinem Privatmann verlangen, und von einer Institution wie der Universität schon gar nicht. Denn er hatte sich entschlossen, als Institution aufzutreten, als Beauftragter seines Instituts, es erschien ihm aussichtsreicher, und er könnte während der Verhandlungen immer wieder Nachfragen vorschützen oder Bedenken seiner Vorgesetzten.

Schwieriger scheint ihm, die Druckgenehmigung zu erhalten, falls die Briefe in dritte Hände übergehen. Wer immer die Briefe kauft, würde seinem Wunsch, ihm den Text für eine Publikation zu überlassen, nur dann entsprechen, wenn er selber nichts weiter vorhabe, als alte Originalblätter zu sammeln. Die meisten dieser Sammler jedoch, jedenfalls soweit Stolzenburg sie kennengelernt hat, lassen die Objekte ihrer Leidenschaft nicht in Schränken und Schubläden verschwinden, um sich ab und zu an ihrem Anblick zu ergötzen, sondern stellen sie aus, lassen Kataloge herstellen, suchen die Öffentlichkeit. Und dafür brauchen sie eine Aura von Einzigartigkeit, das alte ius primae noctis, das Recht der ersten Vorstellung, die Premiere. Sie werden sich von einem kleinen Wissenschaftler dieses Recht nicht abkaufen lassen, zumal er es nicht einmal kaufen, sondern geschenkt haben will. Stolzenburg kennt diese Sammler. Sie waren es, die den Preis für die wenigen erhaltenen Exemplare der Weiskern'schen Topographie von Niederösterreich in solche Höhen trieben, dass er, wenn er auf ein Exemplar stößt, nie in der Lage ist, die geforderte Summe zu zahlen. Sie sind es, die diese Bücher mit ihrer Leidenschaft absurd verteuern, die viel Geld hinlegen und nichts anderes mit ihnen anzufangen wissen, als sie in einen Glasschrank zu stellen und bewundern zu lassen. Sie wollen die Bücher bewundern lassen, vor allem aber sich selbst, die Besitzer solcher erlesenen Kostbarkeiten. Wenn die Briefe bei einem Sammler landen, verschwinden sie erneut, geraten sie wieder in das Dunkel einer ungeahnten, der Öffentlichkeit unbekannten Existenz. Allein der Sammler hat Kenntnis von ihnen, bis auch er sie vergisst und von dem einzelnen Schatz unter all seinen Schätzen nichts mehr weiß. Dann werden sie in den Besitz eines Erben übergehen, dem die Papiere persönlich nichts bedeuten, der sie vielleicht, weil sie nur Platz kosten, zum Trödler bringt oder in den Müll wirft.

Im Internet gibt er den Namen Aberte ein, findet aber keine weiterführende Spur, nichts Brauchbares. Unter dem Stichwort Dorotheum eröffnen sich viele Seiten, er kann die Öffnungszeiten und Auktionstermine eruieren, aber eine Namensliste der Gutachter wird nicht angeboten, und auch unter Professor Ferdinand Koenig findet er nur für ihn nutzlose, abseitige Angebote.

Er entschließt sich, Jürgen Richter zu schreiben, er muss den Frankfurter Verleger dazu bringen, die Briefe zu kaufen. Er geht ins Arbeitszimmer, setzt sich an den Schreibtisch und entwirft den Brief. Er erläutert Richter ausführlich das überraschende Angebot und bittet ihn, die Briefe zu ersteigern oder sie direkt anzukaufen, wobei er ihm behilflich sein könnte. Er druckt den Brief aus, liest ihn aufmerksam durch und korrigiert ihn, bevor er ihn nochmals druckt. Richter ist ein merkwürdiger und schwieriger Mann, er will keinen Fehler machen, denn er ist vermutlich der Einzige, der ihm helfen kann. Er zieht eine Jacke an, um das Schreiben in den Briefkasten zu stecken. Beim Verlassen der Wohnung schaut er in den Spiegel, kehrt um, zieht den Mantel mit dem breiten Kragen an und setzt sich eine Mütze auf. Den Kragen schlägt er hoch, so dass von den Blessuren kaum etwas zu sehen ist.

Das Fahrrad lässt er stehen, er geht zu Fuß.

»Zahnschmerzen?«, fragt ihn die Verkäuferin im Schreibwarengeschäft, in dem er auf dem Rückweg vorbeischaut.

Er hält den hochgeschlagenen Kragen mit einer Hand dicht an der Wange und nickt. Mit der anderen Hand holt er sein Portemonnaie aus der Tasche, öffnet es und bezahlt, was etwas umständlich und langwierig ist, aber er will die andere nicht von der Wange nehmen.

Zu Hause setzt er sich an den Schreibtisch. Er muss längst fällige Gutachten zu den Abschlussarbeiten schreiben, einen Stapel Klausuren durchsehen, für Frieder Schlösser endlich den Antrag für die Konferenz zur Sprachkritik formulieren, die für das nächste Jahr in Wrocław geplant ist, und er hat die nächsten zwei Seminare vorzubereiten. Und außerdem sind noch drei Artikel zu schreiben, die er einem Redakteur beim Funk und einem anderen bei der Zeitung versprochen hatte und für die er ein Honorar bekommen wird. Nach fünf Minuten ist er jedoch mit seinen Gedanken wieder bei dem Angebot von Aberte. Er nimmt nochmals das Gutachten in die Hand und stutzt. Ihn verwirrt, was ihn vor Stunden noch besonders überzeugend erschien: der amtliche Briefkopf des Auktionshauses. Wenn der Gutachter, dieser Professor Koenig, ein Mitarbeiter des Dorotheums ist, wieso schreibt er dann ein Gutachten auf einem solchen Bogen? Das Schreiben ist an die Direktion des Hauses gerichtet und nur für diese bestimmt, dazu braucht es keinen Kopfbogen. Wenn er aber kein Angestellter des Dorotheums ist, wenn er als externer Spezialist herangezogen wurde, um ein eingereichtes Objekt zu prüfen, wäre der Briefkopf noch rätselhafter. Aber vielleicht ticken die Uhren in Wien anders, vielleicht verkehrt man dort innerhalb eines Hauses etwas förmlicher als hierzulande, wo man in der Hauspost die Titel weglässt, was in Österreich sicher eine Todsünde ist.

Er öffnet den Brief von Aberte, um ihm zu antworten. Er dankt für das Gutachten und bekundet nochmals sein Interesse am Ankauf. Er habe, schreibt er, seine Institutsleitung heute Morgen mündlich darüber informiert, auch über den Preis, und werde noch heute den Kaufantrag mit dem übersandten Gutachten einreichen. Er habe die Entscheidung abzuwarten, die, so sei ihm versichert worden, kurzfristig erfolgen werde, da dieser Ankauf nicht über Drittmittel erfolgen müsse. Er bitte Aberte um ein wenig Geduld. Ein Mitarbeiter des Instituts werde sich vermutlich in den nächsten Tagen im Auftrag von Professor Schlösser, dem Institutsleiter, bei ihm melden, um die Blätter zu begutachten. Es könne sein, dass Professor Schlösser ihn selbst damit beauftragen werde, es sei sogar zu vermuten, da er bekanntlich Leben und Werk von Friedrich Wilhelm Weiskern am besten kenne. Er liest den Brief mehrmals durch, alles klingt seriös und hochschulmäßig, mehr kann dieser Conrad Aberte nicht erwarten, er musste wissen, dass Gelder in öffentlichen Institutionen langwierige Wege nehmen, ehe sie den Empfänger erreichen. Er ist mit dem Brief zufrieden und schickt ihn ab. In ein paar Tagen wird er Aberte seinen Besuch ankündigen und dann die Briefe sehen können. Er hofft, dass Aberte in der Nähe wohnt, eine Adresse von ihm war weder in seinen eigenen Schreiben noch in dem Gutachten des Auktionshauses angegeben, doch auch wenn er tausend Kilometer fahren muss, wird er sich, sobald Conrad Aberte ihm einen Termin nennt, auf den Weg machen.

Er überlegt, ob er sich von Frieder Schlösser ein Schreiben geben lassen soll, mit dem er die Behauptungen in seiner E-Mail beglaubigt. Er müsste Schlösser dann etwas von dem Fund erzählen und, ohne etwas von dem geforderten Kaufpreis zu sagen, ihn bitten, ein Interesse des Instituts an den Weiskern-Briefen anzumelden. Dieses Schreiben der Institutsleitung würde er selbst aufsetzen und es Schlösser zur Unterschrift geben, so dass die für beide Seiten richtigen Worte darin zu finden wären. Schlösser durfte nichts von dem unverschämt hohen Kaufpreis erfahren, Aberte wiederum sollte nicht mitbekommen, dass Schlösser nichts von dem Geld wusste. Er sah keinen Grund, warum Schlösser ihm dieses Schreiben verweigern sollte. Betrug, sagte er sich, ist es nicht, es ist nur nicht die volle Wahrheit, und falls sich dieser Aberte direkt an Schlösser wendet, könnte ihm der Chef kaum einen Vorwurf machen, da sein privates Interesse an den Weiskern-Briefen unstrittig war und er keineswegs seine privaten Interessen unzulässig mit der beruflichen Stellung und dem Institut verknüpft, zumal seine Forschungen zu Weiskern in den vergangenen Jahren Bestandteil seines Unterrichts waren.

Patrizia ruft an und fragt, wie es ihm geht. Sie will wissen, ob sie sich am Abend sehen, ob sie heute den ausgefallenen Kinobesuch nachholen, aber er will mit seinen rotblauen Blessuren nicht unter Leute und vertröstet sie.

Zehn

Zur Fahrt ins Institut setzt er den Fahrradhelm auf, den er an jenem unglücklichen Nachmittag vergessen hatte. Vor dem Spiegel in der Wohnung drückt er ihn behutsam auf den Kopf, um keine der Wunden zu berühren. Auf der Straße bemerkt er, dass er sich vorsichtiger als sonst verhält, an den Straßenecken stärker als früher abbremst, dass er beständig Ausschau hält. Der Überfall hat ihn nicht verängstigt, aber er will nicht nochmals leichtfertig in eine solche Situation kommen. Die Eisenkette mit Handgriff hat ihn schockiert. Der Schlag mit dieser Kette hätte wirkliches Unheil anrichten können, er will nicht darüber nachdenken. Er ist keine dreißig mehr, er steckt solche Tiefschläge nicht einfach weg und vergisst sie, er weiß, sie werden ihn beschäftigen, er wird sich immer wieder daran erinnern. Mehr als früher wird er auf der Hut sein, umsichtiger sein, aufmerksamer. Und wenn ihn bislang nur bestimmte Gruppierungen von Jugendlichen argwöhnisch machten, junge Männer ab siebzehn, achtzehn, mit einem etwas martialischen Auftreten und raumgreifenden Gebärden, die sich lauthals unterhielten und sich bewegten, als gehöre ihnen die Stadt oder doch die Straße, musste er nun seinen Maßstab eines Bedrohungspotentials korrigieren. Kinder ab zwölf können eine Bedrohung sein, sagt er sich, Jungen oder Mädchen, und sie müssen keine Glatzen haben, keine Springerstiefel, keine Tätowierungen, es können ganz entzückende junge Leute sein, die man eher bei einem Kindergeburtstag vermutet als bei einer Straßengang.

Nach dem Seminar, keiner der Studenten hat seine Lädierungen angesprochen, aber sie hatten sie amüsiert registriert, geht er zum Chef und bittet ihn um ein Schreiben an Aberte. Schlösser ist einverstanden und sagt ihm, er möge den Text selbst aufsetzen. Als Stolzenburg den Brief aus der Jackentasche holt, verweist er an Sylvia, die ihn abschreiben soll, er würde ihn gleich unterschreiben. Als Stolzenburg das Zimmer verlassen will, erkundigt sich Schlösser nach den rotblauen Flecken im Gesicht.

»Ein dummer Sturz mit dem Fahrrad«, erwidert Stolzenburg.

Schlösser nickt uninteressiert und beugt sich wieder über seine Papiere.

Daheim hört er einen Anruf seiner Mutter ab. Die Eltern leben in Flensburg, in einem Mehrfamilienhaus in der Nähe der Diakonissenanstalt, einem großen Krankenhaus. Sie wohnen bereits über zwei Jahrzehnte in demselben Haus, in dem sie zweimal umgezogen sind, einmal ganz nach oben in eine größere Wohnung, und vor sieben Jahren in die frei werdende Erdgeschosswohnung, da ihnen das Treppensteigen zu mühselig geworden war.

Er drückt eine der Speichertasten, um die Eltern anzurufen. Seine Mutter meldet sich. Sie überschüttet ihn mit den üblichen Klagen, er komme nie zu ihnen und melde sich selten, dann erzählt sie ihm, wer von ihren Bekannten in der letzten Zeit gestorben ist.

Stolzenburg hört ihr geduldig zu, die Namen sagen

ihm nichts. Seine Eltern hatten fünf Jahre nach dem Ende seines Studiums einen Ausreiseantrag gestellt und übersiedelten wenige Monate später von Meiningen nach Flensburg. Sein Vater war in Meiningen einer der Geschäftsführer der örtlichen Brauerei und saß jahrelang im Ortsvorstand der CDU, für eine Wahlperiode war er sogar Mitglied im Stadtrat. Als vor Jahren bei einer der wöchentlichen Sitzungen im Rathaus der Bürgermeister die Ratsmitglieder darüber informierte, dass auch in ihrer Stadt einige Jugendliche, offenbar angestachelt von einem der Pfarrer, bei einem Rockkonzert die Einführung eines zivilen Wehrersatzdienstes verlangten und jener Pfarrer am vergangenen Sonntag gegen die Stationierung von sowjetischen Kurzstreckenraketen gepredigt habe, hatte sein Vater in der anschließenden Diskussion ein gewisses Verständnis für die Sorgen der Bürger geäußert, da in der Stadt das Gerücht aufgekommen sei, einer der Raketenstützpunkte werde in unmittelbarer Nähe ihrer Heimatstadt errichtet. Er war vom Bürgermeister daraufhin scharf zurechtgewiesen worden. Keiner der Stadträte nahm zu der kurzen Auseinandersetzung Stellung, doch hatte sein Vater den Eindruck, man würde sich am Ende der Sitzung besonders herzlich von ihm verabschieden. Ein Kollege fasste ihn um die Schulter und meinte lächelnd zu ihm, was er gesagt habe, sei sehr gut gewesen, aber nicht sehr klug. Noch in der Nacht wurde der Vater zu einem Verhör abgeholt, durfte aber nach zwei Stunden nach Hause gehen. Zwei Tage später teilte ihm der örtliche Chef seiner Partei mit, er habe ein Parteiausschlussverfahren gegen ihn eingeleitet, und einen Tag später wurde er aus der Geschäftsführung der Brauerei entlassen. Der

Betriebsdirektor erklärte ihm, er könne in der Brauerei bleiben, jedoch nur als ungelernter Arbeiter in der Mälzerei. Vater kündigte daraufhin, und eine Woche später stellte er für sich und seine Frau einen Ausreiseantrag, der ungewöhnlich schnell beantwortet und genehmigt wurde. Die Eltern konnten bereits vier Monate später nach Flensburg ziehen, wo ein Cousin des Vaters der Miteigentümer einer Aktiengesellschaft war, die Maschinen für die Getränkeindustrie herstellte und den erfahrenen Braumeister aus Meiningen sofort einstellen ließ.

Rüdiger Stolzenburg hatte ein Jahr zuvor seine Dissertation zu Joseph von Eichendorff erfolgreich verteidigt, war weiterhin Assistent an der germanistischen Sektion der Humboldt-Universität, unterrichtete die Erstsemester und arbeitete an seiner Habilitation. Eine Dozentur war ihm in Aussicht gestellt, doch nach der Ausreise der Eltern zerschlug sich diese Hoffnung. Der Sektionsleiter teilte ihm zu Beginn des Herbstsemesters vertraulich mit, er habe aus dem Prorektorat eine Aktennotiz erhalten, wonach der wissenschaftliche Assistent Stolzenburg für eine Dozentur an der Humboldt-Universität politisch ungeeignet und der in einem halben Jahr auslaufende Vertrag mit ihm nicht zu verlängern sei. Tatsächlich erhielt er im Dezember ein Schreiben des Rektorats, in dem es begründungslos hieß, seine Assistenzzeit ende im Februar, sein Antrag auf Verlängerung sei abschlägig beschieden worden. Noch am selben Tag telefonierte er mit dem Chef eines großen Leipziger Verlages, den er bei seinen Recherchen zu Eichendorff kennengelernt und der ihm damals das Lektorat Klassische deutsche Literatur angeboten hatte. Er fragte, ob das Angebot des

Verlegers noch gelte, und erzählte, als der Verleger dies bestätigte, vom unerwarteten Ende seiner Universitätslaufbahn, die wohl der Ausreise seiner Eltern geschuldet war. Er wollte ihm nichts verheimlichen, was jeder neue Arbeitgeber ohnehin in den Personalpapieren zu sehen bekommen würde. Der Verleger fragte, ob er selbst auch vorhabe, auszureisen, und sagte, als Stolzenburg dies verneinte, in seinem Verlag habe er drei Mitarbeiter mit solchen Anträgen, das sei für ihn überhaupt kein Problem, solange sie ihre Arbeit machen, misslich sei allein der Umstand, dass keiner sagen könne, wie lange sie noch im Lande bleiben und wann er sich um neue Kräfte kümmern müsse. Einen Monat später bekam Stolzenburg von ihm einen Arbeitsvertrag zugeschickt, und im März räumte er seine Wohnung in Berlin, zog nach Leipzig, wo er für ein Vierteljahr in der Gästewohnung des Verlages wohnte, um sich in aller Ruhe eine neue Bleibe zu suchen.

Seinen Eltern hatte er geschrieben, welche Folgen sich durch ihre Ausreise für ihn ergeben hatten, aber er fügte hinzu, er sei zufrieden, da im Verlag ein freundschaftlicheres Klima unter den Kollegen herrsche und er zudem etwas mehr verdiene als an der Universität. Besuchen konnte er sie drei Jahre später zum ersten Mal in Flensburg, als er im Verlag eine Werkausgabe von Detlev von Liliencron herauszugeben hatte und deswegen für eine Woche nach Holstein und Kiel reisen konnte. Sie luden damals all ihre neuen Freunde und Bekannten ein, um ihn vorzustellen, und einige von ihnen hatte er bei späteren Besuchen wiedergesehen, doch ihre Gesichter und Namen sagten ihm nichts, und als Mutter ihm nun die Todesfälle aufzählt, hört er ihr schweigend zu. Sie wechselt dann zu den Krankheiten der Nachbarn, erzählt von einer Hüftoperation ihrer Vermieterin. Er unterbricht sie und fragt nach Vater.

»Wir gehen ins Altersheim«, sagt sie, »ich schaff es allein nicht mehr. Wir gehen in ein dänisches Altersheim, die sind viel besser und netter als die deutschen. Von meinen Kindern kann ich nichts erwarten, die haben keine Zeit für uns. Aber das dänische Altersheim ist gut, alle meine Bekannten hier wollen in das dänische. Und wir haben zwei Plätze bekommen.«

»Wann zieht ihr um?«

»Darum habe ich dich angerufen, Rüdiger. Wir ziehen am vierundzwanzigsten November um, in einem Monat, und ich dachte, vielleicht kommst du ein, zwei Tage vorher zu uns. Du könntest mir helfen und ein paar Stücke aus unserer Wohnung solltest du dir nehmen. Wir bekommen nur zwei Zimmer, da müssen wir viel zurücklassen, sehr viel. Es sind schöne Sachen dabei.«

»Am vierundzwanzigsten? Gut, ich trage es mir ein. Ich will sehen, was ich tun kann. Was ist das für ein Wochentag?«

»Ein Montag.«

Er verspricht zu kommen. Mutter erzählt ihm, Vater bewege sich gar nicht mehr und habe Mühe zu lesen, da er kein Buch halten und die Seiten nicht umblättern könne. Er höre den ganzen Tag Radio und sei stundenlang beschäftigt und zufrieden, wenn jemand im Radio Geschichten vorliest. Seinetwegen sei sie Mitglied in einem Phonoclub geworden, und nun bekämen sie alle vierzehn Tage mehrere CDs mit Geschichten zugeschickt, die er sich anhöre. Dann dürfe sie kein Wort reden, kein einziges, doch sie sei es zufrieden, denn dadurch könne sie ungestört die Hausarbeit erledigen.

»Und du? Wie geht es dir?«

»Was soll ich sagen, Junge? Ich bin einundachtzig. Ich freu mich, wenn ich ab und zu an die See komme. Manchmal holt mich Rudi ab, und wir fahren zum Hafen und trinken einen Kaffee. Oder Rosel und Grete kommen, dann leisten wir drei uns ein Taxi.«

»Ich komme am vierundzwanzigsten, Mutter.«

»Komm zwei Tage eher, Junge. Das Einpacken ist schwierig, ich fürchte, ich mache das ganze gute Porzellan dabei kaputt. Und die schweren Sachen ...«

»Mach dir keine Sorgen, Mutter. Ich bin am Wochenende vor dem Umzug bei euch.«

Er schlägt den Kalender auf und trägt den Termin ein. Dann überlegt er einen Moment und sagt sich, dass er den ganzen Montag und auch den Dienstag den Eltern helfen müsse. Er werde frühestens Dienstagabend zurückfahren können. Er macht sich eine Notiz, um an diesen zwei Tagen keine Verpflichtungen im Institut zu haben. Seine Veranstaltungen kann er verlegen oder in der Woche davor oder danach Doppelstunden ansetzen.

Den nächsten Tag verbringt er von früh bis abends in der Deutschen Bücherei. Er arbeitet gern im Lesesaal, und wie stets geht er in den Saal für die Naturwissenschaften und freut sich, wenn dort sein Lieblingstisch frei ist. Die Naturwissenschaftler sind ruhigere Leser als die im Techniksaal oder bei den Geisteswissenschaften, sie flüstern nicht und stehen seltener als die anderen von ihrem Tisch auf, um sich neue Bücher zu holen oder eine Pause zu machen. Außerdem kennt er dort keinen, niemand spricht ihn an, keiner stört ihn, er kann konzentriert arbeiten, konzentrierter als daheim. Er schätzt die Atmosphäre dieser Bücherei, den alten Lesesaal, die vollständig mit Bücherregalen bedeckten Wände, selbst die alten Tische atmen den Geist von Jahrhunderten, von Forschung und Gelehrsamkeit. Als er sich am Abend auf sein Rad schwingt, ist er mit sich sehr zufrieden. Er hat den ganzen Tag gelesen und geschrieben und sich durch nichts ablenken lassen.

Daheim erwartet ihn eine E-Mail von Conrad Aberte, der ihm mitteilt, es sei ausgeschlossen, dass er die Manuskripte vor dem Kauf in die Hand bekomme. Die Blätter müssten nach Ansicht des Dorotheums, wie er ja mit eigenen Augen gelesen habe, zuallererst zum Restaurator. Ein Gutachter des Auktionshauses habe die Blätter bewertet, sie seien angesichts einer möglichen Annahme zur Auktion von ihm gesichert und ihm in einer plombierten Kassette zurückgegeben worden. Wenn er die Plombe löse, verfalle die inzwischen erfolgte Zusage des Dorotheums. Er selbst bleibe bei seinem Vorzugsangebot, da es auch für ihn finanziell vorteilhaft sei, denn der Anteil des Auktionshauses bei einem Verkauf sei derart gigantisch, dass er nur bei einem überdurchschnittlichen hohen Gebot die Einstiegssumme erhalte. Sobald Stolzenburg das Geld habe, könnten sie sich bei ihm in München zur Übergabe treffen, er sei aber auch bereit, ihm die Weiskern-Briefe an einem beliebig anderen Ort auszuhändigen. Sein Angebot sei befristet bis zum zweiten Dezember, denn mit dem Dorotheum sei vereinbart, die Kassette spätestens am dritten Dezember im Auktionshaus einzuliefern.

Stolzenburg atmet schwer. Die Nachricht verwirrt

ihn. Er versteht die Weigerung von Aberte, zumal das Dorotheum auf den Verschluss gedrängt und die Manuskripte offenbar versiegelt hat. Wenn er darauf besteht, die Blätter sehen zu wollen, wird Aberte den Kontakt beenden. Seine einzige Hoffnung ist Jürgen Richter, und wenn der absagt, muss er vor der Auktion nach Wien fahren, um sich dort die Blätter anzusehen. Vermutlich wird die Versteigerung Ende des Jahres stattfinden, und er nimmt an, dass die zur Auktion gelangenden Objekte für die Bieter einige Tage vorher ausgelegt werden. Er weiß es nicht, denn er war in seinem ganzen Leben noch nie bei einer Auktion.

Er entschließt sich, Aberte vorerst nicht zu antworten, sich aber noch einmal an Jürgen Richter zu wenden, ihm die baldige Versteigerung mitzuteilen und ihn um Hilfe zu bitten. Den Brief an den Verleger schreibt er am selben Abend.

Am nächsten Morgen, er hat schlecht geschlafen, Abertes Weigerung, ihn die Briefe einsehen zu lassen, hat ihn verstört, er ist nachts immer wieder wach geworden und hat über einen Ausweg gegrübelt, der ihm einen Vorwand lieferte, eine Hintertür öffnete, um an die kostbaren und ihm so wichtigen Manuskripte zu kommen, am Morgen sucht er nach dem Frühstück im Internet die Adresse des Wiener Auktionshauses heraus und ruft dort an. Er erkundigt sich, wann die Weiskern-Manuskripte versteigert werden. Er wird zweimal weiterverbunden, man ist höchst zuvorkommend, aber niemand kann ihm etwas über den Versteigerungstermin sagen. Schließlich fragt er nach Professor König und wird mit dessen Sekretärin verbunden. Sie fragt nach seinem Anliegen, er sagt ihr, er müsse ihn eines Gutachtens wegen sprechen, und sie bittet ihn, nach Tisch anzurufen, dann sei Herr Professor König wieder in seinem Büro.

»Und wann ist nach Tisch?«

»Rufen Sie bitte nach zwei Uhr an.«

Im Institut gibt ihm Sylvia den von Schlösser unterschriebenen Brief an Aberte. Er dankt ihr und steckt ihn ein, er weiß, er könnte ihn ebenso gut zerreißen und in den Papierkorb werfen, das Schreiben wird ihm nicht helfen. Nach dem Seminar fährt er nach Hause, er muss zwar zwei Stunden später wieder im Institut sein, da er Sprechstunde hat, aber er will diesen Professor Koenig sprechen, allein, nicht in Anwesenheit von Kollegen.

Die Sekretärin im Dorotheum verbindet ihn sofort mit ihrem Chef, und der Professor ist zunächst äußerst liebenswürdig, erklärt Stolzenburg allerdings, er sei kein Gutachter des Hauses und die Namen Aberte und Weiskern sagten ihm nichts. Stolzenburg wiederholt, ihm liege die Kopie eines Gutachtens des Auktionshauses vor. Er nimmt den Ausdruck in die Hand und sagt, es sei von einem Professor Ferdinand Koenig verfasst, Koenig mit oe.

»Sie sprechen mit dem falschen Mann, lieber Herr, ich heiße nicht Ferdinand, und ich schreibe mich nicht mit oe. Ein Ferdinand Koenig ist mir vollkommen unbekannt. Und überdies erstelle ich keine Gutachten, jedenfalls keine Gutachten für Kunstwerke. Ich bin Justiziar.«

»Und wer in Ihrem Haus ist für die Gutachter zuständig?«

»Verehrter Herr, wir sind ein großes Haus, wir haben Experten für mehr als vierzig Sparten, und ich habe keine Ahnung, aus welcher Abteilung Ihr Gutachten stammt. Ich denke, es ist besser, Sie sprechen mit meiner

Sekretärin. Sie wird Ihnen vermutlich helfen können. Auf Wiederhören, der Herr.«

Stolzenburg hört ein Knacken, dann meldet sich die Sekretärin. Er erzählt ihr von den aufgefundenen Weiskern-Briefen, und sie sagt, in dem Fall sei vermutlich Magister Krebs von den Autographen zuständig, sie könne ihn allerdings nicht mit ihm verbinden, da er nur am Donnerstag und dann nur vormittags im Haus sei. Er lässt sich seine Telefonnummer geben und legt resigniert auf.

Zwei Tage später ruft er diesen Magister Krebs an, der ihm ebenfalls sagt, er kenne keinen Gutachter Professor Ferdinand Koenig, der Name Weiskern sei ihm vertraut, schließlich gebe es eine Straße in Wien mit diesem Namen, er habe aber von irgendwelchen gerade entdeckten Briefen und einem Herrn Aberte nie etwas gehört. Stolzenburg erläutert ihm, wer Friedrich Wilhelm Weiskern war, aber erst, als er erzählt, Weiskern sei der erste Librettist von Mozart gewesen, wird der Magister neugierig, wiederholt jedoch, er habe Briefe von diesem Weiskern nie in der Hand gehabt und auch nichts davon gehört.

»Vielleicht weiß einer Ihrer Mitarbeiter etwas? Kann es sein, dass eine andere Abteilung in Ihrem Haus die Briefe begutachtet hat?«

»Lieber Herr, im Dorotheum bin ich für Autographen zuständig, und ich kenne sämtliche Objekte, die uns angeboten werden und die wir zur Versteigerung annehmen. Ich bin mit allen Objekten aus den letzten zwölf Jahren vertraut, jedes Objekt wurde von mir betreut, und ich, und nur ich war und bin dafür zuständig.«

»Aber ich habe eine Kopie des Gutachtens, eine Kopie Ihres Hauses, die Aberte mir mit der E-Mail zuschickte.

Das Schreiben ist vom Mai und die Versteigerung, hörte ich, soll Ende des Jahres stattfinden.«

»Sie haben eine Kopie? Die Kopie eines Gutachtens eines Professors Ferdinand Koenig für unser Haus?«

»So ist es.«

»Und sie ist für unser Haus angefertigt, für das Dorotheum? Sie verwechseln uns jetzt nicht mit einem anderen Auktionshaus?«

»Das Gutachten ist sogar auf einem Kopfbogen Ihres Hauses geschrieben. Eine Verwechslung ist ausgeschlossen.«

»Dann wird die Angelegenheit allerdings rätselhaft. Sie besitzen tatsächlich eine Kopie dieses angeblichen Gutachtens?«

»Ja, als Anhang einer E-Mail.«

»Ein Gutachten mit dem Kopfbogen des Dorotheums?«

»Ja, das sagte ich schon. Ich habe sie vor mir liegen, ich habe sie mir ausgedruckt.«

»Darf ich Sie bitten, mir diese Kopie zu schicken?«

»Gern. Sehr gern. Geben Sie mir bitte Ihre Adresse, ich schicke Ihnen das Gutachten.«

»Das wäre sehr freundlich, denn ich muss Ihnen gestehen, momentan erscheint mir alles sehr mysteriös zu sein. Einen Gutachter Professor Koenig kenne ich nicht, von bisher unbekannten Briefen dieses Weiskern habe ich nie etwas gehört, und Sie können gewiss sein, an Autographen eines Librettisten Mozarts würde ich mich erinnern. Briefe von einem solchen Herrn lagen in den letzten zwölf Jahren nie unserem Haus vor. Ich müsste es wissen.«

»Sie haben die beiden Schreiben in einer Sekunde in

Ihrem Computer. Und ich verlasse mich darauf, Sie geben mir Bescheid? Ich bin an den Weiskern-Manuskripten sehr interessiert, Herr Magister Krebs.«

»Selbstverständlich. Sobald ich mir dieses angebliche Gutachten angesehen und geprüft habe, melde ich mich bei Ihnen.«

Krebs nennt ihm seine E-Mail-Adresse und lässt sich zur Sicherheit die Telefonnummer geben. Er verspricht, da Stolzenburg ihn wiederholt fragt, ihn so bald wie möglich zu informieren.

Stolzenburg ist ratlos. Er versendet umgehend jenes Gutachten von Professor Koenig an Magister Krebs sowie das zweite Schreiben, in dem eine Eingangssumme genannt wird, doch das Gespräch mit diesem Magister Krebs beunruhigt ihn. Warum sollte dieser Krebs die Unwahrheit sagen? Und er macht auch nicht den Eindruck, die Abläufe in seinem Haus und in seiner Sektion nicht zu überblicken. Andererseits gibt es die Briefe und das Gutachten von jenem mysteriösen Professor Koenig. Er könnte Aberte schreiben, ihm die Umstände schildern, aber er fürchtet, er werde diesen Aberte verärgern, wenn er von seiner Kontaktaufnahme mit dem Auktionshaus und von den Nachforschungen erfährt, so dass der sich nicht mehr bei ihm melden würde. Da er nicht weiß, wo Aberte wohnt, er lediglich eine E-Mail-Adresse von ihm besitzt, besteht die Gefahr, dass ihm der Mann und damit die Weiskern-Briefe verloren gehen. Er überlegt, ob er einen Fehler gemacht, ob er bei Aberte etwas übersehen hat oder jener Magister Krebs vom Dorotheum mit den Briefen eigene Ziele verfolge, er die Briefe bereits versteigert oder sie für einen anderen Interessenten hat reservieren lassen und deshalb ihm gegenüber die

Existenz dieser Manuskripte und das Gutachten seines Haus bestreitet. Er müsse abwarten, sagt er sich, vielleicht war er zu aktiv, zu fordernd, auf eine unkluge Art zu begierig, das sei nicht die Art, einen Vogel zu fangen, er müsse sich wie bei einer Versteigerung verhalten und aufmerksam das Umfeld im Auge behalten, das eigene Interesse hinter dem Schleier teilnahmsloser, blasierter Gleichgültigkeit versteckt, um im rechten Moment, jedoch keinesfalls zu früh oder gar voreilig, die Hand oder Stimme zu erheben.

Er schiebt die Papiere zusammen, heftet sie mit einer Klammer aneinander und steckt sie in einen der Pappschuber mit eigenen Arbeiten und Materialien zu Weiskern. Das Angebot und das Gutachten sind damit dort, wo sie hingehören, später leicht auffindbar und endlich aus seinem Blickfeld und hoffentlich auch aus seinem Kopf, denn er hat, wie er sich selbst eingestehen muss, viel Zeit mit dem überraschenden Angebot verbracht, viel zu viele Stunden, in denen er seine Seminare vorbereiten oder eine der misslichen, aber unumgänglichen Brotarbeiten hätte erledigen können, für die er geringe und eigentlich schäbige Honorare erhielt, auf die er dennoch angewiesen ist. Noch immer droht der Zahlungsbescheid des Finanzamtes, der bislang nicht aufgehoben, sondern lediglich aufgeschoben worden ist, und er muss damit rechnen, dass man ihm möglicherweise entgegenkommen, aber gewiss nicht vollständig von der Forderung zurücktreten werde, weshalb er in den nächsten Monaten für seine kostspielige Marotte Weiskern weniger Zeit aufwenden darf und sich intensiver um dumme und langweilige Aufträge bemühen muss.

Elf

Als er nach dem Wochenende ins Institut kommt, liegt im Sekretariat eine Notiz von Marion in seinem Fach, sie bittet ihn, bei ihr vorbeizuschauen. Er geht in die Bibliothek, er vermutet, eins seiner per Fernleihe bestellten Bücher sei eingetroffen. Marion sucht für einen Studenten etwas heraus, Stolzenburg tritt an das Regal mit den Bestellungen, ein Dutzend Bücher steht dort, aber er entdeckt keinen Titel, der von ihm angefordert war. Marion signalisiert ihm, er möge warten.

»Hast du heute Abend Zeit? Ich lade dich zum Essen bei mir ein«, sagt sie, nachdem der Student gegangen ist.

»Nur wir zwei? Wunderbar, gern, ich komme.«

»Nein, nein, nicht zu zweit. Es kommt noch ein Gast.«

»Dein Professor? Lerne ich ihn endlich kennen?«

»Eine Freundin. Nur du und eine Freundin. Und ich koche für euch. Tafelspitz, ich habe ein wundervolles Stück gekauft.«

»Und die Freundin, kenne ich sie?«

»Nein, aber ich möchte, dass ihr euch kennenlernt.«

»Ist sie hübsch?«

»Mehr als hübsch. Sie ist schön.«

»So schön wie du?«

»Lass dich überraschen. Du wirst es nicht bereuen. Du wirst für mich keinen Blick mehr haben.«

»Ach, Marion, das ist ausgeschlossen. Auch wenn ich

bei dir keine Chancen habe, du bleibst für immer in meinem Herzen.«

»Nein, bitte nicht, da ist das Gedränge zu groß. Also, heute Abend halb acht?«

»Sehr gern. Danke. Du betätigst dich neuerdings wohl als Kuppelmutter.«

Marion lacht auf: »Das siehst du nicht ganz falsch, Rüdiger. Jette – meine Freundin heißt Henriette –, Jette wird dir gefallen. Und sie ist wirklich schön. Jette ist eine schöne, tolle Frau.«

»Und warum ist sie dann solo? Sie ist doch solo, oder?«

»Was soll ich sagen? Es gibt einfach entsetzlich blöde Männer. Und Frauen, die immer wieder auf entsetzlich blöde Männer reinfallen.«

»Und ich gehöre nicht dazu, zu diesen entsetzlich blöden?«

»Nicht immer.«

»Danke für das Kompliment, wenn ich auch nicht weiß, ob es eins ist. Und Dank für die Einladung. Ich bin sehr gespannt. Muss ich mit Schlips und Kragen erscheinen?«

»Etwas besser rasieren solltest du dich. Und ein Männerparfüm wäre auch nicht schlecht. Frauen entscheiden nach dem Geruch, sogar bei Kleidern und Schuhen kann der Duft, das Aroma entscheidend sein. Der Geruch, oder sollte ich besser sagen, die Ausdünstungen der Männer, die sind's, die können einen schwach machen oder sind eine unüberwindliche Barriere. Der Geruchssinn, der ist bei Männern offenbar verkümmert. Die meisten wissen gar nicht, wie sie riechen, und merken nicht einmal, wenn sie stinken.«

Stolzenburg küsst sie auf die Wange, schaut auf die

Armbanduhr und macht sich rasch auf den Weg in seinen Seminarraum. Die Einladung amüsiert und freut ihn, vergnügt begrüßt er die Studenten und ist während der zwei Stunden gut gelaunt und witzig, nennt die Studenten seine hoffnungsvollen Seminaristen, lobt selbst Sebastian Hollert für einen Diskussionsbeitrag, was diesen verblüfft, da er bisher von Stolzenburg stets mit ironischen Bemerkungen abgefertigt wurde.

Zu Hause öffnet er den Kleiderschrank und überlegt, wie er bei Marion erscheinen soll. Es ist eine Ewigkeit her, dass er sich vor den Schrank gestellt hat und unschlüssig war, was er anziehen sollte. Er versucht, noch eine Stunde zu arbeiten, doch die Zeit vergeht mit unumgänglichen Telefonaten. Um sechs ruft Patrizia an und will sich mit ihm treffen, er sagt, heute ginge das nicht, er sei verabredet. Er sagt es so unbefangen wie möglich, doch sie wird sofort eifersüchtig und erkundigt sich, ob er sich mit einer Frau treffe.

»Ja, mit einer Kollegin«, erwidert er und ist leicht gereizt, als sie wissen will, wieso er sich am Abend mit einer Frau aus seinem Institut trifft, da er sich doch nie mit einem der Kollegen privat verabredet.

»Schläfst du mit ihr?«

»Mit wem? Mit meiner Kollegin? Nein, bisher habe ich noch nicht mit ihr geschlafen.«

»Aber du bist scharf auf sie?«

»Ehrlich gesagt, Patrizia, bin ich gar nicht mit ihr verabredet. Es geht um etwas ganz anderes.«

»Und das ist so wichtig, wichtiger als ein Treffen mit mir?«

»Ich hoffe, dass es wichtig ist, dass es kein verlorener Abend wird.«

»Wir könnten uns danach sehen. Ich komme zu dir, wenn du zurück bist.«

»Keine gute Idee, Patrizia, gar keine gute Idee. Es kann spät werden, sehr spät.«

Sie ist verschnupft und tief beleidigt, als sie auflegt. Er schüttelt belustigt den Kopf und geht wieder an den Schrank im Schlafzimmer, um sich für den Abend umzuziehen. Bevor er das weiße Hemd überstreift, rasiert er sich sorgsam im Bad. Im Schrank unterm Becken sucht er zwischen den Fläschchen ein Parfüm heraus, das geeignet sein könnte. Er öffnet die Verschlüsse, riecht an ihnen, schließlich entscheidet er sich für eine Marke, die besonders teuer war, und betupft sich damit. Er hat bereits den Fahrradhelm in der Hand, als er es sich anders überlegt, zum Telefon greift und ein Taxi bestellt. Eine kleine verzeihliche Eitelkeit, sagt er sich, er kennt diese Jette-Henriette nicht, er weiß nicht, wie sie auf einen Gast reagiert, der mit einem Fahrradhelm zum Abendessen erscheint, und er will einen guten Eindruck machen. Eindruck schinden, sagt er grinsend, als das Taxi vor dem Haus hält und er die Wohnung verlässt.

Marion begrüßt ihn mit einem Wangenkuss, dann schiebt sie ihn etwas zurück, um ihn zu begutachten. Sie nickt anerkennend und zufrieden: »Wir sind noch in der Küche beschäftigt. Sag Jette dort Guten Abend.«

Sie stellt die beiden einander vor, Henriette und Stolzenburg geben sich sehr förmlich die Hand und sind verlegen. Stolzenburg bemerkt, dass auch Henriette ihn prüfend betrachtet, und er ahnt, was Marion vorhat, und weiß, sie hat die Freundin über ihre Absichten aufgeklärt. Brautschau, Pferdemarkt, sie hat ihn tatsächlich eingeladen, um ihn zu verkuppeln. Er fühlt sich unbehaglich, und es gelingt ihm nicht, locker zu sein. Dass ihm die Frau gefällt und er gern Eindruck auf sie machen würde, erhöht noch seine Unsicherheit. Er wirft Marion insgeheim vor, ihn mit derart direkten Absichten eingeladen zu haben, er hätte diese Henriette lieber zufällig kennengelernt, bei einem von Marions Geburtstagen beispielsweise, er wäre weniger verkrampft und gewiss witziger als in dem Moment, in dem diese Jette-Henriette und er genau wissen, wozu sie geladen waren.

Marion redet unentwegt. Sie lobt den Wein, den er mitgebracht hat, füllt die Champagnergläser, und die drei stoßen stehend in der Küche an. Dann bittet Marion ihn, im Wohnzimmer Musik auszusuchen.

»Es ist besser, du verschwindest aus der Küche, wir haben zu tun, und du störst hier«, sagt sie und schiebt ihn in Richtung Flur. Hinter ihm verschließt sie die Küchentür, sie kichern, er hört ihre Stimmen, aber er versteht sie nicht. Im Wohnzimmer schaut er die CD-Sammlung an, sein Blick fällt auf die Schnapsflaschen in der offenen Vitrine. Als Marion hereinkommt, hinter sich die Tür schließt und ihn fragt, wie ihm Jette gefalle, nickt er.

»Genehmige dir einen Cognac«, sagt sie, nimmt ein Glas vom Bord, reicht es ihm und verschwindet wieder. Er gießt sich ein Glas ein und trinkt es mit einem Schluck leer, dann sucht er nach einer geeigneten Musik, unschlüssig entscheidet er sich für Händel.

Marion erzählt während des Essens beiden in ihrer Anwesenheit etwas von dem anderen, wie sie Henriette und Rüdiger kennenlernte, warum sie sie mag. Sie schafft es auch, dass die beiden sich duzen. Ihr sei es zu anstrengend, mit ihnen zu sprechen, wenn sie sich so förmlich anredeten, sie sei das nicht gewöhnt.

Aus Verlegenheit redet er viel zu viel, wie er sich später sagt, aber ihm gefällt, dass Marion und Henriette ihm zuhören und sich nicht zu langweilen scheinen. Er erzählt Geschichten aus seiner Kindheit, macht Witze über Frieder Schlösser und das Institut, gibt Weisheiten von Konfuzius zum Besten, worüber auch Henriette lachen kann, und er berichtet sogar, was er sonst ungern macht und nur, wenn es nicht vermeidbar ist, von Friedrich Wilhelm Weiskern, den er als seine heimliche Leidenschaft bezeichnet. Und unaufhörlich sieht er an diesem Abend Henriette an und bemüht sich, sie nicht anzustarren. Als Marion einen Blick auf ihre Armbanduhr wirft, steht er unvermittelt auf und sagt, es sei spät geworden, er habe nicht auf die Zeit geachtet, er müsse gehen, schließlich wollten die Studenten auch morgen etwas von ihm lernen. Marion bittet ihn, Henriette nach Hause zu begleiten, sie wohne in der Fregestraße, also nicht weit von ihr.

»Das ist hoffentlich keine zu große Mühe für dich, Rüdiger«, sagt sie und grinst ihn an.

Auf der Straße ist er wieder verlegen und schweigt. Mit Henriette allein ist ihm die Kehle wie zugeschnürt und ihm fällt nichts ein, womit er sie beeindrucken könnte. Sie weist auf den prächtigen Sternenhimmel, er stimmt unbeholfen zu, weiß aber nichts weiter zu sagen. An ihrer Haustür verabschieden sie sich, sie ist freundlich und lässt sich auf beide Wangen küssen. Er steht in der offenen Haustür und schaut ihr nach, wie sie die Treppe nach oben steigt. Wenn sie sich noch einmal umdreht, habe ich Chancen, denkt er, doch sie läuft eilig die Treppe hoch und verschwindet auf dem Treppenabsatz aus seinem Blickfeld. Das will nichts bedeuten, sagt er sich und schaut enttäuscht auf die leeren Stufen, als sie sich plötzlich über das Geländer beugt und ihm zuwinkt. Er reißt seinen Arm hoch, um sie zu grüßen, doch ihr Kopf ist bereits wieder verschwunden, und er hört nur noch ihre Absätze klappern. Er wartet, bis es still wird und er das Klingeln ihres Schlüsselbunds hört. Sie wohnt im zweiten Stock, registriert er, bevor er auf die Straße tritt und vom Bürgersteig nach oben blickt, um zu sehen, hinter welchem Fenster das Licht angeht.

Am nächsten Vormittag arbeitet er zu Hause, er braucht erst um drei im Institut zu sein und will eine Buchrezension für die Volkszeitung verfassen, die am Donnerstag in der Redaktion vorliegen muss. Er schreibt schnell, das zu besprechende Buch hat er bereits vor zwei Wochen gelesen und blättert es jetzt noch einmal durch, um die Anmerkungen zu suchen, die er sich bei der Lektüre gemacht hat. Nach zwei Stunden ist er fertig, der Artikel ist hundert Zeichen zu lang, aber das Kürzen überlässt er der Redakteurin, und über einen Titel will er auch nicht nachdenken. Selbst die originellsten Überschriften, die ihm für seine Zeitungsartikel eingefallen waren, wurden von der Redakteurin regelmäßig abgelehnt und durch andere ersetzt. Vermutlich war das Kürzen und das Formulieren eines möglichst dummen und irreführenden Titels die einzige Arbeit dieser Frau, und er hat keine Lust, sich zu ärgern, und mit ihr zu streiten schon gar nicht, denn sie vergibt die Aufträge. So setzt er den Titel des rezensierten Buches über seinen Text, liest ihn noch einmal durch und schickt ihn an ihre Adresse.

»Jette-Henriette«, sagte er laut, als der Computer ihm mitteilt, dass die E-Mail versendet wurde.

Er stellt sich ans Fenster und versucht, sie sich möglichst genau in Erinnerung zu rufen, aber er ist beunruhigt und fragt sich fortwährend, welchen Eindruck er auf sie gemacht hat. Leider sieht er heute Marion nicht. Wenn er im Institut auftaucht, hat sie längst Feierabend, doch anrufen will er sie nicht, sie würde sich über ihn lustig machen. Er will zwei, drei Tage warten und dann erst Henriette anrufen und sie einladen, Kino geht nicht, aber vielleicht Theater oder Konzert. Der kleine bunte Propeller in seinem Blumenkasten dreht sich so heftig, dass er ihn durch die geschlossene Fensterscheibe zu hören meint. Er greift nach dem Wochenplan und schaut sich das Programm der nächsten Tage im Theater und der Oper an. Er entdeckt ein ungewöhnliches Jazzkonzert, aber er weiß nicht, ob Henriette derartiges gefällt. Vielleicht ist es besser, sie zu einem Essen einzuladen. Falls sie ihn näher kennenlernen will, hat Marion sie vermutlich längst über seine berufliche Situation und seine Finanzen informiert und weiß, dass er kein Krösus ist, er kann also durchaus mit ihr in ein bezahlbares Restaurant gehen, er muss ihr nichts vorspielen.

Sie gefällt ihm. Ihm gefällt die Art, wie sie lacht, wie sie ihm zuhört, wie sie sich bewegt. Sie weiß mit ihren Beinen etwas anzufangen, sie ist nicht durch das Zimmer getapst, sie ist geschritten. Und sie hat einen schönen Hintern, das hat er gesehen, einen schönen kleinen Hintern, doch das Schönste an ihr sind die Augen, dunkle, warme, kluge Augen, in ihre Augen hat er sich verliebt. Vermutlich ist sie fünf bis zehn Jahre jünger, vielleicht im Alter von Marion, und die ist, wie er weiß, acht Jahre jünger als er. Sie arbeitet im Rathaus, ist für die Öffentlichkeitsarbeit des Kulturbürgermeisters zuständig, hat demnach viel mit den Leuten von der Presse zu tun, darüber aber kaum etwas erzählt. Sie hat an dem gestrigen Abend bei Marion überhaupt wenig gesagt, fällt ihm ein, was möglicherweise an ihm lag, weil er so viel redete.

Als das Telefon klingelt, ist er sicher, dass Henriette anruft. Und zwar so sicher, dass er plötzlich in der Laune ist, den Hörer abzunehmen und, statt seinen Namen zu nennen, sie mit ihrem Namen anzusprechen. Er greift nach dem Hörer.

»Hallo, Henriette, fein, dass du anrufst.«

»Krebs«, sagt eine männliche Stimme. »Krebs, Dorotheum. Wir haben vor einigen Tagen miteinander telefoniert, Herr Stolzenburg.«

»Ach so. Ja. Ja, natürlich«, stottert er.

»Sie haben etwas Aufregung in unser Haus gebracht, Herr Stolzenburg. Genauer gesagt, dieser Conrad Aberte, der Ihnen ein Weiskern-Manuskript angeboten hat mit einem angeblichen Gutachten unseres Hauses. Haben Sie die Adresse von diesem Herrn Aberte?«

»Nein, habe ich nicht. Ich wollte zu ihm fahren, um mir die Manuskripte anzusehen, aber das wollte er nicht. Ich weiß nicht einmal, in welcher Stadt er wohnt und in welchem Land. Oder warten Sie, ich glaube, er hat einmal München erwähnt, aber ich bin mir nicht sicher. Er hat die Manuskripte ja Ihnen vorgelegt, Ihrem Auktionshaus, und will sie vor der Versteigerung keinem anderen zeigen. Angeblich darf er es nicht, das musste er Ihnen oder dem Dorotheum garantieren.«

»Sie wissen nicht, wo er wohnt?«

»Nein. Wie gesagt, ich habe lediglich seine E-Mail-Adresse.«

»Und haben Sie noch andere E-Mails von ihm erhalten?«

»Wir hatten zwei-, dreimal miteinander Kontakt, immer nur per E-Mail. Ich wollte unbedingt die Briefe sehen, denn ich halte sie nach wie vor für eine kleine Sensation, Herr Magister.«

»Könnten Sie mir alle E-Mails von Herrn Aberte schicken?«

»Kein Problem, mache ich. Ich verstehe nur nicht, was Sie …«

»Ausnahmslos alle E-Mails, Herr Stolzenburg, wenn ich Sie bitten darf.«

»Ja, aber warum …«

»Um es kurz zu machen: Die Wiener Kriminalpolizei benötigt sie. Die wird sich selbst an Sie wenden.«

»Aber wieso? Was ist denn passiert, Herr Magister?«

»Das Gutachten ist eine Fälschung. Wir hier im Haus und auch die Polizei gehen davon aus, dass Sie, Herr Stolzenburg, nicht in diesen Betrug involviert sind, vielmehr das Opfer einer betrügerischen Manipulation sein sollten. Ich weiß nicht, was Sie unternehmen werden, aber unser Haus nimmt die Fälschung sehr ernst. Das ist ein grober, ein ungeheuerlicher Vorgang, den wir mit allen Mitteln aufklären wollen. Und wir werden den oder die Täter strafrechtlich verfolgen, das sind wir der Seriosität unseres Hauses schuldig. Herr Stolzenburg, sind Sie noch am Apparat?«

»Ja, ich bin nur etwas durcheinander. Wenn das Gutachten eine Fälschung ist, dann wollte er Geld von mir haben für Dokumente, die dem Dorotheum nie vorlagen?«

»Sie sagen es. Vermutlich wird sich in diesen Tagen die Kriminalpolizei bei Ihnen melden. Wie gesagt, wir sehen in Ihnen keinen Täter, vielmehr das potentielle Opfer. Sie sollten sich mit Herrn Aberte verabreden und uns darüber informieren. Falls Sie ein Treffen mit dem Herrn vereinbaren können, wäre das wundervoll. Die Polizei könnte den Herrn bei der Gelegenheit festnehmen.«

»Aber Sie haben seine E-Mail-Adresse und können doch den Absender weiterverfolgen.«

»Ja, und die Wiener Polizei hat sich überaus hilfsbereit gezeigt, der Fall bekam Priorität, es arbeiten vier Beamte daran, ihn aufzuklären. Der Server, wurde uns mitgeteilt, führt nach Moskau, von dort geht es weiter nach Oslo und dann nach Tirana. Die Polizei vermutet noch weitere Internet-Stationen und hält es für nahezu aussichtslos, über diese Adresse an diesen Herrn Aberte heranzukommen. Ein persönliches Treffen mit Ihnen, das wäre für alle am besten. Die Polizei, wie gesagt, wird sich bei Ihnen melden. Das alles sage ich Ihnen unter dem Siegel der Verschwiegenheit und mit der Bitte um absolute Vertraulichkeit. Ich informiere Sie im Voraus, weil ich davon überzeugt bin, dass Sie nichts mit dieser Fälschung zu tun haben.«

»Magister Krebs, ich bitte Sie, ich hätte Ihnen doch anderenfalls nie dieses Gutachten geschickt. Warum sollte ich einem Auktionshaus ein gefälschtes Gutachten von ebendiesem Auktionshaus schicken?«

»Seien Sie unbesorgt, Herr Stolzenburg, ich bin der gleichen Meinung, und unser Justiziar sieht das genauso. Wir müssen wissen, wer dieser Herrn Aberte ist, was er so alles tut und vorhat, unbedingt. Ich bitte Sie, halten Sie mit diesem Herrn Kontakt, versuchen Sie ein Treffen zu vereinbaren. Er will Geld von Ihnen, ich denke, wenn Sie ihm Geld versprechen, wird er sich darauf einlassen.«

»Ich habe nicht so viel Geld. Und ich kann schon gar nicht eine solche Summe …«

»Natürlich, natürlich, und das sollen Sie auch nicht. Bemühen Sie sich um ein Treffen, versprechen Sie ihm, das Geld mitzubringen, und geben Sie uns dann unverzüglich Bescheid. Alles Weitere regeln wir, und Sie werden, falls Sie überhaupt zu diesem Treffen gehen müssen, von uns auch mit dem notwendigen Geld ausgestattet. Sie sollen sich lediglich mit ihm verabreden, für den Rest sorgen wir und die Polizei. Einverstanden, Herr Stolzenburg?«

»Das klingt nach einer Räuberpistole.«

»Ja, durchaus, es ist eine Räuberpistole, allerdings für Sie völlig ungefährlich. Bitte, helfen Sie uns, Herr Stolzenburg. Denken Sie daran, dass dieser Mann Sie um einige Tausend Euro erleichtern wollte. Es ist auch in Ihrem Interesse. Bitte, Herr Stolzenburg.«

»Einverstanden, ich versuche es.«

»Wunderbar. Und rufen Sie mich umgehend an, wenn Sie etwas erreicht haben.«

Stolzenburg lacht auf, nachdem er den Hörer zurückgelegt hat. Die Weiskern-Briefe scheinen ein Phantom zu sein. Ein Betrüger wollte ihm fünfzehntausend Euro für nicht existierende Briefe abnehmen. Vermutlich hätte er ihm Fälschungen übergeben und wäre dann spurlos verschwunden, Fälschungen, die er dann hoffentlich als solche erkannt hätte, denn sonst hätte er sich, im Fall einer Veröffentlichung, grauenvoll blamiert. Er wäre zu einer Witzfigur geworden, von der kein seriöses Blatt, kein Wissenschaftsverlag mehr auch nur einen Aufsatz publizieren würde. Und er wäre bis über beide Ohren verschuldet für ein Bündel nutzlosen, lächerlichen Altpapiers. Er fühlt, wie ihm heiß wird, die Hände sind feucht, er atmet tief durch und ist erleichtert, dass er sich vor vierzehn Tagen entschlossen hatte, in Wien anzurufen, im Auktionshaus.

Doch wie war dieser Aberte auf ihn gekommen? Vielleicht hat er sich auf diese Nummer spezialisiert, sucht sich im Internet Personen heraus, die irgendeinen ungewöhnlichen oder auffälligen Forschungsgegenstand haben, macht sich kundig und bastelt dann sein betrügerisches Angebot zusammen. Er hat zu diesem Zweck bei einem Trödler uralte Briefe aufgekauft, die er für seine Angebote benutzt, alte Handschriften, die nur alt sind, aber bedeutungslos. Oder er fertigt täuschend ähnliche Kopien an, für die er sich Vorlagen in ehrwürdigen und angesehenen Archiven sucht. Die Betrogenen werden den Gaunerstreich nicht anzeigen, um nicht noch zusätzlich Hohn und Spott zu ernten, sie werden den finanziellen Verlust hinnehmen, auch wenn es ihnen vermutlich kaum anders geht als ihm selbst und sie über kein beruhigendes Bankkonto verfügen, mit dem man solche Verluste verärgert, doch nicht in seinen Existenzgrundlagen gefährdet erträgt. Eventuell werden sie sich auf die Suche nach diesem Conrad Aberte machen, doch sie werden ihn nicht finden, weil es einen Conrad Aberte nicht gibt. Der Name ist sicher ebenfalls eine Fälschung. Stolzenburg versucht den Namen zu entschlüsseln, eine portugiesische Vokabel fällt ihm ein, die ihn aber nicht weiterführt. Allem Anschein nach ist es eine völlig freie

Worterfindung, ohne tiefere Bedeutung. Und so, wie er vorging, wie er ihn hereinzulegen, wie er ihn zu leimen suchte, das verweist auf zumindest minimale Kenntnisse von Forschungsarbeit. Aberte, oder wie immer er heißt, hat also studiert, ist Akademiker, möglicherweise ein ehemaliger Wissenschaftler, der wegen Betrugs entlassen wurde, und nun verdient er sich seine Brötchen, indem er einfältige, vertrauensselige Forscher hereinlegt, die alles hergeben, um ein heißbegehrtes Objekt in ihren Besitz zu bringen. Er wird dabei Institutionen meiden, bei denen er irgendwelche bürokratischen Hürden und Kontrollen zu fürchten hat, und sich an Privatgelehrte halten, an ältere Herrschaften, die ihre Arbeitstage in verstaubten Archiven verbringen und ihr irdisches Glück im Aufspüren verloren gegangener und dem Entdecken unbekannter Manuskripte finden. Schrullige, verschrobene Buchnarren, die außer einer vorzüglichen Bibliothek wenig besitzen, ein paar Antiquitäten von zweifelhaftem Wert vielleicht, ein ererbtes, baufälliges Häuschen der Eltern, das zu erhalten ihnen schlaflose Nächte bereitet, und die dennoch all ihren Besitz ohne zu zögern opfern, wenn es gilt, ein besonders kostbares Buch, ein einzigartiges Manuskript zu erwerben. Und zu diesen Leuten muss er sich wohl rechnen, jedenfalls hat ihn dieser Aberte so eingeschätzt. Und ganz genauso hat er reagiert, genau wie seine bevorzugten Opfer, wie diese schrulligen Archivratten wollte er sofort über das hingehaltene Stöckchen springen.

»Noch einmal gut gegangen«, sagt er laut.

Ihm ist unbehaglich bei dem Gedanken, sich mit Aberte zu treffen, ihn seinerseits reinzulegen, sich mit ihm in einem Café zu verabreden, in dem am Nachbartisch Polizisten in Zivil sitzen, die im Moment des Austausches der vorgeblichen Originale und der vereinbarten Geldsumme zugreifen. Ihm fällt ein, dass Aberte ihn nicht kennt, nicht einmal seine Stimme, er müsste also lediglich Ort und Zeit der Begegnung vereinbaren, aber nicht selbst dort erscheinen, statt seiner könnte dort ein Polizeibeamter auf Aberte warten. Der Gedanke beruhigt ihn, er wird es dem Auktionshaus, diesem Magister Krebs vorschlagen, und er vermutet, der Polizei wird es gleichfalls lieber sein, wenn kein Laie an einer Festnahme beteiligt ist.

Schon wieder, bemerkt er, ist er seit Stunden mit diesem unsäglichen Aberte und dessen angeblichen Weiskern-Manuskripten befasst. Er setzt sich an den Schreibtisch und versucht, sich auf die Arbeit zu konzentrieren. Er denkt an Henriette, vor einigen Stunden hatte er gehofft, dass sie ihn anruft. Wenn er sofort ins Institut radelt, würde er Marion noch treffen. Vielleicht hatten die beiden telefoniert, und sie könnte ihm sagen, welchen Eindruck er auf Henriette machte. Er schaut auf die Uhr, sie hat in dreißig Minuten Feierabend, er müsste sich beeilen. Auf der Treppe kehrt er nochmals um, um die vergessene Tasche mit den Unterlagen für das Nachmittagsseminar zu holen.

Auf der Fahrt zum Institut fragt er sich, ob er diesem Krebs trauen darf. Was, wenn nicht Aberte, sondern der Wiener Magister lügt? Vielleicht will das Auktionshaus ihn als Käufer der Weiskern-Briefe loswerden, weil man dort ahnt, dass Aberte ihm die Manuskripte zum Einstiegspreis verkaufen will und dem Dorotheum dann die vermutlich hohe Provision entgeht. Er will es nicht ausschließen, auch wenn es undenkbar ist, dass ein solches

Haus einen Anbieter derart verleumdet, nur um sich einen Gewinn nicht entgehen zu lassen.

Ein Autofahrer, ein junger durchtrainierter Mann, bremst scharf und drückt sekundenlang die Hupe. Stolzenburg hat ihm gedankenverloren die Vorfahrt genommen, er hebt eine Hand zum Gruß und um sich zu entschuldigen. Der Sportwagen, überholt ihn eine Sekunde später, drängt ihn an den Bürgersteigrand und zwingt ihn dadurch, vom Rad zu steigen. der junge Mann lässt das rechte Seitenfenster herunter und schreit Stolzenburg an, der nochmals um Verzeihung bittet und dann geduldig und schweigend wartet, bis der andere seine Wut herausgebrüllt hat, losfährt und ihm den Weg frei gibt.

Als er weiterfährt, lächelt er über sich selbst. Er ist so begierig auf diese Weiskern-Briefe, dass er offenbar lieber einem Betrüger vertraut, diesem Aberte, als einem seriösen, vermutlich jahrhundertealten Auktionshaus, das keinerlei Grund hat, ihm die Unwahrheit zu sagen. Er hat Zeit mit diesem Gauner verloren und fast auch viel Geld, dennoch wollte er unbedingt über jenes Stöckchen springen, das ihm dieser Gauner hinhielt. Krebs wird recht haben, sagt er sich, diese Briefe gibt es nicht, man wollte ihn reinlegen, aber dennoch bleibt der Wunsch, dass sich Krebs irrt, dass Aberte die Manuskripte besitzt und verkaufen wird.

Im Institut geht er sofort in die Bibliothek, begrüßt Marion und bedankt sich für den Abend. Da sie ihn nur anstrahlt und nichts erwidert, erkundigt er sich unbeholfen nach Henriette, fragt, ob sie miteinander gesprochen hätten und ob ihr der Abend Spaß gemacht habe.

»Sie hat mich gefragt, ob du immer so viel redest und immer so schnell.«

»Hab ich das?«

»Du hast ununterbrochen geredet, den ganzen Abend, und Henriette hat nichts verstanden von dem, was du ihr erzählen wolltest.«

»Habe ich tatsächlich so viel geschwatzt? O Gott, mir ist es nachher auch peinlich gewesen.«

»Sie hat dich wohl beeindruckt?«

»Sie muss mich für einen völligen Idioten halten. Und ich wollte euch nur unterhalten.«

»Das hast du auch. Und du warst witzig, Rüdiger, selten habe ich dich so erlebt.«

»Und Henriette? Fand sie es auch amüsant, oder habe ich sie gelangweilt?«

»Ich glaube nicht, dass sie sich gelangweilt hat.«

Es machte ihr Spaß, ihn hinzuhalten, da sie gemerkt hat, wie begierig er etwas von ihr über Henriette erfahren und wissen wollte, was sie von ihm hielt.

»Hat sie denn nichts gesagt?«

»Was möchtest du denn hören?«

»Habt ihr heute telefoniert, du und Henriette?«

»Ja.«

»Und? Sie wird doch irgendetwas zu gestern Abend gesagt haben.«

»Du hast ihr gefallen. Und sie hat gemerkt, dass sie dich beeindruckt hat. Zufrieden? Hast du ihre Telefonnummer?«

»Nein, ich wollte dich darum bitten. Was meinst du, wann könnte ich sie anrufen? Ich will ihr nicht auf den Wecker fallen.«

»Da steht mein Telefon, du kannst sie gleich anrufen.

Und dass du ihr lästig fällst, das ist, glaube ich, ausgeschlossen. Dafür hat sie heute Morgen zu lange mit mir telefoniert und zu viel über dich gesprochen.«

»Erzählst du es mir?«

Marion lacht und schüttelt den Kopf: »Nein, das mache ich nicht. Das gehört sich nicht. Henriette ist meine Freundin, und ich habe dir schon viel zu viel über sie erzählt. Ruf sie an.«

»Ja, aber nicht von hier aus, nicht wenn du zuhörst.«

Am Abend versucht er Henriette zu erreichen, doch am Telefon meldet sich niemand. Er wählt mehrmals ihre Nummer, und zwischendurch entwirft er jenen Brief an Conrad Aberte, um den ihn Magister Krebs bat. Er teilt Aberte mit, die Universität habe ihm das Geld für den Ankauf zur Verfügung gestellt, er möge ihm mitteilen, wo die Übergabe der Manuskripte erfolgen könne und wie er die Geldzahlung wünsche, als Scheck oder mit einer Überweisung, auch eine direkte Barzahlung sei möglich. Er liest den Brief immer wieder durch und grübelt diesem seltsamen Angebot nach, das ihn immer mehr verwirrt. Er überlegt, ob er seinen Chef, Frieder Schlösser, informieren soll, da er in dem Brief von einer angeblichen Mittelfreigabe seines Arbeitgebers spricht, doch er weiß nicht, was und wie er es Schlösser sagen soll, diese Geschichte ist zu abenteuerlich, ein wildes und unglaubhaftes Lügenmärchen. Er würde sich im Institut lächerlich machen.

Als er den Brief abschickt, ist es kurz nach neun, jetzt will er Henriette nicht mehr anrufen, es ist zu spät, sie kennen sich noch zu wenig. Stattdessen versucht er im Internet etwas über diesen Conrad Aberte zu finden, doch nach einer halben Stunde gibt er auf und fährt den

Computer runter. Wie er es vorausgesehen hatte, taucht dieser Name dort nirgends auf.

Am nächsten Vormittag ruft er bei der Pressestelle im Rathaus an und lässt sich mit Henriette verbinden. Er bemüht sich, mit ihr zu plaudern und charmant zu sein, doch sie ist offenbar nicht allein im Raum, und so verabreden sie sich rasch für den übernächsten Abend, sie wollen sich um sechs Uhr abends im Puschkin in der Liebknechtstraße treffen.

In der Post ist ein Brief von Jürgen Richter, dem Frankfurter Verleger. Er teilt ihm mit, Stolzenburg möge die Manuskripte auf seine Rechnung kaufen, das Geld solle er vorstrecken, er bekomme es von ihm ersetzt, sobald das Geschäft über die Bühne gegangen sei. Die Manuskripte würde er in seinem Archiv verwahren, doch Stolzenburg könne sich Kopien anfertigen und dürfe sie auch veröffentlichen. Der Brief endet mit einer Frage: »Wie steht es mit unserem Weiskern, wann erscheint Ihr Prachtstück?«

Er lacht bitter und setzt sich wieder an den Schreibtisch, um weiter Praktikumsberichte durchzusehen, die bereits seit zwei Wochen auf seinem Schreibtisch liegen.

Am Freitag trifft er sich mit Henriette. Für ihre Verabredung hat er sich umgezogen und am späten Nachmittag nochmals rasiert, er ist nervös und aufgeregt wie ein Achtzehnjähriger. Als sie sich begrüßen und er sie auf die Wange küssen will, streckt sie ihm die Hand entgegen und stößt ihn dadurch ungewollt zurück. Sie spricht ihn mit Sie an, er korrigiert sie, man sei doch bereits einen Schritt weiter, und sie entschuldigt sich. Dann reden sie über Marion, und er fragt sie nach ihrer Arbeit.

Stolzenburg achtet darauf, nicht zu viel zu sprechen und nicht wieder zu hastig und schnell. Sie trinken Kaffee, und er lädt sie zu einem Cognac ein. Sie trägt einen schmalen Goldring an der rechten Hand, einen einfachen Ring ohne Stein oder Verzierungen, der ihm bereits bei der ersten Begegnung aufgefallen war. Er greift nach ihrer Hand und fragt sie, was das für ein Ring sei, ein Ehering vielleicht. Es sei ein Schutzring, erwidert sie, da sie jeden Tag viele Menschen treffe und einige Männer offenbar keine Gelegenheit auslassen können, sei es hilfreich, im Gespräch mit ihnen und bei einer sich anbahnenden Belästigung die Hand mit dem Ring einzusetzen. Wenn sie in der Unterhaltung mit einem allzu aufdringlichen Besucher nebenbei an dem Ring drehe, helfe ihr das mehr als ein lautstarker Protest oder andere Zurechtweisungen.

»Du bist also nicht verheiratet«, sagt er.

»Nein, bin ich nicht. Zwei Ehen habe ich gottlob hinter mir, und derzeit bin ich seit einem Jahr allein. Und ich genieße es.«

»Verstehe ich«, sagt er, »ich war nur einmal verheiratet und bin auch ganz gern allein. Oder doch zeitweise.«

»Was war mit deiner Frau? Warum habt ihr euch getrennt?«

»Zerrüttete Ehe, das war die abschließende amtliche Feststellung. Aber zerrüttet war eigentlich gar nichts, wir hatten uns nur nichts mehr zu sagen. Und wir haben uns damals auch tagelang nichts gesagt. Wochenlang, sie nicht, ich nicht. Das war eine Form von Terror, den wir da gegenseitig aneinander ausübten. Ein vorsätzliches Schweigen, das ist etwas Fürchterliches.«

»Hast du Kinder?«

»Eine Tochter. Sie war bei der Scheidung zwanzig und lebte nicht mehr bei uns. Ich habe wenig Kontakt mit ihr, hat sich so ergeben. Sie lebt in Kassel, wann komme ich schon mal nach Kassel. Sie war ein Mutterkind, hat sich bei der Scheidung gegen mich ausgesprochen und zu ihrer Mama gehalten, obgleich die beiden wie Hund und Katz sind. Sie lieben sich und hassen sich, das war immer so. Schon als Judith noch ganz klein war, war ihre Mama ihr Ein und Alles und gleichzeitig die Person, gegen die sie all ihre Aggressionen richtete. Ich weiß nicht, wie sie mit ihrem Freund zusammenlebt, das ist ein sehr ruhiger Computerfreak, ein Mexikaner, der wenig sagt, insofern ist er vermutlich wenig als Blitzableiter geeignet, und Judith braucht einen, bei dem sie alles abladen kann, wo sie mit all ihrer Energie einschlägt und etwas zurückbekommt. Aber ich rede schon wieder zu viel. Was ist mit dir? Verheiratet bist du nicht mehr, hast du Kinder, hast du einen Freund?«

»Keine Kinder, kein Freund, nur einen Schutzring.«

»Das klingt nicht gut. Hört sich sehr einsam an.«

»Ich habe Freundinnen, ich bin nicht einsam. Und ich bin gern allein, nicht nur zeitweise. Das erste Mal war ich neun Jahre verheiratet, die zweite Ehe hielt nur drei Jahre, und ich war am Ende froh, geschieden zu sein. Und bin froh, kein Kind mit gescheiterten Ehen oder mit einem verschwundenen Vater zu belasten. Nein, ich habe kein Kind, leider, es fehlt mir, es fehlt mir manchmal sehr, und doch bin ich zufrieden, die Ehen ohne Kinder beendet zu haben. Reicht das?«

»Ich wollte dich nicht ausfragen, entschuldige …«

»Du hast mich nicht ausgefragt. Es ist wichtig, ein paar Dinge zu wissen, die für uns entscheidend sind.

Und du? Du bist auch nicht gebunden? Du hast keine Freundin?«

Stolzenburg zögert und schaut auf seine Fingernägel. Er verzieht leicht den Mund, als er sagt: »Ich bin allein. So gut wie allein jedenfalls. Manchmal treffe ich mich mit einem Mädchen, aber das ist alles nicht wirklich von Bedeutung. Und es gibt eine Kleine, die ich öfter sah, ein sehr junges Mädchen. Aber auch das ist völlig bedeutungslos. Es ist keine Beziehung, nichts Ernsthaftes, ich sehe sie manchmal wochenlang nicht. Nichts, was ich nicht sofort beenden könnte. Sie bedeutet mir nichts, gar nichts. Ich hasse es nur, immerzu allein zu sein. Bist du jetzt überrascht?«

»Nein. Ich würde es dir nicht glauben, wenn du gesagt hättest, dass du völlig allein bist. Ich weiß doch, wie Männer sind. Männer werden geboren, um Frauen unglücklich zu machen, und genau deswegen gehe ich ihnen aus dem Weg.«

Stolzenburg lacht, aber da sie es offenbar ernst meint, fasst er nach ihrer Hand und fragt: »So schlimme Erfahrungen?«

Sie nickt, zieht ihre Hand zurück und macht eine wegwischende Bewegung. Dann lächelt sie ihn an und greift nach ihrem Glas. Unvermittelt wechselt sie das Thema und fragt ihn, ob er gern ins Theater oder in die Oper geht, und erkundigt sich, als er ihr antwortet, dass er das Gewandhaus schätze und das Opernhaus und das Theater eher meide, ob er »Die Beschwörung der Oper« gesehen habe, mit der das Haus nach dem Umbau eröffnet wurde. Den Brendel im neuen »Holländer« habe sie sich noch nicht ansehen können.

»Kann ich dich dazu einladen?«, fragt er sofort. »Bei

mir steht er auch auf der Liste. Wenn du einverstanden bist, rufe ich morgen in der Oper an. Ich frage nach den nächsten Terminen und gebe dir gleich Bescheid.«

Sie antwortet ihm ausweichend, und er fragt nicht nach. Sie erzählt von ihrer Arbeit, den ständigen Sitzungen und Absprachen, den täglichen Gesprächen mit Journalisten, die von ihr das erfahren wollen, was ihnen der Bürgermeister verschweigt, von den kleinen und den kleinlichen Bestechungsversuchen der Journaille, von ihrer Angst, aus Versehen etwas auszuplaudern, worüber alle im Amt Bescheid wissen, was aber vorerst nicht an die Öffentlichkeit gelangen soll. Bei jedem Informationsleck stehe sie im Mittelpunkt der Nachforschungen, und daher führe sie peinlich genau Protokoll über all ihre Gespräche. Er hört ihr schweigend zu und denkt darüber nach, ob sein Geständnis, mit einer Frau ein Verhältnis zu haben, das Ende ihrer Bekanntschaft sein sollte. Auf dem Heimweg laufen sie nebeneinander, ohne sich zu berühren. Als er mit seiner Hand nach ihrem Arm fasst, lässt sie dies einen Moment zu, dann entzieht sie sich ihm. Vor ihrer Haustür fragt er, wann sie sich wiedersehen können.

»Und dein junges Mädchen?«, fragt sie spöttisch. »Dein sehr junges Mädchen?«

»Das bedeutet gar nichts«, sagt er eindringlich, ergreift mit beiden Händen ihre Hände und hält sie gegen ihren Willen für einen Moment umklammert.

»Ich weiß nicht«, sagt sie zögernd, »ich weiß nicht, was ich davon halten soll. Was ich von dir halten soll.«

»Gib mir eine Chance. Ich war ehrlich zu dir, das solltest du honorieren. Mir liegt an dir, Henriette.«

»Ich weiß nicht«, sagt sie, macht sich los und öffnet

ihre Haustür. Dann dreht sie sich noch einmal um und sagt: »Das mit den Opernkarten kannst du mir überlassen. Ich sitze schließlich im Kulturamt, da reicht ein Anruf, wenn ich Karten brauche. Irgendeinen kleinen Vorteil sollte ich davon haben, wenn ich Tag für Tag den Unsinn verteidigen und gut verkaufen muss, den unsere teuren Künstler produzieren. Gute Nacht, Rüdiger.«

Er strahlt sie ungläubig an, er steht wie versteinert und lächelt noch immer, als die Haustür hinter ihr längst ins Schloss gefallen ist.

Zwölf

Aberte antwortet ihm erst drei Tage später. Er werde in zwei Tagen quer durch das Land reisen, vom Norden Richtung Süden, und falls Stolzenburg in Leipzig sei, wie er in seiner allerersten E-Mail mitgeteilt hatte, könnten sie sich in fünf Tagen treffen, er werde am vierzehnten November gegen Mittag in Leipzig sein, allerdings müsse er am Abend zu einem geschäftlichen Dinner und am nächsten Morgen weiterfahren, so dass nur an diesem Tag und nur zwischen vierzehn und achtzehn Uhr ein Treffen möglich sei. Er möge ihm in den nächsten vierzig Stunden mitteilen, ob ihm der Termin passe, in diesem Fall würde er die Weiskern-Briefe mitnehmen. Stolzenburg solle ihm zusätzlich seine Handy-Nummer zukommen lassen, damit sie sich kurzfristig verabreden könnten. Eine Barzahlung, schreibt er zum Schluss, wäre ihm viel lieber, da er andernfalls seine Buchhaltung zuvor mit einer aufwendigen Bonitätsprüfung beauftragen müsse. Eine ordnungsgemäße und finanzrechtlich korrekte Rechnung werde er mitbringen, so dass Stolzenburg seinerseits abgesichert sei.

Wieder hat er keine Adresse angegeben und auch keine Telefonnummer, was ungewöhnlich war, wenn er sich in ein paar Tagen mit ihm verabreden wolle. Er leitet Abertes E-Mail an Magister Krebs weiter und versucht, ihn am nächsten Morgen in Wien zu sprechen, doch eine Frauenstimme erklärt, der Magister sei nicht im Hause und nur donnerstags im Dorotheum zu erreichen. Bevor sie auflegen kann, sagt er rasch, er brüllt es fast, dass er nicht bis Donnerstag warten könne, es sei ein dringlicher Fall, der für Krebs und das Auktionshaus von großer Bedeutung sei. Der Magister müsse sofort über etwas Wichtiges informiert werden, er brauche eine Telefonnummer, unter der er Krebs erreichen oder ihm etwas mitteilen könne, er müsse ihn dringend sprechen. Die Frau fragt ihn nach seiner Telefonnummer und verspricht, sich darum zu kümmern. Drei Stunden später ruft Krebs an, er hat die E-Mail von Aberte gelesen, bittet ihn, dem Treffen zuzustimmen, und verspricht ihm, er werde keinerlei Kosten oder Unbill haben, die Kriminalpolizei in Wien spreche alles mit ihren sächsischen Kollegen ab, die meldeten sich dann bei ihm. Da Stolzenburg zögert, sagt Krebs, es wäre auch für ihn vorteilhaft, die Sache aufzuklären, schließlich habe dieser Herr es auf sein Geld abgesehen, und im Auktionshaus sei er, Krebs, der Einzige, der davon überzeugt ist, dass Stolzenburg nichts mit der Fälschung zu tun habe.

Stolzenburg willigt schließlich ein. Nach dem Telefonat teilt er Aberte mit, er erwarte ihn am Freitag. Er habe zwar am Nachmittag des Vierzehnten ein Seminar, werde aber alles arrangieren, um zum Treffen zu kommen. Unter seinen Namen schreibt er seine Handynummer und bittet nochmals um diejenige von Aberte. Ihm ist unwohl, als er die E-Mail abschickt, offenbar hat ihn jemand betrügen wollen, und gegen seinen Willen wird er nun in eine kriminalistische Aktion hineingezogen, die ihm lächerlich erscheint und für ihn unangemessen. Er ist dabei, zum Helden oder Akteur einer polizeilichen Ermittlung zu werden, zum Lockvogel der Kriminalpolizei, und überdies fühlt er sich genötigt. Man zwingt ihn mitzuspielen, um sich von dem Verdacht zu befreien, an einem Betrugsversuch beteiligt zu sein.

Am nächsten Morgen ruft Aberte ihn an. Stolzenburg ist verwirrt, als der Anrufer seinen Namen nennt. Eine imaginäre Person, die ihn in den letzten Tagen fortgesetzt beschäftigt hat, die für ihn mit weit gespannten Erwartungen verbunden war und mit Ängsten, mit Überlegungen, Geld für den unerwarteten Fund aufzutreiben, und der begründeten Sorge, betrogen zu werden, diese Person bekommt plötzlich eine Stimme, wird erkennbar, realisiert sich. Aberte ist am Telefon sehr zuvorkommend, erkundigt sich nach Stolzenburgs Interesse an Weiskern, hört ihm aufmerksam zu, als er von seinem Plan erzählt, die Werke von Weiskern herauszugeben, und scheint vom Leben und Werk des Mannes, dessen Briefe er bei einem Trödler kaufte, gefesselt zu sein, da er sich nach allen möglichen Einzelheiten erkundigt. Stolzenburg wundert sich über Abertes Neugier und Aufmerksamkeit und berichtet ausführlich. Schließlich bestätigt ihm Aberte nochmals, dass sie sich am Vierzehnten sehen, damit er ihm die kostbaren Briefe übergeben kann, und bittet um Nachsicht, da er wenig Zeit habe und ihr Treffen zwischen seine nicht mehr umzulegenden Termine schieben müsse.

»Ich freue mich, Sie kennenzulernen«, sagt er, »und ich beneide Sie. Ich habe den Eindruck, Sie können sich ausschließlich Ihren Studien und Vorlieben widmen und müssen Ihre Zeit nicht mit Sitzungen in Aufsichtsräten und langwierigen Verhandlungen mit Bankern vergeuden. Ich beneide Sie wirklich, Herr Stolzenburg, und ich bin froh, dass die alten Briefe in die richtigen Hände kommen. Wissen Sie, ich kenne mich mit Weiskern nicht aus, aber ich will auch nicht, dass eine solche Kostbarkeit in dem Safe irgendeines Sammlers verschwindet, dem diese Briefe nichts bedeuten, für den sie nur eine Wertanlage darstellen, ein weiteres Aktienpaket. Wir sehen uns.«

Stolzenburg sitzt nach dem Gespräch verstört und leicht benommen in seinem Schreibtischsessel. Aberte hat ihm gefallen, seine Stimme weckte Vertrauen, seine Neugier gegenüber der Weiskern-Forschung überraschte und schmeichelte ihm. Ein nicht ungebildeter, sympathischer Zeitgenosse, die Unterhaltung mit ihm war anregend, und er hat überhaupt nicht den Eindruck, da sei ein Kerl zu Gange, dem es nur um Geld geht. Was, wenn dieser Krebs aus Wien unrecht hat, wenn Aberte genau der ist, als der er sich bei ihm vorstellte, wenn der Magister vom Auktionshaus ihn über den Tisch ziehen will?

»Und er kann lächeln und lächeln und doch ein Schurke sein«, sagt er laut zu sich selbst, doch er ist verunsichert. Er ruft Henriette im Rathaus an, fragt sie, wann sie sich sehen können und ob sie Karten für den »Holländer« bestellt habe. Sie vertröstet ihn auf später, sie werde sich nach der Arbeitszeit bei ihm melden.

»Darf ich dich heute Abend von der Arbeit abholen?«, fragt er.

»Ich rufe zurück«, erwidert sie und legt auf.

Stolzenburg ist beunruhigt, Henriette war sehr kurz angebunden, aber er sagt sich, sie war in einem Gespräch oder ihr Chef stand im Zimmer und sie wollte kein Privatgespräch führen. Er setzt sich an den Computer, um die Post durchzugehen und zu beantworten. Er findet eine E-Mail von Frieder Schlösser, der Chef erinnert ihn und drei Kollegen an die Modulhandbücher, die bis zum Jahresende überarbeitet sein müssen. Er ermahnt alle vier Mitarbeiter, spätestens bis zum Fünfzehnten des Monats ihren Teil bei ihm abzuliefern.

Stolzenburg schlägt erbost auf die Tastatur ein, dieses Handbuch wird ihn die nächsten Wochenenden kosten, denn er muss Zeile für Zeile die alte Ausgabe prüfen, muss nachschlagen, telefonieren, jeden Satz prüfen. Eine einzige falsche oder auch nur ungenaue Angabe könnte juristische Folgen haben, die Studenten gehen neuerdings gern vor Gericht, um ihre vermeintlichen Ansprüche durchzusetzen. Man muss sein Diplom nicht mit Fleiß und bestandenen Prüfungen erwerben, man kann, etwas Geld vorausgesetzt, es auch vor einem Gericht erstreiten, Schlösser hat alle Dozenten eindringlich gewarnt. Und nun ist dieses Handbuch wieder zu überarbeiten, und er weiß jetzt schon, dass er bei dieser Arbeit unaufhörlich sich und das Institut verfluchen wird.

Nach dem Mittagessen fährt er für eine Stunde ins Institut, Annika Wöble, eine Studentin, hatte vor einer Woche um einen Termin gebeten. Sie ist zwanzig und vor einem Jahr aus einem Dorf im Schwarzwald ans Institut gekommen, sie hat Schwierigkeiten in der Stadt, fühlt sich von den Kommilitoninnen gemobbt und sitzt als ein Häufchen Elend in seinen Veranstaltungen, schaut ihn unentwegt an, weil sie wohl von alldem, was er ihnen erzählt, nichts versteht. Sie ist ein hübsches junges Mädchen, das seinen Babyspeck noch nicht losgeworden ist, und er ist sicher, sie wird das Studium irgendwie zu Ende bringen, rasch zurück in den Schwarzwald fahren, heiraten, sich in den nächsten drei

Jahrzehnten um den Nachwuchs kümmern und nie wieder ihre kleine spitze Nase in ein Buch stecken.

Von Sylvia hat er sich den Schlüssel für die Bibliothek geben lassen und sie gebeten, Annika Wöble dorthin zu schicken. Als die Studentin schüchtern anklopft, ruft er sie herein und bittet sie, sich zu setzen. Sie zieht ihren Mantel aus und kommt verschüchtert zu ihm an den Tisch. Er lächelt sie aufmunternd an, sie setzt sich, senkt den Kopf und spielt mit den Fingern.

»Was haben wir?«, erkundigt er sich freundlich. »Probleme, bei denen ich Ihnen helfen kann?«

Sie wird feuerrot, hebt für eine Sekunde den Blick und starrt dann wieder stumm auf ihre Finger.

»Lassen Sie sich Zeit. Wir haben Zeit«, sagt er und greift nach einer Zeitschrift auf dem Tisch, betrachtet die Titelseite, legt das Heft zurück und schließt die Augen. Er überlegt, was er Henriette heute Abend sagen soll, doch unaufhörlich beschäftigt ihn dieser Aberte, die bedrohliche Mitteilung von Magister Krebs, das wundersame Auftauchen von Weiskern-Briefen, die ihn elektrisiert und erregt hatten und die ihn nun in ein kriminalistisches Unternehmen stürzen. Dieser Aberte will ihn betrügen, will ihm fünfzehntausend Euro für wertlose Papiere aus der Tasche ziehen, ausgerechnet ihm, der nichts besitzt, dem das Finanzamt im Nacken sitzt. Gaede fällt ihm ein, Marions Cousin, er muss Klemens Gaede anrufen, um zu hören, ob er etwas erreicht hat, ob die Forderung vom Tisch ist. Und er muss diesen Aberte loswerden, er will sich nicht mit ihm treffen, nicht den Lockvogel für das Auktionshaus oder die Polizei spielen, andererseits aber möchte er Klarheit, will er wissen, ob es diese Manuskripte vielleicht doch gibt, denn noch immer hofft er, es existierten Briefe von seinem Weiskern, die über zweihundertfünfzig Jahre unentdeckt auf irgendeinem Dachboden lagerten und ihm möglicherweise ganz unerwartete Einsichten und neue Fakten liefern könnten. Freilich, er weiß, seine Hoffnungen sind unsinnig, in Wahrheit sollte und soll er von einem geschickten und kundigen Betrüger über den Tisch gezogen werden.

»Ich liebe Sie, Herr Doktor Stolzenburg.«

Eine leise Stimme ist es, eine sehr leise und piepsige Stimme, die ihn aufschreckt, die in sein Grübeln platzt und ihn zusammenfahren lässt. Er öffnet die Augen, die Studentin sitzt nach wie vor auf ihrem Stuhl, den Kopf gesenkt und mit ihren Fingern beschäftigt. Für einen Moment ist er unsicher, ob diese Worte tatsächlich gesagt wurden oder ob ihn dieser Aberte derart verwirrt, dass er anfängt, Stimmen zu hören.

»Wie bitte?«, fragt er langsam und an sich selbst zweifelnd.

Das Mädchen rührt sich nicht, schaut nicht auf, bewegt nur ihre Finger. Er geht zur Tür, öffnet sie einen Spalt und setzt sich wieder. Dann sieht er das Mädchen an.

»Ich glaube, ich habe Sie nicht richtig verstanden«, sagt er. »Was meinten Sie?«

Er spricht leise, er bezweifelt, dass dieses kleine verängstigte Mädchen tatsächlich zu ihm gesagt hat, was er glaubt vernommen zu haben.

»Ich liebe Sie, Herr Doktor Stolzenburg«, wiederholt sie, ohne aufzusehen.

Er ist für einen Moment erleichtert. Er ist beruhigt, weil er sich nicht verhört hat, weil sich keine mysteriösen Stimmen in seinem Kopf melden, und er atmet auf. Im nächsten Augenblick begreift er, was das Mädchen gesagt hat. Er schaut automatisch zur Tür und vergewissert sich, dass sie offen steht. Dann betrachtet er sie und wartet, dass sie den Kopf hebt, er will ihre Augen sehen, doch sie bewegt sich nicht. Er räuspert sich: »Frau Wöble.«

Für einen Moment hebt sie das puterrote Gesicht, blickt wieder auf ihre Hände, dann sieht sie ihm in die Augen.

»Nein, Sie lieben mich nicht. Sie sind vielleicht verliebt, haben sich verknallt oder verguckt, stehen auf irgendjemanden, wie auch immer Ihre Generation das heute nennt. Vielleicht hat Ihr Dozent Sie beeindruckt, Sie bewundern ihn und glauben nur, dass Sie ihn lieben. Aber in Wahrheit tun Sie das nicht. Ich könnte Ihr Vater sein, Frau Wöble, möglicherweise bin ich sogar älter als Ihr Vater. Nein, nein, in seine Lehrer verliebt man sich nicht, das sind Dummheiten, die man als Zwölfjährige macht, aber Sie sind eine erwachsene Frau.«

Er schweigt und wartet auf ihre Antwort.

»Kann ich die Tür zumachen?«, fragt sie.

»Nein. Die Tür hat bei Einzelgesprächen mit Studenten offen zu bleiben. Anderenfalls müsste ich die Sekretärin oder einen Kollegen hinzubitten. Wenn Ihnen das lieber ist, bitte. – Soll ich Frau Pohl rufen?«

Das Mädchen schüttelt den Kopf. Er wartet. Die Situation ist ihm vertraut. Vor zehn, zwanzig Jahren verliebte sich regelmäßig eine Studentin in ihn, und er hatte sie zurückzuweisen, nach Möglichkeit ohne sie zu kränken. Eins dieser Mädchen hatte kurz danach die Universität und das Fach gewechselt, ein anderes verfolgte ihn mit ihrem Hass und denunzierte ihn mit wüsten Beschuldigungen bei Frieder Schlösser, doch er hatte beizeiten dem Chef davon berichtet, sogar eine schriftliche Notiz eingereicht, und irgendwann war die Sache ausgestanden. Zwei Mädchen schrieben ihm monatelang Liebesbriefe, sie steckten sie in sein Fach im Institut oder schickten sie ihm nach Hause. Er antwortete ihnen nicht, vermied es, mit ihnen allein zu sein oder bei ihren Prüfungen, sei es nur als Beisitzer, teilzunehmen.

»Sie können sagen, was Sie wollen, aber ich liebe Sie«, beharrt Annika.

»Und woher wollen Sie das wissen? Woher wollen Sie wissen, dass Sie nicht nur einer kleinen verliebten Laune aufgesessen sind, über die Sie schon morgen nur noch lachen können? Warum sollten Sie sich in einen alten Mann verlieben? Das ist aussichtslos, Annika. Suchen Sie sich einen jungen Mann aus, ich stehe nicht zur Verfügung, ich habe eine Freundin.«

»Nein, das haben Sie nicht. Sie haben keine Freundin.«

»Was soll das heißen? Haben Sie mich verfolgt? Beobachtet? Spionieren Sie mir nach? Das ist sehr unfein, das sollte eine guterzogene junge Dame unterlassen. Und im Übrigen haben Sie unrecht, ich habe eine Freundin.«

»Haben Sie nicht. Die einzige Freundin, der einzige Mensch, der Sie liebt, das bin ich.«

Stolzenburg lacht auf. »Nun ist gut, Annika, wir beenden das Gespräch jetzt, und ich schlage vor, wir vergessen es einfach. Stalking ist ein Straftatbestand, wenn ich Sie anzeige, kann es passieren, dass Sie exmatrikuliert werden. Auf jeden Fall würden Sie dann nicht mehr bei uns studieren, denn das Gericht würde unser Institut für Sie zur Tabuzone erklären. Verstehen Sie, Sie dürften das Haus nicht betreten, sich ihm nicht einmal nähern. Darum sollten Sie sich das noch einmal überlegen. Ich will Ihnen keinen Ärger machen, und darum bitte ich Sie, machen Sie mir keinen Ärger. Und suchen Sie sich einen jungen Mann zum Verlieben. Ich bin zu alt und überdies vergeben.«

Er steht auf, greift nach seiner Jacke und geht zur Tür, er macht sie weit auf und bittet das Mädchen mit einer Handbewegung, den Raum zu verlassen.

»Ich liebe Sie, Herr Doktor Stolzenburg«, wiederholt sie, ohne sich zu rühren. Stolzenburg bleibt einige Sekunden in der offenen Tür stehen, dann ruft er überlaut nach Sylvia, gibt ihr den Bibliotheksschlüssel und bittet sie, den Raum abzuschließen, sobald Annika Wöble gegangen ist. Die Sekretärin schaut ihn irritiert an, und er flüstert ihr ins Ohr, sie soll das Mädchen rausschmeißen und abschließen, er erkläre ihr alles später, dann stürmt er den Gang entlang zum Ausgang, er will sich nicht weiter von der Studentin belästigen lassen.

Zu Hause erwartet ihn eine Nachricht von einem Kommissar Hittich, der um einen Rückruf bittet. Er wählt die genannte Nummer, Hittich ist sofort am Apparat, er stellt sich ihm als Hauptkommissar der Kriminalpolizei vor und erklärt ihm, er sei im Rahmen eines Amtshilfeersuchens von den Wiener Kollegen unterrichtet worden und habe die Unterlagen zu der Anzeige des Auktionshauses Dorotheum gegen Aberte auf seinem Tisch. Er bittet Stolzenburg, im Kommissariat vorbeizukommen, zeitnah, wie er sich ausdrückt, der Fall habe Priorität.

»Alles, was ich weiß, habe ich dem Auktionshaus mitgeteilt. Sie wissen, dass dieser Aberte mich am Vierzehnten treffen will. Sobald er sich bei mir meldet, gebe ich Ihnen Bescheid, dann können Sie ihn schnappen. Ich habe mit der ganzen Angelegenheit nichts zu tun, und ich will nichts mit ihr zu tun haben.«

»Ich weiß, Herr Stolzenburg, aber wir brauchen Ihre Hilfe. Wir sollten uns absprechen.«

»Ich habe keine Zeit. Tut mir leid, aber ich habe noch einen Beruf.«

»Dann komme ich zu Ihnen. Passt es Ihnen in einer Stunde?«

Stolzenburg zögert, dann willigt er ein, um diese ärgerliche und lächerliche Geschichte hinter sich zu bringen.

Hittich ist ein blasser, unscheinbarer, kleiner Mann von Ende dreißig, mit Halbglatze und dichtem Schnurrbart. Er erscheint mit einem Aktenkoffer und stellt sich nochmals vor, sagt, seine Amtsbezeichnung laute: Polizeihauptkommissar – das ist eine Dienstbezeichnung, sagt er, kein Dienstgrad, wie man es in den Fernsehkrimis leider immer wieder und fälschlicherweise nennt –, er befasse sich mit Wirtschaftsdelikten, mit Betrug und Computerkriminalität, weshalb ihm der Fall des beschuldigten Aberte übergeben wurde. Nicht auszuschließen sei auch ein Bandendelikt, wenn sich dieser Verdacht erhärten sollte, werde er noch einen Kollegen hinzuziehen, der sich speziell mit der organisierten Kriminalität beschäftige. Die Tatsache, dass Aberte möglicherweise zu einem Kunstfälscherring gehöre, der international agiere, sei übrigens der Grund, warum das Amtshilfeersuchen der österreichischen Kollegen so unbürokratisch, und das hieß, so schnell ein Ergebnis gezeigt habe. Die Polizei halb Europas fürchte sich vor hoch professionellen und perfekt organisierten Fälscherbanden, weshalb die Polizei in solchen Fällen in ständiger Alarmbereitschaft sei. Nach dieser Eröffnung nickt er bedeutsam und bittet darum, sich setzen zu dürfen, sie müssten das weitere Vorgehen koordinieren.

Stolzenburg öffnet die Tür zum Wohnzimmer und lässt ihn herein. Er bietet ihm nichts an und beantwortet die Fragen mürrisch und knapp. Er bestätigt dem Polizisten, dass der Kontakt mit Aberte ausschließlich über E-Mails erfolgte und sie sich nie gesehen hätten.

»Kann er ein Foto von Ihnen kennen? Hat Ihr Institut eine Seite im Netz, in dem die Mitarbeiter mit Text und Foto vorgestellt werden?«

»Es gibt eine solche Seite, natürlich, da kommt heutzutage keiner dran vorbei. Aber über mich stehen da nur zwei Zeilen, und ich habe nicht zugelassen, dass dort ein Foto von mir erscheint.«

»Gibt es irgendwo anders ein Foto von Ihnen, das Aberte sich verschafft haben könnte?«

Stolzenburg schüttelt den Kopf: »Nein, ich wüsste nicht, wie und wo. Herr Kommissar, ich habe an der Uni eine halbe Stelle. Eine feste halbe Stelle. Da benötigt keiner ein Foto von mir.«

»Gut, wenn Sie sich nie gesehen und gesprochen haben, er Sie also nicht kennt, dann können wir den Kontakt mit Aberte ohne Sie aufnehmen. Wir bitten Sie allerdings, uns am Tag der geplanten Übergabe Ihr Handy zu überlassen. Er hat Ihre Nummer, er wird Sie anrufen, und dann könnten wir mit ihm sprechen und uns unter Ihrem Namen mit ihm verabreden. Ist das möglich?«

»Ich habe einmal mit ihm gesprochen.«

»Mit Aberte?«

»Ja. Er rief mich heute Morgen an.«

»Und was wollte er?«

»Nichts, eigentlich nichts. Wir haben nur miteinander geplaudert. Er erkundigte sich nach meiner Weiskern-Forschung und stellte dazu einige Fragen.«

»Sie haben länger mit ihm gesprochen?«

»Er war an dem Weiskern sehr interessiert, fragte nach allem Möglichen. Ich hatte den Eindruck, er wollte wissen, wer dieser Mann war, dessen Briefe er besitzt. Oder angeblich besitzt.«

»Ich verstehe. Jetzt hat er Ihre Stimme. Falls er ein Profi ist, arbeitet er mit einem Spracherkennungsprogramm, und wenn Sie länger mit ihm gesprochen haben, wird es unmöglich sein, ihn zu täuschen. Also muss ich Sie doch um Ihre Mitarbeit bitten.«

»Ausgeschlossen. Ich spiele keinen Detektiv oder Polizisten.«

»Keine Sorge. Ich bitte Sie lediglich, den Anruf von Aberte entgegenzunehmen und sich mit ihm zu verabreden. Vermutlich wird er einen öffentlichen Raum für die Übergabe vorschlagen, ein Café oder einen Warteraum, oder er kommt direkt hierher, in Ihre Wohnung. Sie informieren uns umgehend, alles Weitere können Sie uns überlassen. Bitte, Herr Stolzenburg. Es müsste ja auch in Ihrem Interesse liegen, dass wir über diesen Mann Klarheit gewinnen.«

»Wieso? Welches Interesse sollte ich an diesem Mann haben?«

»Möglicherweise wollte er oder vielmehr will er Sie betrügen. Und für das Auktionshaus in Wien, dieses Dorotheum, ist nicht unmittelbar ersichtlich, wer hinter der Fälschung dieses Gutachtens steht. Für das Auktionshaus gehören Sie zu den Verdächtigen.«

»Na, wunderbar. Und was wollte ich mit der Fälschung anfangen? Und wieso habe ich dann die Leute in Wien darüber informiert?«

»Regen Sie sich nicht auf. Ich sehe gleichfalls keinerlei Verdachtsmomente gegen Sie. Aber wenn wir die Sache aufklären, wenn wir Aberte bekommen, wäre es für alle besser.«

»Mit anderen Worten, Sie nötigen mich mitzuspielen.«

»Wir bitten Sie, das ist alles. Da Sie mit ihm telefoniert haben, können wir das Risiko nicht eingehen, dass einer unserer Beamten das nächste Gespräch mit ihm führt. Er würde sofort Verdacht schöpfen und wäre dann unauffindbar. Sein Handy zu orten, wird ganz unmöglich sein. Bei dem nächsten Anruf wird er sich kurz fassen, sehr kurz.«

Stolzenburg steht auf und läuft im Zimmer auf und ab, es fällt ihm schwer, einen klaren Gedanken zu fassen. Dass das Dorotheum ihn beschuldigt, macht ihn fassungslos, und wenn er sich jetzt weigert, macht er sich auch bei der deutschen Kriminalpolizei verdächtig.

»Darf ich fragen, was das bedeutet, dass dieser Fall Priorität hat?«, fragt er gereizt.

»Das Dorotheum ist ein bedeutendes Unternehmen für Österreich, da zeigt man sich in Wien entgegenkommend. Wirtschaftsdelikte sind für jeden Staat gewichtig, und man bat uns um umfassende und rasche Hilfe, die wir gern leisten.«

»Und man hat wegen dieser Priorität keine Hemmungen, mich zu beschuldigen.«

»Nochmals, Herr Stolzenburg, wir verdächtigen Sie nicht, und Sie müssen sich nicht aufregen. Wir bitten um Ihre Mithilfe, das ist alles.«

»Ich fühle mich genötigt, Herr …«

»Hittich. Ich heiße Hittich.«

»Also gut, Herr Hittich, ich warte darauf, dass sich Aberte bei mir meldet, und gebe Ihnen dann umgehend Bescheid, wo wir uns verabreden.«

»Danke. Vermutlich wird er Ihnen ein sehr kurzfristiges Treffen vorschlagen. Versuchen Sie etwas Zeit zu gewinnen zwischen der Kontaktaufnahme und der Verabredung, ein paar Stunden wenigstens, damit wir uns vorbereiten können. Ich gebe Ihnen meine Karte, rufen Sie mich über die zweite Handynummer an, da bin ich immer erreichbar.«

Der Hauptkommissar bedankt sich beim Hinausgehen zweimal bei Stolzenburg, der kein Wort erwidert und ihn schweigend verabschiedet.

Kurz nach sechs ruft Henriette an. Sie entschuldigt sich, dass sie am Morgen nicht mit ihm reden konnte, aber sie habe im Rathaus kein eigenes Zimmer, und während ihrer Arbeitszeit könne sie keine privaten Gespräche führen. Daraufhin entschuldigt er sich für den unüberlegten Anruf und fragt, ob sie sich heute noch sehen können. Da sie mit der Antwort zögert, erkundigt er sich erneut, ob sie bereits Karten für den »Holländer« bestellt habe, er möchte unbedingt mit ihr in die Oper gehen.

»Ich weiß nicht, Rüdiger«, sagt sie, »du solltest erst ein paar Dinge regeln, bevor ich mich wieder mit dir treffe. Ich denke, das wäre für uns beide besser. Ich bin da empfindlich, ich habe zu viel hinter mir. Diese andere Geschichte, diese andere Frau, ich will das nicht mehr.«

»Das ist so gut wie erledigt, Henriette. Es gibt keine anderen Frauen mehr.«

»So-gut-wie – die Formulierung kenne ich. Die habe ich schon ein paarmal gehört, und ich weiß, was sie bedeutet. Nein, so-gut-wie, das ist mir zu wenig. Entweder-oder. Komm mit dir selbst klar, mach reinen Tisch, entscheide dich. Und dann kannst du dich melden.«

»Einverstanden. Dann melde ich mich in einer Stunde bei dir.«

Er sagt es lachend, aber sie geht darauf nicht ein: »Nein, erledige das anständig. Ich möchte keine unklaren Geschichten. Das habe ich dreimal erlebt. Die Kerle kamen immer wieder mit irgendwelchen Erklärungen und Ausflüchten. Davon habe ich die Nase voll. So wichtig sind Männer nicht, nicht für mich, nicht mehr. Ich werde mich freuen, wenn du dich meldest, aber wenn du alles in der Schwebe halten willst, dann brauchst du dich bei mir nicht mehr zu melden.«

Sie legt den Hörer auf, bevor er etwas entgegnen kann. Nach diesem Gespräch ruft er Patrizia im Geschäft an, doch nach dem ersten Klingelzeichen legt er auf. Er weiß nicht, wie er ihr beibringen soll, dass er sich von ihr trennt. Er setzt sich an den Schreibtisch und versucht zu arbeiten, denkt aber immerzu an Henriette. Er wird drei, vier Tage warten müssen, bevor er den nächsten Versuch wagen kann, sich mit ihr zu verabreden. Er muss zuvor zu Patrizia fahren, um sich endgültig von ihr zu trennen, und das wird sicherlich eine unangenehme und lautstarke Begegnung, sie wird hysterisch reagieren. Er überlegt, wo er es ihr sagen soll, bei einem Spaziergang, in einer Gaststätte, bei ihr oder ihm. Und zu allem Überfluss droht ihm noch ein Telefonat mit Aberte.

Dreizehn

Am nächsten Tag ist er von früh bis zum späten Abend im Institut, er hat ein Seminar und zwei Sitzungen, in den Stunden zwischen den Veranstaltungen sieht er das Modulhandbuch durch und kennzeichnet alle neu abzufassenden Informationen.

Zur Sitzung am Vormittag war ein Gast von der Informatik eingeladen, der alle Dozenten und Assistenten über die bevorstehende Einführung der elektronischen Prüfungsverwaltung und die sich damit ergebenden Veränderungen unterrichtet. Stolzenburg beobachtet die Kollegen, die jüngeren hören gespannt den Ausführungen des Informatikers zu und machen sich ein paar Notizen, die älteren haben erkennbar Schwierigkeiten, den Ausführungen zu folgen, und schreiben hektisch mit.

Nach dem Mittagessen hat er ein Seminar mit dem dritten Semester. Zu dieser Gruppe gehört Annika Wöble, die ihn zwei Stunden lang fortgesetzt anlächelt und die er nicht ein einziges Mal aufruft. Als sie in der Unterrichtspause zu ihm kommt, funkelt er sie unwirsch und so streng an, dass sie erschrocken zurückweicht und in den Flur geht.

Bei der zweiten Sitzung am späten Nachmittag sind sie nur zu dritt, sie haben die Konferenz zur Sprachkritik in Wrocław vorzubereiten, die Themen detailliert auszuarbeiten und die Redner und Arbeitsgruppenleiter zu bestimmen.

Erschöpft kommt er um neun nach Hause und ist unfähig, sich noch ein Abendbrot zu machen. Er gießt ein Glas Wein ein und hört die Telefonanrufe ab. Zwei Anrufe sind von Patrizia, er möge zurückrufen. Mit dem Glas in der Hand setzt er sich vor den Fernseher, er schaltet die Sender durch, um eine Nachrichtensendung zu finden, und schaut sich, bevor er todmüde ins Bett fällt, schließlich teilnahmslos einen kritischen Bericht über die Gehälter und Prämien der Vorstandsmitglieder jener Bank an, die sein kärgliches Konto führt.

Am nächsten Morgen, er sitzt noch beim Frühstück, ruft Patrizia an und überschüttet ihn mit Vorwürfen, auf die er mit keinem Wort eingeht.

»Wann sehen wir uns?«, fragt sie schließlich.

»Heute Abend«, sagt er, »ich hole dich ab.«

»Oh, du holst mich sogar ab. Hast wohl ein schlechtes Gewissen? Also dann, bis heute Abend, zwischen halb sieben und sieben.«

Er hat kaum den Telefonhörer aufgelegt, als sein Handy klingelt. Er nimmt es in die Hand und fragt gereizt, was es denn noch gäbe, denn er ist sicher, dass es wieder Patrizia ist.

»Hier ist Aberte. Herr Stolzenburg?«

Stolzenburg ist überrascht. Er wirft einen Blick auf seine Armbanduhr, um das Datum zu sehen.

»Tut mir leid, dass ich Sie stören muss. Aber meine Planungen haben sich verändert, ich musste eine Besprechung vorziehen und bin deshalb heute schon in Leipzig. Morgen muss ich wieder weiterreisen. Momentan habe ich etwas Zeit. Wenn wir uns in einer halben Stunde in der Stadt treffen könnten, übergebe ich Ihnen die Weiskern-Briefe.«

Er erinnert sich an den Rat des Kommissars und sagt Aberte, das ginge bei ihm nicht, er sei auf dem Weg zur Uni, in zwanzig Minuten beginnt ein Seminar, das er leitet, und er habe erst ab zwölf Zeit, besser sei zwölf Uhr dreißig, falls einer seiner Studenten mit einem Problem zu ihm komme, überdies habe er das Geld im Institut abzuholen, da ja für den Ankauf eine Barzahlung vereinbart sei.

Aberte zögert, schließlich bittet er ihn um eins ins Radisson-Hotel am Augustusplatz, das käme ihm entgegen, da dort seine Verhandlungen stattfänden und er für eine halbe Stunde ins Hotelfoyer kommen könnte.

»Sie werden mich leicht erkennen«, sagt er, »weil ich das Päckchen mit den Manuskripten in der Hand halte. Und wie erkenne ich Sie? Sind Sie groß oder klein? Welche Haarfarbe haben Sie?«

»Ich werde ein Buch in der Hand halten. Im Foyer des Radisson hält gewöhnlich niemand ein Buch in der Hand.«

Aberte lacht und wiederholt noch einmal: »Ein Uhr im Foyer des Radisson. Bis nachher, Herr Stolzenburg. Um eins haben Sie Ihren Weiskern. Und vergessen Sie mein Geld nicht.«

Stolzenburg sucht auf dem Schreibtisch die Visitenkarte des Kommissars. Er wählt dessen Nummer, dann legt er das Handy beiseite und greift nach dem Hörer seines Telefons. Hittich meldet sich sofort, Stolzenburg erzählt ihm von dem Gespräch und vorgezogenen Treffen und wird von dem Kommissar gelobt, weil er es um Stunden hinauszögerte.

»Ich bin in einer Stunde bei Ihnen, Herr Stolzenburg.«

»Das ist nicht nötig. Sie müssen nur um eins ins Radisson gehen und können ihn dort festnehmen.«

»Nun, so einfach wird es uns der Herr nicht machen. Dass er den Termin so kurzfristig vorverlegte, überrascht mich nicht. Das bedeutet allerdings auch, der Mann ist kein Anfänger, er sichert sich ab, und ich bin überzeugt, er wird das weiterhin versuchen. Ich bin in einer halben Stunde bei Ihnen und erkläre es.«

Bevor Stolzenburg protestieren kann, hat Hittich aufgelegt. Zwanzig Minuten später klingelt er an der Tür und erläutert Stolzenburg seinen Plan, ohne sich um dessen Einwände zu kümmern. Er vermute, sagt der Kommissar, Aberte werde im Radisson sein, aber sich nicht zeigen, sondern ihn nochmals anrufen und einen neuen Treffpunkt nennen. Dann könne er beobachten, wer bei seinem Anruf nach dem Handy greift und ob der Angerufene allein zu dem nächsten Treffpunkt geht. Daher solle Stolzenburg sich um zwölf oder spätestens halb eins in das Hotelfoyer setzen, allerdings ohne ein Buch, denn mit diesem Erkennungszeichen werde er, der Kommissar, um ein Uhr das Foyer betreten. Das Handy habe er auszuschalten und es erst, wenn Hittich im Foyer auftauche, wieder zu aktivieren. Wenn Aberte anruft, möge er das Telefonat so unauffällig wie möglich führen, er selbst, Hittich, werde bei einem Anruf im gleichen Moment nach seinem Handy greifen und so tun, als wäre er es, der mit ihm spricht. Über ein Mikro würde er hören, was Aberte sagt, und nach dem Gespräch aufstehen und zu dem neuen Treffpunkt gehen, Stolzenburg solle nach Möglichkeit noch eine Viertelstunde im Foyer bleiben. Falls aber Aberte doch im Foyer erscheint, brauche sich Stolzenburg um nichts weiter zu kümmern und könne, wenn Aberte sich an den Tisch des Kommissars gesetzt hat, sofort das Hotel verlassen. Falls Aberte, wie er vermute, einen neuen Treffpunkt nennt, so solle er ihm klarmachen, dass er keine Zeit habe und in die Uni zurück müsse, damit der Kerl keinesfalls noch einen dritten Ort nennt. Nach dem Telefonat im Hotelfoyer solle er sein Handy für ein, zwei Stunden unbedingt wieder ausschalten, um für Aberte unerreichbar zu sein.

»Und wer ist dieser Weiskern? Können Sie mir etwas über ihn erzählen, ich sollte etwas über ihn wissen.«

»Gern. Wenn Sie drei Tage Zeit haben, kann ich Ihnen alles erzählen.«

Hittich lacht: »Ein paar Sätze reichen. Was ist das Besondere an diesem Weiskern? Was machte er? Wann lebte er?«

Stolzenburg geht zu seinem Computer und druckt drei Seiten aus, die er dem Kommissar übergibt: »Lernen Sie das hier auswendig. Mehr weiß dieser Aberte auch nicht von ihm.«

»Danke. Ach, und noch eins, falls im Hotel irgendjemand Ihren Namen nennt oder nach Ihnen ruft, so sollten Sie sich nicht einmal bewegen, denn im Hotel bin ich es dann, der sich umdreht oder aufsteht. Und vergessen Sie nicht, das Handy erst einzuschalten, wenn Sie mich in der Hotelhalle sehen.«

Er bietet ihm an, ihn mit seinem Wagen mitzunehmen und in der Nähe des Hotels abzusetzen, was Stolzenburg aber ablehnt, und gibt ihm ein kleines vergoldetes Knopfmikrofon, das er sich wie ein Schmuckstück an den Kragen stecken soll. In den nächsten Tagen würde er sich noch einmal bei ihm melden, um ihm vom

Ausgang der Angelegenheit zu berichten und das Mikrofon abzuholen.

»Gut wäre es, wenn Sie nicht allein ins Hotel gehen. Wenn Sie dort mit einem Freund, einer Freundin sitzen, wäre das unauffälliger.«

Stolzenburg denkt an Henriette und schüttelt den Kopf.

»Wissen Sie, was mich das alles kostet?«, fragt er gereizt. »Ich habe eine Arbeit, ich müsste in einer Stunde im Institut sein.«

»Wenn es einen anderen Weg gebe, glauben Sie mir, ich würde Sie liebend gern außen vor lassen und es nur mit Polizeikräften abwickeln.«

»Wie viele Polizisten werden im Hotel sein?«

Hittich lächelt: »Herr Stolzenburg, wir leisten den Wiener Kollegen Amtshilfe, aber es muss im Rahmen des Machbaren bleiben. Nein, ich agiere allein. Allein mit Ihnen. Seien Sie rechtzeitig im Hotel, wie gesagt, eine halbe Stunde eher wäre gut, noch besser eine Stunde, denn Aberte wird den Raum schon vorher im Blick haben.«

Stolzenburg versucht sich auf seine Arbeit zu konzentrieren, nachdem der Kommissar gegangen ist, aber es gelingt ihm nicht. Er schaut auf die Uhr, es ist zehn, er hat noch Zeit, er muss sich erst in eineinhalb Stunden auf den Weg machen, um wie gewünscht vorzeitig in der Hotellobby zu sitzen, doch das ihm Bevorstehende, diese polizeiliche Maßnahme, eine Verhaftung vermutlich, in die er gegen seinen Willen hineingezogen wurde, beschäftigt ihn. Er bezweifelt inzwischen, dass mit seinem Besuch im Hotel für ihn die Geschichte beendet ist. Er hätte von dem Kommissar eine Waffe verlangen sollen. Vielleicht sollte er ein Messer einstecken, schließlich hatte Hittich von Bandenkriminalität und organisiertem Verbrechen gesprochen oder doch als Möglichkeit angedeutet. Er würde gern mit einem Freund, einer Freundin darüber sprechen, aber mit Patrizia ist das unmöglich, da ist etwas anderes zu bereden. Henriette wäre sicher ein guter Partner, aber er kennt sie zu wenig und weiß nicht einmal, ob sie sich wiedersehen werden, ob sie ihm vertraut. Wenn er jetzt zu Henriette fahren und sie bitten würde, mit ihm ins Radisson zu gehen, wenn er ihr diesen lächerlichen Polizeikrimi erzählen würde, bedeutete das vermutlich das Ende. Er ist genötigt, bei einer verdeckten Ermittlung mitzuspielen, und er kann keinem darüber erzählen. Die Vorstellung, seine Kollegen oder gar seine Studenten würden davon erfahren, verursacht einen Schweißausbruch, er würde ihm für Monate oder Jahre anhängen, bei jeder passenden und unpassenden Gelegenheit würde man von seiner Gangsterjagd sprechen.

Der Vormittag vergeht, ohne dass er eine Zeile zu Papier gebracht hat, er ist sogar unfähig, sich mit dem Modulhandbuch zu beschäftigen, und ist fast erleichtert, als es halb zwölf ist, er sich anzieht, nach dem Sturzhelm greift und sein Fahrrad besteigt. Verabredungsgemäß nimmt er kein Buch mit, unterwegs kauft er sich an einem Kiosk zwei Tageszeitungen. Viertel nach zwölf betritt er das Radisson. An der Rezeption stehen mehrere Menschen, eine Reisegruppe offenbar, die einchecken will. Auf den über das Foyer verteilten Sesseln und voluminösen Sofas sitzen nur drei Personen. Er sucht sich einen gut sichtbaren vereinzelten Sessel mitten im Raum, von dem aus er die Eingangstür und die Fahrstühle im Auge hat, bestellt, als ein Kellner kommt, einen Kaffee und ein Wasser und blättert die Zeitungen durch. Er zwingt sich, nicht aufzusehen, bemüht sich, den Eindruck zu erwecken, er studiere äußerst genau jeden Artikel, und er streicht einzelne Zeilen an. Das Handy hat er stumm geschaltet, es liegt neben dem kleinen Berg aufgeblätterter Zeitungen.

»Guten Tag, Herr Doktor Stolzenburg«, trompetet plötzlich hinter ihm eine piepsige Mädchenstimme. Er fährt herum, an dem Tisch in seinem Rücken sitzt Annika Wöble. Fassungslos starrt er sie an. Er weiß nicht, ob das Mädchen zufällig in dieser Hotellobby sitzt, ob sie ihn verfolgt hat oder irgendetwas mit Aberte zu tun hat. Er ist sicher, sie hat noch nicht an dem Tisch gesessen, als er das Hotel betreten hat.

»O Gott«, stöhnt er und vertieft sich in seine Zeitungslektüre.

Annika Wöble steht auf und kommt an seinen Tisch, sie sieht ihn eigentümlich eindrücklich an, als stehe sie unter Drogen, und sagt: »Kann ich Sie sprechen, Herr Doktor Stolzenburg?«

Er wirft ihr einen kurzen Blick zu, dann schaut er an ihr vorbei und sagt: »Nein, Fräulein Wöble, das können Sie nicht. Und ich möchte von Ihnen auch nicht weiter belästigt werden. Ich habe eine Sprechstunde, wenn Sie mich da sprechen wollen, melden Sie sich bei der Sekretärin an, aber ich sage Ihnen schon jetzt, ich werde nie wieder unter vier Augen mit Ihnen sprechen, nur noch unter Zeugen. Verstehen Sie mich?«

»Ich muss Sie aber gleich sprechen.«

»Sie stören.«

Annika Wöble bleibt trotzig stehen, starrt Stolzenburg an und scheint ihre Umgebung nicht wahrzunehmen.

»Ich muss Sie sofort sprechen.«

Ihr piepsiger Tonfall wird schrill und laut, Stolzenburg ist an das bellende Kreischen des rothaarigen Mädchens erinnert. Mit dieser hohen, durchdringenden Stimme hatte die Verrückte ihn angeschrien, bevor sie ihre Kette hervorholte und ihm über den Kopf schlug. Er sieht die Studentin verärgert und finster an, bemüht sich, sie einzuschüchtern, und gleichzeitig, sie nicht aus den Augen zu lassen, um nicht von ihr überrascht zu werden. Drei Gäste vom Nachbartisch schauen sich nach ihnen um.

»Gehen Sie«, sagt er ruhig, »gehen Sie ganz schnell. Lassen Sie mich in Frieden.«

»Ich gehe erst, wenn Sie mir zugehört haben«, kreischt das Mädchen.

Im gleichen Moment sieht er, wie Hittich mit einem dicken Buch unterm Arm die Hotelhalle betritt, seinen Blick durch den Raum schweifen und keinen Moment bei ihm verharren lässt und sich dann an einen Tisch zwischen Eingangstür und Rezeption setzt.

»Gehen Sie endlich«, zischt Stolzenburg das Mädchen an.

Der junge Kellner kommt mit fragendem Blick einige Schritte auf sie zu.

»Kann ich helfen? Wünschen Sie etwas?«

»Ich werde belästigt«, sagt Stolzenburg, »ich werde von dieser Person belästigt. Sorgen Sie bitte dafür, dass ich meine Ruhe habe.«

Der junge Kellner wendet sich an das Mädchen: »Sind Sie Hotelgast?«

»Ich muss Herrn Doktor Stolzenburg sprechen, unbedingt, sofort«, erwidert sie trotzig.

»Bitte, gehen Sie. Unsere Gäste wollen nicht gestört werden.«

»Ich muss Sie sprechen«, wiederholt sie eindringlich.

Der Kellner berührt ihren Arm: »Bitte, machen Sie sich und uns keinen Ärger. Wenn Sie nicht gehen, muss ich unseren Sicherheitsdienst rufen.«

Das Mädchen verstummt, dreht sich ruckartig um und geht mit großen Schritten zum Ausgang, sie verlässt das Hotel, ohne sich noch einmal zu Stolzenburg umzudrehen.

»Alles in Ordnung?«, erkundigt sich der Kellner.

»Ja«, bestätigt Stolzenburg, »ich danke Ihnen.«

Er schaut kurz zu Hittich, der scheinbar nichts von dem Auftritt der Studentin mitbekommen hat.

Kurz vor eins bestellt er einen zweiten Kaffee. Er bemüht sich, nicht zu Hittich zu blicken, und nur, wenn er die Kaffeetasse anhebt, um daraus zu trinken, gerät ihm der Kommissar wie zufällig in die Augen. Noch immer starrt er auf einen Zeitungsartikel, ohne ein einziges Wort zu lesen. Das Auftauchen von Annika Wöble beunruhigt ihn. Er ist sicher, dass sie nichts mit Aberte zu tun hat, dass sie zufällig im Hotel aufgetaucht ist oder weil sie ihm nachgegangen ist, ihn verfolgt hat. Er entschließt sich, so bald wie möglich zu Schlösser zu gehen, um ihn über diese Nachstellungen zu informieren, und er hofft, dass ihr lautstarker Auftritt nicht diesen Aberte verscheucht, denn dann würden die Scherereien weitergehen, er würde weiter mit dessen Angeboten und mit der Kriminalpolizei zu tun haben. Misstrauisch schaut er zum Hoteleingang, das Mädchen scheint wirklich verschwunden zu sein.

Drei Minuten nach eins kommt ein Mädchen von der

Rezeption in den Lobbybereich und fragt nach einem Herrn Dr. Stolzenburg, wobei sie sich im Raum umsieht. Stolzenburg zwingt sich, nicht aufzusehen, nimmt die Zeitung hoch, so dass sein Gesicht hinter dem Blatt verborgen ist. Sekunden später klingelt sein Handy. Nach dem dritten Klingeln meldet er sich. Aberte ist am Apparat und fragt, wo er sei.

»Im Hotel, gegenüber der Rezeption. Und wo sind Sie?«

»Es tut mir leid, Herr Stolzenburg, ich muss Sie um einen großen Gefallen bitten. Ich hatte noch ein weiteres Gespräch und bin derzeit im Paulaner, könnten Sie in den Paulaner kommen. Sie wissen, wo das ist? Ich glaube, die Straße heißt Klostergasse.«

»Herr Aberte, ich kenne den Paulaner, aber wir waren für ein Uhr hier verabredet, hier im Radisson. Ich werde zum Paulaner kommen, aber das kostet Zeit, und ich muss so schnell wie möglich ins Institut zurück. Also, ich mache mich auf den Weg, aber lassen Sie mich nicht warten, ich habe wenig Zeit, und ich kann die Briefe nicht kaufen, wenn ich sie zuvor nicht eingehend geprüft habe. Ich muss den Ankauf verantworten.«

»Danke. Ich erwarte Sie im Paulaner. Ich steh dann ganz zu Ihrer Verfügung.«

Aberte legt auf, Stolzenburg hält das Handy weiter am Ohr, um den Eindruck zu erwecken, noch immer zu telefonieren, wobei er die Zeitung auf den Tisch zurücklegt. Aus dem Augenwinkel sieht er Hittich durch die Hoteltür hinausgehen. Kurz darauf verlassen nacheinander zwei weitere Gäste das Hotel, einer von ihnen blickt noch einmal zu den wenigen Personen in der Lobby. Stolzenburg hat den Eindruck, von ihm misstrauisch gemustert zu werden, und spricht scheinbar erregt in sein Handy. Nach zehn Minuten ruft er den Kellner und bezahlt. Er zieht seine Jacke an, wobei er mit der Hand das Mikrofon berührt, er nimmt es vom Kragen ab, um es im Portemonnaie zu verstauen, dann holt er es noch einmal hervor, schaut sich um, hält den kleinen vergoldeten Knopf dicht vor den Mund und sagt: »Viel Glück, Herr Hittich.«

Er greift nach dem Sturzhelm, die Zeitungen lässt er liegen und verlässt das Hotel, erleichtert durch die Hoffnung, nie wieder mit Aberte zu tun zu haben. Den Nachmittag verbringt er am Schreibtisch, und er kann sich wieder auf die Arbeit konzentrieren und kommt voran. Es droht zwar noch das abendliche Gespräch mit Patrizia, es wird unangenehm werden, aber das muss er durchstehen.

Fast sechs Monate ist er mit Patrizia zusammen. An dem Tag, als er sie kennenlernte, war sie gerade sechs Stunden geschieden und hatte sich am selben Abend entschlossen, auf die freie Wildbahn zu gehen, wie sie ihm später erzählte. Sie hatte ihn sich geangelt, wie sie ihm lachend und freimütig berichtete, und er hatte es hingenommen. Sie war ihm stundenweise angenehm, bot leichten, brauchbaren Sex, war recht niedlich und kaum anstrengend. Sie bewunderte ihn, weil er studiert hatte und an der Universität lehrte, und sie war davon überzeugt, ein Mann mit einem Doktortitel wisse alles über die Welt, einfach alles, stelle sich aber bei praktischen Problemen und den Alltagsfragen linkisch an und sei dafür ungeeignet. Ihr geschiedener Mann war Berufskraftfahrer, praktisch Analphabet, er fuhr einen Linienbus, in ihrer Wohnung befand sich kein einziges Buch, dafür im Wohnzimmer eine ganze Wand mit einem Regal voller Videokassetten und DVDs. Bei der Scheidung ging es vor allem um das Auto und dieses Regal, der Ehemann wollte das Auto und seine Lieblingsfilme, Patrizia war bereit, auf den Wagen, doch auf keinen der Filme zu verzichten, und da beide hartnäckig auf ihren vermeintlich gerechten Anspruch pochten, wäre die Scheidung fast geplatzt.

Stolzenburg hat sie gern, aber er liebt sie nicht, wie er ihr, wann immer sie ihn fragt, unverblümt eingesteht, was sie keineswegs davon abhält, bei ihm zu bleiben. Ihm ist unklar, ob sie hofft, dass sich bei ihm so etwas wie Liebesgefühle einstellen werden. Am Abend, weiß er, wird sie ihm eine Szene machen, wird schreien oder heulen, vielleicht auch beißen und kratzen, das muss er über sich ergehen lassen, aber er hat keine Schuldgefühle. Sie waren während des halben Jahres gelegentlich zusammen, haben miteinander geschlafen, versprochen hatte er ihr nie etwas, im Gegenteil. Bindungsunfähig, dieses Wort hat er in einer Frauenzeitschrift beim Zahnarzt gelesen, sich darüber amüsiert, und seitdem charakterisiert er sich mit diesem Wort, wann immer eine Frau bei ihm einziehen will oder engeren Kontakt suchte, als ihm recht war, und genau das hatte er auch Patrizia gesagt, als sie vor einem Vierteljahr vorschlug, zusammenzuziehen, um Mietkosten zu sparen.

»Ach so, der Herr ist bindungsunfähig, aber bettfähig«, hatte sie giftig gehöhnt, und er hatte grinsend erwidert: »Andersrum wäre es dümmer, auch für dich.«

Er denkt an Henriette, er hat das Gefühl, sie ist die Frau, mit der er zusammenleben könnte. Sie hat verlangt, dass er reinen Tisch macht, dass er seine Beziehungen klärt, und das bedeutete, dass sie es mit ihm versuchen würde, warum sonst sollte sie es von ihm fordern. Heute Abend wird er sich ein letztes Mal mit Patrizia treffen, und dann kann er Henriette anrufen. Er könnte sie noch heute Abend anrufen, wenn er mit Patrizia gesprochen hat, er könnte sie anrufen, selbst wenn es spät wäre, der reine Tisch würde einen nächtlichen Anruf entschuldigen. Es würde sie vielleicht freuen und von seiner Ernsthaftigkeit überzeugen, andererseits wirkt es möglicherweise seriöser, wenn er noch ein paar Tage wartet.

Aberte fällt ihm ein. Vielleicht war er einer der beiden, die gleich nach dem Kommissar das Hotel verließen, der Kerl, der ihn betrügen wollte. Vermutlich sitzt er im Augenblick in seiner Zelle und denkt an ihn, an den Weiskern-Forscher, den er um ein paar Tausend Euro erleichtern wollte und durch den er in die Fänge der Polizei geraten ist. Hittich hatte von organisierter Kriminalität gesprochen, von einem möglichen Bandendelikt, und für einen Moment wird er unruhig. Falls es wirklich eine Bande von Kriminellen ist, die diese ungewöhnliche Abzocke betreibt, und es ist denkbar, zumal ihre Opfer, gutgläubige Wissenschaftler, die in ihren Forschungsgegenstand vernarrt sind, bei einem verlockenden Angebot bisher unbekannter historischer Dokumente alle Vorsicht fahren lassen und blind einem hoffnungsvollen Fund hinterherjagen, falls also wirklich mehrere Personen hinter diesem Aberte stecken, wie der Kommissar andeutete, so hat er möglicherweise jetzt ihre Rache zu fürchten, denn er war es, der das Auktionshaus und die Polizei aufmerksam gemacht hatte. Wenn sein Name bei der Untersuchung oder vor Gericht genannt wird, könnte es sein, dass einer der Männer von Aberte ihn aufsucht. Dann schüttelt er über sich den Kopf, er hat sich in diese dumme Geschichte hineinziehen lassen und ist offenbar dabei, hysterisch zu werden.

Zwanzig vor sieben steht er vor Patrizias Salon, sie sieht ihn durch die große Fensterscheibe und kommt ihm auf die Straße entgegen. Als sie ihn küssen will, wehrt er ab, und sie mustert ihn misstrauisch. Daraufhin umarmt er sie rasch und küsst sie. Sie schlägt vor, ins Kino zu gehen, eine Kundin hatte von einem Film geschwärmt, doch er sagt, er habe einen so bunten Tag gehabt, er sei nicht in der Lage, sich jetzt auch noch fremde Geschichten anzusehen und anzuhören. Als sie nachfragt, winkt er ab, er hat ihr nichts von Aberte erzählt und will nun, nachdem es ausgestanden ist, nicht noch einmal darüber reden. Sie gehen in ein Restaurant, er bestellt Wein, eine ganze Flasche, und als der Kellner die Gläser bringt und die Flasche entkorkt, bestellen beide Pasta. Er stößt mit ihr an und sagt jenen kleinen irischen Trinkspruch, der, seit sie einen Film über die Auswanderer von Dublin gesehen haben, zwischen ihnen zur Gewohnheit geworden war, doch sie erwidert ihn nicht, sondern sagt nur: »Du willst dich von mir trennen.«

Er schaut sie überrascht an und will im ersten Moment protestieren, dann sagt er: »Ja.«

Sie nippt an dem Wein und schweigt.

Noch immer überrascht fährt er fort: »Woher wusstest du …«

»Ich bin nicht so dumm, wie du denkst. Ich habe es sofort gespürt. Und ich merke schon seit ein paar Wochen, dass du mich loswerden willst.«

Sie schaut ihn an und wartet auf eine Antwort, doch

er schaut nur schweigend zurück. Sie nippt nochmals an dem Glas und stellt es auf den Tisch zurück: »Der Wein schmeckt nicht, der ist nicht in Ordnung. Den solltest du zurückgehen lassen.«

Sie steht auf und nimmt ihren Mantel: »Bleib nur sitzen. Ich habe noch ein wenig Kosmetik in deiner Wohnung, die kannst du mir im Geschäft vorbeibringen. Oder besser, schick sie mit der Post.«

Sie dreht sich um und geht schnell durch die Tischreihen hindurch. Der Kellner, der im gleichen Moment mit den Tellern kommt, will sie ansprechen, aber sie weicht ihm aus und verlässt die Gaststätte.

»Die Dame kommt gleich zurück, oder soll ich die Pasta in der Küche warm halten?«

Stolzenburg braucht einen Moment, um die Frage zu begreifen.

»Nein«, sagt er dann, »stellen Sie es hin. Danke.«

Das war es also, sagt er zu sich, so schnell, so einfach. Er schaut aus dem großen Fenster der Gaststätte, aber draußen ist es dunkel, von Patrizia ist nichts zu sehen. Er zieht den zweiten Teller zu sich und stochert abwechselnd mit der Gabel in beiden Tellern. Er hat keinen Hunger, und es dauert fast eine Stunde, bis er beide Teller geleert und die Flasche ausgetrunken hat. Daheim schaltet er die Fernsehnachrichten an, dann ruft er Henriette an.

»Guten Abend, Henriette. Der Tisch ist rein. Er ist völlig sauber.«

Sie braucht einen Moment, bis sie ihn versteht.

»Und ich kann dir glauben?«

»Ich habe dir immer die Wahrheit gesagt, dir von Patrizia und den anderen Frauen erzählt, ich habe nichts verschwiegen, nichts verheimlicht. Warum sollte ich jetzt lügen?«

»Und was erwartest du nun?«

»Glaube mir einfach, Henriette. – Wann können wir uns sehen? Morgen? Übermorgen?«

»Gib mir etwas Zeit. Ich ruf dich an.«

»Versprochen?«

»Versprochen, Rüdiger.«

Als das Telefon spät klingelt, es ist nach zehn, greift er sofort zum Hörer, er ist sich gewiss, dass Henriette nochmals anruft, dass sie es sich überlegt hat, dass sie ihn treffen will. Er ist enttäuscht, als sich eine andere Frauenstimme meldet.

»Grüß dich. Ich hoffe, ich rufe nicht zu spät an. Geht es dir gut?«

»Bitte?«

»Hier ist Judith. Ich hoffe, du erinnerst dich noch an deine Tochter.«

»Judith? Ja, ich habe eine Tochter, die Judith heißt. Das letzte Mal habe ich vor einem Jahr etwas von ihr gehört. Und gesehen habe ich sie, na, das ist sicher zwei Jahre her. Aber wenn Sie meine Tochter Judith sind, dann müssen Sie wissen, wann wir uns das letzte Mal gesehen haben.«

»Nun sei nicht gleich sauer, Papa. Ich weiß, dass ich mich bei dir hätte melden sollen. Aber ich habe wahnsinnig viel um die Ohren. Geht es dir gut?«

»Es geht.«

»Bist du noch immer an der Uni?«

»Ja. Bin ich.«

»Oh, das ist gut. Es ist doch gut, wenn man eine richtige Arbeit hat. Bei mir läuft es leider nicht so rund.«

»Das überrascht mich nicht, Judith. Du warst ja immer etwas, sagen wir, extravagant.«

»Kannst du nicht mal etwas Nettes sagen? Schließlich bin ich deine Tochter. Deine einzige, soviel ich weiß.«

»Ich habe es nicht vergessen, Judith. Aber ich glaube, du vergisst es ab und zu.«

»Nein, Papa, wir reden oft über dich. Sehr oft.«

»Wir? Du und deine Mutter?«

»Nein, mit Carlos, mit meinem Verlobten.«

»Du bist verlobt? Schön, dass ich es erfahre.«

»Ja, wir haben uns im Frühjahr in Argentinien verlobt. Wir waren bei der Familie von Carlos eingeladen. Reizende Leute, die würden dir gefallen.«

»In Argentinien? Wieso in Argentinien? Dein Verlobter stammt doch aus Mexiko.«

»Ach, Papa, das war José, der war Mexikaner, aber José ist lange her. Ich bin schon ewig mit Carlos zusammen, fast zwei Jahre.«

»Und Carlos kommt aus Argentinien? Was macht er?«

»Er ist Exportkaufmann, verstehst du. Kaufen und verkaufen, das ist sein Geschäft.«

»Ich verstehe. Und was kauft und verkauft er?«

»Eigentlich alles, Papa. Carlos sagt immer, für ihn ist kein Geschäft zu klein, wenn es nur Gewinn bringt. Hochseeschiffe und Büroklammern, er handelt mit allem.«

»Wie alt ist dein Carlos?«

»Ach, Papa. Er ist über vierzig.«

»Über vierzig? Was heißt das? Achtundvierzig, neunundvierzig?«

»Er ist vierundfünfzig, wenn du es so genau wissen willst. Aber ein toller Mann, süß und klug. Sehr klug.«

»Dann werde ich mich ja gut mit ihm verstehen, wir sind ja fast ein Jahrgang.«

»Sei nicht immer so ein Spießer, Papa. Wenn du ihn kennenlernst, wirst du begeistert sein.«

»Ich kann es kaum erwarten, Judith. Rufst du an, weil ihr mich besuchen wollt?«

»Nein, Papa, Ich habe ein Problem. Ich brauche deine Hilfe.«

»Ich hoffe nur, es geht nicht um Geld. Da kann ich dir keine Hilfe sein.«

»Papa, ich brauche dreitausend Euro. – Hallo, Papa, bist du noch am Apparat?«

»Dreitausend?«

»Ja. Es ist etwas schiefgelaufen, und wir haben Ärger. Carlos muss zehntausend auftreiben, viertausend haben wir selber und dreitausend bekommen wir von einem guten Freund. Kannst du uns den Rest geben? Es ist ja nur geliehen, nur vorübergehend.«

»Dreitausend? O Gott, Judith. Woher soll ich dreitausend Euro auftreiben?«

»Das wäre doch nur geliehen. Sobald Carlos wieder Land sieht, läuft das Geschäft wieder, dann fließt das Geld, und du bekommst deins zurück auf Heller und Pfennig.«

»Ich habe das Geld nicht.«

»Aber wir sind doch eine Familie. Carlos sagt, in einer Familie steht jeder für jeden ein, das würde er auch so machen. Er würde jede Summe für dich auftreiben, wenn du mal Geld brauchst.«

»Schön zu hören, denn ich brauche gerade Geld. Elftausendvierhundert. Ganz genau elftausendvierhundertvierundvierzig. Wenn mir dein Carlos das Geld besorgen kann, wäre ich ihm sehr dankbar. Mich hat das Finanzamt am Kragen, und die lassen nicht mit sich reden.«

»Hast du was angestellt, Papa? Irgendetwas Kriminelles? Toll! Das hätte ich dir nie zugetraut.«

»Nein, es geht um eine Steuerschuld, die hat sich über zehn Jahre angesammelt und wird plötzlich fällig.«

»Eine Steuerschuld, das ist nicht schlimm, Papa, da findet sich eine Lösung. Aber Carlos und ich brauchen das Geld sofort. Carlos muss frei kommen.«

»Frei kommen? Ist er im Gefängnis, dein Verlobter?«

»Ja, er ist im Gefängnis, und mich sperren sie auch ein, weil ich für ihn gebürgt habe. Aber das ging nicht anders, wir sind ja eine Familie, Carlos und ich.«

»O Gott, was ist das für ein Kerl, dein Carlos? Er bringt dich ins Gefängnis?«

»Nein, Papa, er ist vollkommen unschuldig. Man hat ihn reingelegt, und er muss es ausbaden. Und ich brauche das Geld. Bei uns geht es um Tod und Leben.«

»Tod und Leben, wovon redest du, Kind? Er ist im Gefängnis, na schön, irgendetwas wird er angestellt haben, aber es geht nicht um Tod und Leben.«

»Doch, Papa. Carlos ist zu stolz, er erträgt die Schmach nicht, in einer Zelle eingesperrt zu sein. Diese Schande überlebt er nicht, er bringt sich um. Bitte, gib mir das Geld. In seiner Heimat steht immer die ganze Familie für die Familie ein, sagt Carlos.«

»Wie schön für ihn. Aber Carlos gehört nicht zu meiner Familie. Ich kenne deinen Carlos überhaupt nicht.«

»Er ist mein Verlobter, Papa.«

»Der im Gefängnis sitzt und dich auch noch dahin bringt.«

»Papa, das kannst du mir alles später an den Kopf

werfen, aber ich brauche das Geld jetzt. Schick es mir bitte, schick es, so schnell du kannst.«

»Judith, ich habe nicht so viel Geld. Mein Konto ist im Minus, ich habe drei offene Rechnungen und eine dicke Forderung vom Finanzamt. Ich kann dir nicht einmal hundert Euro schicken, tut mir leid.«

»Du bist und bleibst ein Spießer, ein verknöchertes Arschloch, wie Mama sagt.«

»Nun, wenn Mama das sagt …«

Er unterbricht sich, da seine Tochter aufgelegt hat.

Als er im Bett liegt, ist er verwundert, dass ihn Judiths Anruf nicht beunruhigt. Das Kind steckt in Schwierigkeiten, wieder mal, aber das Mädchen ist dreißig, und sie verstrickt sich immer in Probleme, seit den Kinderschuhen. Damals hatte er einmal im Monat in der Schule zu erscheinen, um irgendetwas zu klären oder zu bereinigen, was sie angestellt hatte, und immer meinte sie, sie sei unschuldig, sie sei das Opfer und alle seien gegen sie. Nach der Scheidung hatte er darum kämpfen müssen, seine Tochter regelmäßig zu sehen, doch der Mutter gelang es, Judith gegen ihn einzunehmen. Das Mädchen war bei ihren Zusammentreffen wirsch und wirkte verklemmt, als befürchte sie, angegriffen zu werden. Seine Wohnungseinrichtung missfiel ihr, und bei jedem Besuch mokierte sie sich über die Bilder oder Sessel, selbst die schlichten Wandfarben galten ihr als kleinbürgerlich und verspießert. Mit dem Beginn ihres Studiums verbesserte sich für zwei Jahre ihr Verhältnis, sie sah ein, dass sie ihren Vater stets mit den Augen der verlassenen, frustrierten Mutter betrachtet und beurteilt hatte, und er machte sich Hoffnungen, sie für sich zu gewinnen, doch dann lernte sie einen Studenten aus

Libyen kennen, zog mit ihm zusammen, und er hörte ein ganzes Jahr nichts von ihr. Seine Briefe beantwortete sie nicht, eine Telefonnummer hatte auch ihre Mutter nicht, bei der die Tochter sich ebenfalls nicht mehr blicken ließ. Und als sie sich wieder bei ihm meldete, ging es um Geld, das sie für den Libyer und seinen Befreiungskampf brauchte. Ihre Partner wechselte sie häufig, er erfuhr davon, wenn sie bei ihm anrief und ihn um Geld bat. Ein einziges Mal hatte er ihr Geld gegeben, da arbeitete er als Pressesprecher einer der neu gegründeten Parteien und verdiente gut, später hatte er ihr gesagt, mit seinem dürftigen Dozentengehalt könne er nicht den Befreiungskampf der gesamten revolutionären Welt finanzieren. Das schwierige Verhältnis zu ihr besserte sich nicht, noch immer nahm sie höchstens einmal im Jahr Kontakt mit ihm auf, und stets ging es dann um Geld, das sie dringend brauchte. Soweit er es wusste, war auch ihre Beziehung zur Mutter seit Jahren eisig, Judith hatte sich offenbar ebenfalls von ihr losgesagt. Er konnte nur hoffen, dass sie irgendwann mit sich zurechtkam und vielleicht auch zur Vernunft, aber er wollte und konnte keine Gefühle mehr investieren, sie hatte ihn zu oft enttäuscht und gekränkt und verärgert.

Vierzehn

Hittich ruft um acht Uhr früh an, zwanzig Minuten später erscheint er. Aberte, oder vielmehr Frank Bärensteiner, wie er richtig heißt, sei vorübergehend festgenommen worden, erzählt er. In zwei Stunden erwarte er einen Kollegen aus Wien, der ihn befrage, bevor sie ihn vermutlich frei lassen werden. Bei dem Treffen im Paulaner habe Bärensteiner alles geleugnet, auch abgestritten, dass er unter dem Namen Aberte Manuskripte angeboten habe, aber er hatte die angeblichen Weiskern-Briefe auf dem Tisch liegen. Hittich zieht ein Bündel Papiere aus seiner Aktentasche.

»Ich habe Kopien mitgebracht, Herr Stolzenburg, wenn Sie sich diese einmal ansehen wollen. Es sind handschriftliche Briefe in Sütterlin, und das Briefpapier ist ordentliches Bütten. Nach den Vermutungen unseres Sachverständigen, er hat bisher nur einen ersten Blick darauf werfen können, ist es wahrscheinlich keine zwanzig Jahre alt. Das Bütten, das ergab seine erste und noch vorläufige Prüfung, stammt seiner Ansicht nach aus einer Papiermühle in der Nähe von Tübingen, die allerdings erst seit hundertfünfzig Jahren besteht, also hundert Jahre nach den auf den Briefen angegebenen Daten. Es müssen also Fälschungen sein. Ich weiß nicht, wieweit Sie die Handschrift jenes Weiskern kennen?«

»Können Sie mir die Kopien dalassen? Dann könnte ich sie prüfen und Ihnen ein Gutachten schreiben.«

»Nein, das ist ausgeschlossen, Sie sind kein zugelassener Gutachter, und ich kann Ihnen kein Beweismaterial aus einer laufenden Untersuchung geben.«

»Aber Sie werden keinen Gutachter finden, der etwas von Weiskern versteht.«

»Das mag sein. Aber es gibt Vorschriften.«

»Die Namen Weiskern und Mozart tauchen in den Briefen tatsächlich auf?«

»Es sind Briefe, die von einem Weiskern unterschrieben sind, und es wird alles Mögliche über Wien und auch Mozart geschrieben. Doch, wie gesagt, es sind Fälschungen, das hat unser Labor unzweideutig festgestellt. Ich würde von Ihnen gern wissen, was das für Texte sind, ob diese angeblichen Originale noch auf etwas anderes verweisen, eine neue Spur liefern.«

»Überlassen Sie mir Kopien von diesen Briefen, dann kann ich es Ihnen sagen.«

Hittich schüttelt den Kopf und überlegt. Dann fragt er, ob Stolzenburg einen Kopierer in der Wohnung habe, und fragt, als dieser es bejaht: »Darf ich Ihre Toilette benutzen?«

Stolzenburg nickt erfreut. Nachdem der Kommissar das Zimmer verlassen hat, kopiert er zügig das Bündel Papiere und lässt die Kopien sichtbar auf dem Tisch liegen. Hittich übersieht sie demonstrativ, als er zurückkommt, sich das Knopfmikrofon zurückgeben lässt, seine Tasche packt und sich verabschiedet.

Stolzenburg hat noch zwei Stunden Zeit, bevor er sich auf den Weg ins Institut machen muss, und er nutzt sie, um sich die Briefe anzusehen, für deren Besitz er fast ein kleines Vermögen geopfert hätte. Die Manuskripte scheinen, soweit er es nach der Kopie beurteilen kann, alt und sogar rissig zu sein, die Schrift ist sehr gleichmäßig und, nachdem er sich in die ihm ungewohnte Schreibschrift eingelesen hat, leicht zu entziffern. Weiskern oder der Fälscher reden den Vater als »ehrwürdig« und mit »mon très cher père« an, die Mutter als »allerbestes Muttchen«, um Gottes Segen wird mehrfach gebeten, und der Sohn bezeichnet sich stets als ehrerbietig. Der Rittmeister Bretzner wird als großzügiger Förderer bezeichnet, dessen Weiskern lebenslang in Dankbarkeit gedenken wird. Ein handschriftlicher Gruß der Kaiserin liegt tatsächlich zwischen den Briefen, ein Billett mit drei Zeilen und der schwungvollen Unterschrift Maria Theresias. Gespräche mit Mozart werden in wörtlicher Rede wiedergegeben, und wenn man dem Briefschreiber glauben darf, so schätzt er Weiskern, weil er »trefliche art und styl habe und mit ihm weniger verdrüsslich zu arbeiten sey« als mit den anderen Autoren. Über Weiskerns Kollegen, schreibt er an die Mutter, habe Mozart wenig Freundliches zu sagen: »Ich weis nicht was sich unsere teutsche dichter denken. Poz himmel tausend sakristey, wenn sie schon das theater nicht verstehen, was die opern anbelangt, so sollen sie doch wenigstens die leute nicht reden lassen, als wenn schweine vor ihnen stünden, cruaten schwere noth.«

Der Komponist spricht in den Briefen wie ein mit der Wiener Gesellschaft vertrauter Bonvivant, obwohl er zu jener Zeit noch ein Kind ist, wechselt im Gespräch häufig vom Deutschen ins Französische und zitiert lateinische Klassiker. Als Weiskern von körperlichen Züchtigungen des Knaben hört und den Zwölfjährigen bedauert, habe Mozart lachend erwidert: »Invidia gloriae comes.« Stolzenburg ist die Redewendung fremd, er muss nachschlagen, um eine Übersetzung zu finden: Neid ist der Gefährte des Ruhms, eine Weisheit, die für einen Schuljungen ungewöhnlich ist, zumal der kleine Mozart in der Zeit, in der dieser Brief vorgeblich geschrieben wurde, im November 1767, keineswegs berühmt ist oder auch nur bekannt sein kann.

Weiskern selbst urteilt erstaunlich hart über das junge Genie. »Mit Amadé habe ich über hals und kopf arbeit, da muß man halt ein wenig gedult haben. Alles in Wienn schmelt über den Mozart, es kann seyn daß er auch mit mir nur ins gesicht so freundschaftlich ist – denn gemeint und geschissen ist zweyerley – aber er setzt mir halt mein buch in die Noten, und zwar so wie ich es will, auf ein haar genau, und wenig ist zu Corrigieren, und mehr verlange ich bey gott nicht von ihm.«

Bei dem Bericht über eine launige Kutschfahrt entlang der Donau – »zu Fuß ist es überall zu weit oder zu koticht, dann in Wienn ist ein unbeschreyblicher Dreck, und der Wagen stößt eynem doch die seele heraus, die Sitze hart wie Steyn« – und der Beschreibungen der Odoardo-Rolle – »ich habe eine unaussprechliche Begierde, wieder einmal eine Komödie zu schreyben, denn die Amadé Musik ist der Schlüssel, der uns wahres glück erschließt, aber die Komödien sind die Stüzen meines Arsches« – wird Stolzenburg stutzig, er liest diese Stelle sehr aufmerksam ein zweites Mal, stöbert dann in seinen Lexika, blättert in einem zweibändigen Werk zur Wiener Theatergeschichte, das er für seine Arbeit über Weiskern vor Jahren erwarb, sucht im Internet, gibt ein paar Zeilen in den Computer ein und wird schließlich fündig. Diese Textstellen wurden Wort für Wort zwei längst veröffentlichten, zeitgenössischen Berichten entnommen und machen den Betrug offensichtlich. Er ruft Hittich an, um ihn zu informieren.

»Es war doch gut, dass ich einen Blick in die Briefe werfen konnte. Und wie gut ich mir alles gemerkt habe«, sagt er zu ihm.

Hittich lacht und bedankt sich. Er lässt sich von Stolzenburg die Titel der Bücher nennen, aus denen Aberte oder vielmehr jener Frank Bärensteiner sich für seine Fälschungen bediente.

»Und nun? Was passiert mit Aberte?«

»Wir ermitteln noch. Bisher ist es wenig, nicht mehr als eine Geldstrafe, andererseits sind Fälschung und Vorgehen professionell, vielleicht steckt mehr dahinter, fortgesetzter Betrug, ein Bandendelikt, organisierte Kriminalität, wir wissen es noch nicht. Ich spreche gleich mit dem Kollegen aus Wien, es ist sein Fall, er muss das klären.«

Henriette meldet sich vier Tage später telefonisch, sie hat Opernkarten für das Wochenende bestellt und fragt ihn, ob er Zeit habe mitzukommen. Er sagt sofort zu, muss ihr aber im nächsten Moment absagen.

»Nein, tut mir leid. Ich bin am kommenden Wochenende in Flensburg.«

»Wie schön für dich. Das muss dir doch nicht leidtun. Etwas Seeluft täte mir auch gut.«

»Ich muss am Freitagabend oder Samstag früh dahin fahren, unbedingt. Meine Eltern ziehen um, und ich muss ihnen helfen. Willst du mit nach Flensburg kommen?«

»Zu deinen Eltern?« Sie lacht laut auf.

»Sehen wir uns vorher?

Henriette sagt, sie habe eine heftige Woche und komme erst spät aus dem Büro. Sie verabreden sich für die nächste Woche.

Der Besuch bei den Eltern ist anstrengend, auch körperlich anstrengend. Er kommt spätabends in Flensburg an und findet beide in guter Verfassung. Der Vater ist vollkommen klar und sogar gesprächig. Die Wohnung ist unverändert, nichts deutet auf den bevorstehenden Umzug hin. Als er sich erkundigt, wo die Kisten und Kartons der Umzugsfirma stehen, sagt die Mutter, es sei nichts da.

»Aber die Umzugsfirma muss doch Kartons und Kisten liefern für Kleider, fürs Geschirr, für eure Bücher, das gehört dazu. Welcher Verein soll denn den Umzug machen, welche Firma hast du beauftragt?«

»Ach, Junge, sie wollten mir alles Mögliche andrehen, aber ich habe ihnen gesagt, dass du kommst und ich nichts von ihnen brauche. Die sind doch alle viel zu teuer, und außerdem betrügen sie, wo sie nur können.«

»Mutter! Und wie soll ich euer Zeug verpacken? Wie soll ich das Ganze denn einpacken?«

»Meinst du wirklich, dass wir die Kartons und Kisten von denen brauchen?«

»Ach, Mutter!«

Er lässt sich den Vertrag geben und ruft alle Telefonnummern an, die er auf dem Formular findet. Nach dem vierten Anruf meldet sich eine erschöpfte und leise Stimme, er sagt, die Firma werde am Montagmorgen seine Eltern umziehen, aber irrtümlich sei bei der Auftragserteilung kein Verpackungsmaterial bestellt worden, und man verspricht ihm, am nächsten Tag das Gewünschte zu liefern, allerdings erst nach den eigenen Terminen, also nach vierzehn Uhr.

Am nächsten Morgen holt er die Zeitungen aus dem Keller und fängt an einzupacken. Vater kann das Bett nicht verlassen und stört ihn nicht bei der Arbeit, er hört Radio und seine CDs, doch Mutter steht immerfort neben ihm und redet auf ihn ein, fragt nach der Tochter, nach der Universität, nach seinen Freunden. Er versucht so viel wie möglich auszusortieren, aber sie will den Haushalt verkleinern und alles behalten, erklärt bei jedem Stück, das er aus den Fächern und Schubläden hervorholt, weshalb sie gerade dieses Teil keineswegs in den Müll werfen kann. An dem einen haften Erinnerungen, anderes ist Erbe der Großeltern oder war seinerzeit sehr teuer, und es gibt auch unnützen Kram, den sie nur deshalb behalten will, weil er den Krieg überstanden hat und infolgedessen kostbar ist. Mutter ist sehr gekränkt, weil der Sohn ihr klarzumachen sucht, dass sie in die kleine Wohnung im Altersheim, zwei winzigen Zimmern, unmöglich ihren ganzen Haushalt packen könne. Irgendwann weint sie und schließt sich in ihrem Zimmer ein. Als die Kisten und Kartons am späten Nachmittag ankommen, muss Stolzenburg seine Mutter bitten, die Tür aufzuschließen und als Auftraggeber den Lieferschein zu unterschreiben.

Am Abend finden die beiden eine Lösung, mit der auch Mutter einverstanden ist. Sie bestimmt, was in den Sperrmüll kommt, und ihr Sohn soll all die Sachen in die Kisten und Kartons packen, die seiner Meinung nach die Eltern im Altersheim benötigen. Alles, was übrig bleibt, wird sie dann noch einmal durchsehen, ob nicht etwas ausgesondert werden kann, und den Rest wird ihr Sohn gleichfalls verpacken, doch diese Kisten kommen nicht in die beiden neuen Zimmer, sondern werden in den

Gang oder Keller des Altersheims gestellt. Dann könne Mutter später entscheiden, was sie von diesem Teil behalten will oder kann. Als Mutter versöhnt ist, schneidet er ihr Mobiliar maßstabsgerecht aus einem farbigen Pappdeckel und legt die kleinen Stücke auf den Grundriss, den das Altersheim den Eltern zugeschickt hat. Seine Mutter macht in dieser Nacht kein Auge zu, stundenlang schiebt sie die bunten Pappstücke, die ihr Sohn beschriftet hat, auf dem Plan der beiden Zimmer, in denen sie künftig leben werden, hin und her oder läuft durch die Wohnung, um darüber zu befinden, was sie von ihrem Besitz am nächsten Tag für immer aufgeben wird.

Es ist wenig, sehr wenig, was sie ihrem Sohn am nächsten Morgen zum Wegwerfen gibt, es füllt nicht einmal eine Mülltonne, doch Stolzenburg lächelt und akzeptiert ihre Entscheidung. Bis zum Mittag hat er verpackt, was er als notwendig und nutzbar für die Eltern ansieht, dann verstaut er das restliche Hab und Gut und verwendet dafür Bettbezüge, da die Kisten und Kartons nicht ausreichen. Am Abend sitzen sie am Bett des Vaters und trinken gemeinsam ein Glas Wein auf den Abschied aus ihrer Wohnung. Mutter weint ein wenig, und Vater sagt, dass er diese Wohnung immer gehasst habe, er habe nur einmal eine schöne Wohnung gehabt, aber die hätten ihm die Russen weggenommen.

»Die Russen, Heinrich?«, fragt Mutter.

»Ja, die Russen«, wiederholt der alte Mann trotzig.

»Und wann soll das gewesen sein?«

»Ach, was weißt du schon.«

»Aber, Heinrich, wir leben doch ein Leben lang zusammen. Uns hat doch keiner eine Wohnung weggenommen, auch kein Russe.«

»Dann eben die Amerikaner.«

»Heinrich!«, sagt Mutter und schaut hilfesuchend zu ihrem Sohn, der hilflos und verlegen lächelt und sich noch ein Glas Wein eingießt.

»Also, auf das neue Heim«, sagt er, »wann kommen eure Freunde, um Vater abzuholen?«

»Du meinst Rosel und ihren Mann? Die kennst du doch, Rüdiger, die habe ich dir im vorigen Jahr vorgestellt. Sie haben versprochen, um sieben hier zu sein, eine halbe Stunde vor den Ziehleuten.«

Bald darauf gehen alle schlafen, Stolzenburg liegt auf Matratzenteilen, die er am nächsten Morgen zum Müllplatz bringen muss.

Die drei Männer von der Umzugsfirma sind freundlich und höflich, und sie sind schnell. Mittags um ein Uhr stehen die Kisten und Kartons im Altersheim, in den beiden Zimmern und in einem Nebengelass auf der gleichen Etage, und der Wagen der Möbelspedition fährt ab. Stolzenburg baut die Betten der Eltern auf, das halbierte Ehebett für die Mutter und das motorisch verstellbare Metallbett, in dem der Vater seit drei Jahren schläft. Er befestigt und schließt die Deckenlampen an, stellt die aufeinandergestapelten Kartons nebeneinander, damit Mutter sie leichter erreichen kann. Schließlich schaut er sich noch einmal in der Wohnung um.

»Wie gefällt dir unsere neue Wohnung?«, erkundigt sich seine Mutter, »es ist meine letzte. Und es war mein letzter Umzug. Bei dem nächsten bin ich noch dabei, aber ich mache gottlob nicht mehr mit. Hat auch sein Gutes.«

»Wann kommt Vater?«, fragt er.

»Rosel und Berthel bringen ihn um vier, sie wollen

eine Landpartie mit ihm machen, haben sie gesagt, an die See. Na, Papa wird staunen, was wir alles geschafft haben. Aber jetzt musst du mir nicht mehr helfen. Fahr zurück, den Rest räume ich allein ein. Ich kann dir heute kein Mittagessen kochen, alle Töpfe sind verpackt, und auf der Herdplatte kann man kein Ei braten. Selbst die Eier müsste ich erst suchen.«

»Beim nächsten Besuch bringe ich eine richtige Lampe für die Küche mit, das dort ist nur eine Funzel. Lass dir solange eine stärkere Birne geben, du musst ja was sehen. Oder soll ich gleich Bescheid sagen?«

»Lass nur, Junge, das mach ich schon. Ich muss mich ja heute noch anmelden.«

Die Türklingel ertönt, ein lautes und schrilles Scheppern. Stolzenburg öffnet die Zimmertür, eine hochgewachsene ältere Frau mit einem kleinen Blumenstrauß steht vor ihm und strahlt ihn an.

»Sie sind der Sohn«, stellt die alte Frau erfreut fest, »Merlitz, heiße ich.«

Ihre Stimme knarrt, sie steht aufrecht und stramm vor ihm und mustert ihn nachdrücklich. Dann geht sie an ihm vorbei, reicht der Mutter die Hand und übergibt ihr den Blumenstrauß: »Willkommen in unserem Haus, Frau Stolzenburg.«

»Kennen wir uns?«

»Nein, noch nicht. Aber ich habe nachgefragt, ich will doch wissen, wer meine neuen Nachbarn sind. Die Wohnung rechts, das bin ich, Merlitz, Henriette Merlitz. Willkommen, willkommen. Ist Ihr Mann nicht da?«

»Nein, nein, er wird später gebracht, er ist nämlich bettlägrig.«

»Ich weiß. Weiß ich doch.«

»Ich danke Ihnen für die Blumen, Frau Merlitz. Ich würde Ihnen gern etwas anbieten, aber …«

»Nicht in diesem Tohuwabohu. Ich habe Kuchen besorgt und Kaffee gemacht, wir gehen in meine Wohnung. Schade, dass Ihr Mann nicht da ist, ihn werde ich also später kennenlernen. Ich bin auch mit meinem Mann hier eingezogen. Vor zwei Jahren, aber seit einem Jahr lebe ich allein.«

»Oh, das tut mir leid …«

»Nicht was Sie denken. Er ist wieder in die Stadt gezogen. Lebt mit einer anderen Frau zusammen, die ist gerade mal sechzig. Vor Jahrzehnten, da war sie acht, neun Jahre alt, hat er ihr Klavier beigebracht, und nun bringt sie ihm wohl was bei. Kommen Sie zu mir, Sie müssen mal eine Pause machen, und den Herrn Sohn nehmen wir auch mit. Kaffee ist genug da.«

»Ich weiß nicht, ob Rüdiger noch Zeit hat. Er muss nach Leipzig zurück, er ist dort Professor.«

»Mama, ich bin kein Professor, ich habe lediglich eine Assistenzdozentur.«

»Aber du unterrichtest an der Universität, das tun doch die Professoren.«

»Kommen Sie mit, Herr Stolzenburg, der nächste Zug fährt auch noch.«

Stolzenburg lacht und schüttelt den Kopf. Er verabschiedet sich von der Mutter und der neuen Nachbarin, bittet, Vater zu grüßen, nimmt seine Reisetasche und eilt zum Bahnhof. Diese energische Frau Merlitz, und sie heißt auch noch Henriette, wird seiner Mutter guttun, sie kann ihr helfen, wird Mutter den Rücken stärken, und Vater wird nicht aufmucken, wenn dieser

Dragoner etwas sagt, sondern parieren. Vielleicht ist es ein Glücksfall, dass sie ins Heim gingen.

Er ist erst nach zehn in der Wohnung. Am Bahnhof hat er sich noch frisch aufgebackene Brötchen gekauft, die er isst, während er am Schreibtisch sitzt und die E-Mails durchgeht und gleichzeitig den Anrufbeantworter abhört. Die E-Mails der Studenten löscht er umgehend, die anderen überfliegt er und löscht oder sortiert sie. Er unterbricht sich dabei nur, um den interessanten Anrufen zu lauschen. Henriette hat nicht angerufen, aber Klemens Gaede. Auf dem Band meldet er sich mit seinem Namen und sagt nur: »Ich habe eine gute Nachricht für Sie. Rufen Sie bitte zurück.«

Stolzenburg schaut sich den Rest der E-Mails nicht mehr an, er schaltet den Computer aus, hört sich noch zweimal die viel versprechende Nachricht von Gaede an, holt einen Weißwein aus dem Kühlschrank und setzt sich ins Wohnzimmer. Er schaut nicht fern, er hört keine Musik, er sitzt nur erleichtert im Sessel und trinkt die halbe Flasche leer.

Fünfzehn

Er wird früh wach, noch im Bett denkt er sofort an Gaede und dessen Ankündigung. Er muss sich zwingen, sich nicht zu früh bei Gaede zu melden. Punkt neun Uhr ruft er ihn an, Gaede ist am Apparat und bittet ihn, bei ihm vorbeizukommen, er müsse ihm einiges erklären.

»Ich komme gleich«, sagt Stolzenburg.

Gaede bittet um einen Moment Geduld, er spricht mit einem anderen, dann sagt er: »Bis zehn Uhr wäre es möglich. Wenn Sie in der nächsten halbe Stunde bei mir sein können …«

»Ich bin in zehn Minuten bei Ihnen, Herr Gaede.«

In dem großen Korridor mit der Palme liegen Flaschen herum und Damenwäsche, um den Baum ist eine Girlande gewickelt, und eine Lichterkette reicht bis zur Glaskuppel. Gaede erscheint nach zwei Sekunden, er trägt einen roten Bademantel und ist barfuß, er entschuldigt sich für die Unordnung.

»Ich arbeite nicht immer«, sagt er grinsend.

Er bittet ihn in denselben Raum, in dem er vor Wochen mit ihm zusammen gesessen und seine Akten durchgegangen war. Auch hier stehen Gläser und halbleere Flaschen auf dem Tisch. Gaede schiebt die Sachen beiseite, nimmt zwei Tassen aus dem Schrank und gießt ihnen Kaffee aus einer Thermosflasche ein.

»Ja, wie gesagt, ich habe gute Nachrichten für Sie, Herr Stolzenburg, sehr gute. Ich bin natürlich aufs Maximale gegangen, auf kompletten Erlass, also vollständige Tilgung der Forderung. Ich habe Ihre finanzielle Situation offengelegt, nochmals eine mögliche Privatinsolvenz ins Spiel gebracht, an der keiner interessiert sein kann, und habe einen, wie ich meine, prächtigen Kompromiss erreicht: Halbierung der Forderung und angemessene Ratenzahlung. Wir haben …«, er greift nach einem Papier auf dem Tisch und liest vor, »wir haben erreicht, dass Sie nur noch fünftausendsiebenhundertzweiundzwanzig Euro an das Finanzamt zu zahlen haben. Für die Rückzahlung dürfen Sie einen Ratenplan erstellen, den Sie beim Finanzamt einreichen, um ihn bewilligen zu lassen. Glatte Halbierung der Schuld, ich hatte nie gedacht, so viel zu erreichen. Halbierung einer Steuerschuld, das habe ich zuvor bei keinem anderen Klienten erreicht, aber bei denen ist auch mehr zu holen.«

Er strahlt Stolzenburg zufrieden an. Als er bemerkt, dass sein Besucher weniger erfreut ist, sagt er irritiert: »Sind Sie nicht zufrieden? Haben Sie mehr erwartet?«

»Ich habe das Geld nicht, ich habe auch nicht die Hälfte von dem Geld.«

»Machen Sie einen Ratenplan. Schreiben Sie einen Brief, in dem Sie verbindlich erklären, wie viel Sie jeden Monat von der Forderung tilgen können. Wenn Sie es innerhalb von einem Jahr schaffen, fallen für Sie keine Zinsen an, im zweiten Jahr kommt ein ermäßigter Zinssatz dazu. Brauchen Sie mehr als vierundzwanzig Monate, müssen Sie für den verbliebenen Rest mit den üblichen Zinsen rechnen. Mehr war nicht drin, und ich finde es sensationell.«

»Ich danke Ihnen, Herr Gaede. Ohne Sie wäre ich verloren. Ich muss sehen, wie ich das Geld auftreibe.«

»Zweihundert Euro im Monat, das müsste doch zu schaffen sein. Allerdings findet das Ganze unter der Voraussetzung statt, dass Sie nicht noch irgendwo ein Konto haben. So ein kleines verschwiegenes? In der Schweiz vielleicht?«

»Leider nicht.«

»Oder eine Erbschaft? Ein Grundstück, ein Haus?«

»Nein, ich besitze nichts. Ich muss sehen, wie ich klarkomme. Was schulde ich Ihnen?«

»Nichts, Sie schulden mir gar nichts. Das war ein Gefallen für Marion, für meine Lieblingscousine.«

Er gibt Stolzenburg drei Formulare.

»Reichen Sie den Ratenplan in den nächsten Tagen bei Ihrem Sachbearbeiter ein, dem Herrn Kerzer. Das ist ein ganz umgänglicher Mensch, ich jedenfalls habe mich prächtig mit ihm unterhalten. Und ich hatte recht, er glaubte, Sie haben noch irgendwelche Einnahmen. Er war misstrauisch, ihm erschien es ausgeschlossen, dass Sie so wenig verdienen.«

»Aber er muss doch wissen, was die Leute heute in der Tasche haben.«

»Sicher, weiß er besser als wir, doch er meinte, ein studierter Mensch, ein Mann von der Uni, der müsste irgendwelche Einnahmen jenseits der Bedürftigkeit haben. Ich hatte Mühe, ihn davon zu überzeugen, dass bei Ihnen nichts zu holen ist.«

»Bedürftigkeit?«

»Entschuldigen Sie, der Ausdruck Armutsgrenze macht die Sache auch nicht besser.«

»Und warum hat dann Herr Kerzer nicht die ganze Forderung gestrichen, wenn er schon von Bedürftigkeit redet?«

»Er muss seine Entscheidung innerhalb des Amts vertreten. Finanzämter sind bekanntlich keine Mäzene und keine Sozialeinrichtungen. Wir können zufrieden sein. Mehr als nur zufrieden, Herr Stolzenburg, ich habe, wie gesagt, eine Halbierung von Steuerforderungen bisher noch nie erlebt. Nehmen Sie noch einen Kaffee?«

»Ich will Sie nicht aufhalten. Sie haben mir schon so viel Zeit geopfert und haben sicher zu tun.«

»Ich habe Zeit, Herr Stolzenburg, ich muss in zwei Stunden noch einmal an den Computer, um zu schauen, was ich mittlerweile verdient habe. Also, noch einen Kaffee? Einen Espresso, einen Cappuccino?«

»Einen Espresso gern. Wenn es keine Mühe macht.«

»Kein Problem.«

Er geht aus dem Zimmer, Stolzenburg hört ihn mit jemandem reden, dann kommt er zurück: »Einen Moment, er wird sofort serviert.«

»Und was wollen Sie von mir wissen? Sie sagten eben …«

»Leute wie Sie, Herr Stolzenburg, erwecken meine Neugier.«

»Meine Arbeit? Hat Ihnen Marion davon erzählt?«

»Wenig. Ich weiß nur, Sie sind Dozent an der Uni, sind, wie Marion sagt, sehr fleißig, arbeiten sozusagen Tag und Nacht für einen Hungerlohn. Warum? Wieso verdienen Sie so wenig? Oder ist das jetzt zu intim?«

»Warum ich so wenig verdiene? Ich habe nur eine halbe Stelle. Immerhin ist es eine feste halbe Stelle, das ist sehr viel mehr, als Marion hat. Mir wurde immer wieder eine volle Dozentur versprochen. Eine Professur stand nie in Aussicht, aber ich sollte Akademischer Rat werden, doch mittlerweile darf ich auch damit nicht mehr rechnen. Ich habe mich abgefunden mit dem, wie Sie sagen, Hungerlohn.«

»Aber warum? In meinem Bekanntenkreis gibt es niemanden, der für das Geld, das Sie verdienen, auch nur aufstehen würde. Ich kenne viele Leute, das bringt der Beruf so mit sich, einige arbeiten siebzig Stunden die Woche, das ist normal, andere arbeiten zwei Tage in der Woche. Einige verdienen gut und sehr viel, die anderen weniger, sehr viel weniger, aber keiner von ihnen würde sich mit dem begnügen, das Sie bekommen.«

»Ihre Cousine«, widersprach Stolzenburg, »Marion.«

Eine Frau kommt ins Zimmer, auch sie ist barfuß und trägt einen Bademantel. Stolzenburg sieht sie überrascht an. Er hätte als Freundin von Klemens Gaede ein kleines Mädchen erwartet, eine hübsche, eher puppenhafte Blondine, aber diese Frau ist stolz, selbstbewusst, sie irritiert ihn, und er hofft, dass sie sich zu ihnen setzt. Doch sie grüßt Stolzenburg nur freundlich mit einem Kopfnicken, stellt ein kleines Tablett mit zwei winzigen Tassen auf den Tisch und verschwindet. Gaede sieht ihr entzückt nach, nimmt eine Tasse und reicht sie Stolzenburg.

»Ja, die Marion«, sagt er gedehnt, »vermutlich will ich es ihretwegen wissen. Sie ist eine intelligente Person, die klügste Frau in der ganzen Familie, aber wie sie lebt, wie Sie und Marion leben, ist mir ein Rätsel. Jahrelang studieren und dann für einen Hungerlohn arbeiten. Ich habe vor zwei Jahren Marion einen Job angeboten, weil ich vorhatte, meinen kleinen Service zu erweitern, Finanzanlagen mit Garantien anzubieten, und dafür brauchte ich eine absolut vertrauenswürdige Person. Das war für mich Marion. Eine Woche hat sie hier gearbeitet. Sie hat sich in Ihrem Institut Urlaub genommen, um bei mir anzufangen, sie wollte es drei Wochen lang ausprobieren. Nach einer Woche bekam sie das Geld, das sie bei mir verdient hatte, und das war genau der Betrag, den sie an der Uni in einem halben Jahr bekommt. Ich war sicher, dass ich sie damit überredet hatte, aber sie nahm das Geld und meinte, sie müsse die restliche Probezeit nicht mehr absolvieren, der Job sei eindeutig nichts für sie. Nach einer Woche. Nicht einmal drei Wochen hielt sie durch. Sehen Sie, und das verstehe ich nicht. Sie hätte in den drei Wochen mehr verdient als an der Uni in einem ganzen Jahr.«

»Marion ist mit Herz und Seele Bibliothekarin. Es ist ihr Lebenstraum.«

»Und bei Ihnen ist das ähnlich? Ihr Beruf, Ihre Forschungen, die Arbeit mit den Studenten, davon haben Sie von Kindesbeinen an geträumt? Darum wollten Sie keinen Beruf, in dem man richtig Geld verdient?«

Stolzenburg ärgert der leicht ironische Tonfall, aber er ist ihm verpflichtet, hat ihm viel zu verdanken, und so will er auf den Spott nicht eingehen und schon gar nicht in der eigentlich einzig angemessenen und scharfen Form reagieren. Er zwingt sich zu einem Lachen: »Etwas mehr Geld hätte ich gern, allein schon, um das Finanzamt zufriedenzustellen. Aber es gab schon immer Arbeiten, die nicht oder schlecht bezahlt wurden und die dennoch wichtig waren. Und es gab immer Leute, die solche Arbeiten übernahmen. Zum Glück.«

Gaede nickt mehrmals: »Zum Glück für die Menschheit, meinen Sie? Ich verstehe, Sie sprechen von Diogenes und Laotse oder von Jesus. Ja, dann allerdings, dann haben Sie recht und, damit verglichen, jage ich verzweifelt hinter falschen Zielen her. Ihre Arbeit ist also für die Menschheit unverzichtbar?«

»Für mich, Herr Gaede, für mich ist sie unverzichtbar.«

»Ja, dann müssen Sie damit leben, dass fünftausendsiebenhundertzweiundzwanzig Euro für Sie ein fast unüberwindbares Hindernis darstellen. Ich habe mit anderen Menschen zu tun, mit Leuten, die eine solche Summe für eine Flasche Wein ausgeben. Das habe ich höchst persönlich erlebt, Herr Stolzenburg. Ich fand das nicht besonders witzig, und der Wein schmeckte gut, aber es war halt trotzdem nur ein Wein, für den ich allenfalls fünfzig Euro gezahlt hätte. Ehrlich gesagt, ich verstehe Leute nicht, die eine solche Summe für eine Flasche Wein auf den Kopf hauen, aber ebenso wenig begreife ich Leute, die freiwillig ihr Leben so einrichten und organisieren, dass ein paar Tausend Euro für sie existenzbedrohend sind.«

»Offenbar haben wir beide unterschiedliche Prioritäten gesetzt. Oder sie wurden uns gesetzt. Die Bewegungen der Börsennotierungen zu verfolgen, auf Anzeigetafeln mit Zahlen zu starren, mit Rohstoffen und fiktiven Werten zu spekulieren, das würde mich in die Depression stürzen. Ich stünde kurz vorm Selbstmord, wenn ich tagtäglich Zahlenreihen kontrollieren müsste. Ich vermute, für Sie stellen diese Zahlen so etwas dar wie die gregorianischen Choräle, wie die unverständliche lateinische Litanei der Kirche. Sie jonglieren mit Werten, von denen Sie nicht wissen, wie sie entstehen, wer sie festlegt und verändert oder manipuliert, was sie in der wirklichen Welt darstellen. Sie wissen nicht einmal, wie sie aussehen. Sie kaufen und verkaufen Zahlen,

Ihr Leben ist eine einzige Kurvenfahrt, bestimmt vom täglichen Hoch und Runter der Notierungen.«

»Kleinste Änderungen der Kurven bedeuten möglicherweise viel Geld.«

»Ja, Sie produzieren Geld. Ich würde wie Ihre Cousine reagieren, Herr Gaede, ich hätte wie Marion diesen Job spätestens nach einer Woche hingeschmissen.«

»Bewundernswert, wirklich.«

Stolzenburg lächelt. Ein ganz klein wenig, sagt er sich, will ich ihm seinen faden Witz heimzahlen, auch wenn er mir geholfen hat.

»Ersparen Sie mir Ihre Ironie, Herr Gaede. Sie produzieren nichts, Sie sind kein Dienstleister, Sie sind kein Entdecker, kein Forscher, nichts Innovatives ist in Ihrer gesamten Existenz. Allerdings verantworten Sie möglicherweise, nein, wahrscheinlich durch Ihre Bedenkenlosigkeit bei den finanziellen Transaktionen den Tod vieler Menschen. Sehen Sie, und ebendarum sind Sie für mich ein Rätsel und unbegreiflich.«

Er lässt Gaede nicht aus den Augen, doch auch der scheint belustigt zu sein.

»Aha, ein Mörder bin ich, ein Massenmörder möglicherweise.«

»Wenn Sie Ihr Geld nur in umweltschonende Unternehmen und die Solartechnik anlegen, sind Sie das nicht, aber dort erzielt man vermutlich nicht das große Geld.«

»Alle Achtung. Sie gehen viel weiter als Marion. Von ihr habe ich mir einiges anhören müssen, aber für Sie bin ich ein menschliches Ungeheuer, schlimmer als ein Krimineller. Das hatte ich, ehrlich gesagt, nicht erwartet, da ich Ihnen nur die frohe Botschaft des Finanzamts mitteilen wollte.«

»Entschuldigen Sie. Sie haben recht. Sie haben mir geholfen, und ich beschimpfe Sie, das ist unverzeihlich.«

»Sie müssen sich nicht entschuldigen. Sie sagen schließlich nur, was Sie denken. Vielleicht liegt hier die eigentliche Ursache Ihrer Finanznöte: immer sagen, was man denkt.«

»Ich entschuldige mich nochmals. Und ich danke Ihnen. Ich danke Ihnen sehr. Tut mir leid, Herr Gaede, Sie haben mich provoziert. Ich werde jetzt gehen. Vielleicht gibt es etwas, was ich für Sie tun kann.«

Noch immer lächelnd begleitet ihn Gaede zur Tür. Er reicht ihm die Hand und bietet ihm bei Bedarf seine Hilfe an: »Melden Sie sich, wann immer Sie mich brauchen. Es ist mir ein Vergnügen, mich mit Ihnen zu unterhalten, Herr Stolzenburg. Und grüßen Sie Marion. Sie beide müssen sich doch wunderbar verstehen.«

Als Stolzenburg nach Hause radelt, geht ihm das Gespräch durch den Kopf. Es ist ihm im Nachhinein peinlich, er hat den jungen Mann verunsichern wollen wie einen seiner Studenten. Er wollte ihn belehren und war doch auf ihn angewiesen. Gaede wird sich vor Lachen den Bauch halten, mit ihm ergeht es ihm wie mit Hollert, mit Sebastian Hollert. Was immer er ihm sagt, auf den jungen Mann wartet ein väterliches Vermögen, das seine Lebenseinstellung, seine Ideale und Werte obsolet und lächerlich macht. Gaede und Hollert haben nicht seine Sorgen, werden sie nie haben, er sollte sich von ihnen unterrichten lassen. Wütend tritt er in die Pedale. Einen Ratenplan hat er aufzusetzen, eine Offenbarung seiner Zahlungsunfähigkeit, und dann zu hoffen, dass irgendein Beamter ihn gnädig akzeptiert und keine weiteren Zeugnisse seiner Bedürftigkeit verlangt.

Sechzehn

Beim Aufschließen der Wohnungstür hört er das Telefon klingeln. Sylvia ruft an, sie habe schon mehrfach versucht, ihn zu erreichen, Schlösser wolle ihn am Nachmittag sprechen, zwischen zwei und drei.

»Hat er gesagt, worum es geht?«

»Keine Ahnung, Rüdiger, aber ich vermute, um deine Seminare im kommenden Semester, jedenfalls hat er sich heute mit euren eingereichten Projekten beschäftigt.«

»Will er außer mir noch jemanden sprechen?«

»Nein. Bisher nicht. Alles andere hat er wohl akzeptiert.«

»Also werde nur ich vorgeladen? Sind es meine Veranstaltungen zur Aufklärung? Hat er was über meine Chinesen gesagt?«

»Mir hat er gar nichts gesagt. Nur dass er dich sprechen will.«

»Ich bin um drei bei ihm. Eine halbe Stunde wird ja reichen, dann kann ich um halb vier in mein Seminar gehen.«

»Komm bitte etwas eher, der Chef hat nach drei Uhr noch zwei Termine.«

Am Abend wird er Henriette sehen, so haben sie es in der letzten Woche verabredet, und er will sie nicht anrufen, er fürchtet, sie könnte es sich anders überlegen. Er hofft, dass sie ihn nicht versetzt. Die Hiobsbotschaften der letzten Wochen, dachte er, waren ausreichend, nach dem Gesetz der Serie müsste langsam irgendwo Land zu sehen sein, und Henriette wäre ein wundervolles Eiland. Bevor er sich an den Schreibtisch setzt, ruft er Marion an, fragt nach einem bestellten Titel und erkundigt sich, ob sie mit Henriette gesprochen hat.

»Sicher«, sagt Marion, »wir haben uns getroffen, aber wir reden nicht unentwegt über dich, auch wenn du das für einen Fehler hältst.«

»Hat sie nichts gesagt?«

»Rüdiger, was ist los? Habt ihr euch gezankt? Redet ihr nicht miteinander?«

»Nein, nein, alles in Ordnung.«

»Dann frag mich nicht aus.«

»Ich dachte nur … Ich sehe Henriette heute Abend.«

»Grüß sie von mir.«

Er nimmt die Formulare aus der Tasche, die ihm Klemens Gaede gegeben hat, und liest sie durch, setzt sich an den Schreibtisch und entwirft einen Ratenplan. Als monatliche Abzahlung setzt er die Zahl zweihundert ein, dann korrigiert er sie und schreibt einhundertachtundneunzig, eine solche Summe macht seine finanziellen Schwierigkeiten glaubwürdiger. Ein paar Wochen hat er wohl mit der ersten Rate noch Zeit, sagt er sich, bevor das Finanzamt sein Angebot nicht akzeptiert hat, muss er nicht zahlen. Er unterschreibt den Brief und steckt ihn ins Kuvert, dann sucht er seine Unterlagen für das Seminar zusammen und geht sie durch, aber er vermag sich nicht zu konzentrieren. Immer wieder muss er an Gaede und Hollert denken, er spürt, dass er sie beneidet, beneidet um ihre finanzielle Sorglosigkeit, und er bemerkt, dass nicht nur Neid in ihm hochkommt, vielmehr Hass, ein unsinniger, dummer, unbeherrschbarer Hass. Stolzenburg geht ins Badezimmer, nimmt die Dusche und lässt kaltes Wasser über sein Gesicht laufen. Das Hemd und die Hose werden besprüht, die Schuhe werden nass, es ist ihm gleichgültig, er will mit allen Mitteln einen klaren Kopf bekommen und diese unsinnigen Gedanken und Gefühle loswerden.

Schlösser ist freundlich, als er ihn begrüßt, aber Stolzenburg bemerkt, dass der Chef verlegen ist. Er erkundigt sich nach den Seminaren und fragt, wie weit er mit seinem Teil am Modulhandbuch sei. Stolzenburg antwortet einsilbig, dann beschließt er, den Stier bei den Hörnern zu packen, und spricht selbst den neuen Semesterplan an.

»Gibt es für dich ein Problem?«, erkundigt er sich gereizt. »Sind es meine Veranstaltungen zur Aufklärung? Ja, ich fange mit Konfuzius an. Wir können nicht die europäische Aufklärung behandeln und alles übersehen, was vor der Aufklärung geleistet wurde. Und da steht nun einmal Konfuzius im Raum. Ich werde mit ihm beginnen.«

»Schön, Rüdiger. Ich weiß ja, Konfuzius ist dein Hobby.«

»Nein, er ist nicht mein Hobby. Konfuzius ist ein einsamer Leuchtturm der Aufklärung zwei Jahrtausende vor der Aufklärung, nur darum habe ich ihn dabei und kann nicht auf ihn verzichten.«

»Gut, einverstanden.«

»Du bist einverstanden?«

»Ja, sagte ich doch.«

»Wunderbar. Ich bin überrascht. Vor zwei Jahren noch …«

»Man lernt dazu. Wenn ich es einrichten kann und es dir recht ist, komme ich zu deinem einführenden Vortrag.«

»Und warum hast du mich rufen lassen?«

»Es geht um die Konferenz zur Sprachkritik.«

»Was ist damit? Hat Wrocław wieder kein Geld? Müssen wir ihren Anteil übernehmen?«

»Ich weiß es nicht. Von Wrocław weiß ich nichts. Wir haben kein Geld, Rüdiger.«

»Bitte? Was heißt das?«

»Das Geld wurde nicht bewilligt. Vor vierzehn Tagen ist der Bescheid gekommen. Ich bin danach zweimal im Rektorat gewesen, man ist nicht bereit, sich auch nur einen Zentimeter zu bewegen, es gibt keinen einzigen Cent. Dass es mittlerweile die fünfte Konferenz in Folge wäre, dass Absprachen mit Wrocław bestehen, wir den beiden Partneruniversitäten verpflichtet sind, es interessiert nicht.«

»Du streichst diese Konferenz? Warum? Wir hatten beste Resonanz. Mit keiner anderen Reihe hatten wir mehr Öffentlichkeit.«

»Ich streiche nichts, aber ich kann auch nichts bewilligen. Ich habe kein Geld. Für das kommende Jahr hat unser Institut keinen Cent für irgendwelche Initiativen.«

«Aber wieso die Sprachkritik? Weißt du, was alles ich dafür bisher an Arbeit investiert habe? Das Programm steht, die Rednerliste, die Tagungsräume sind ausgewählt.«

»Wir können keine einzige Konferenz ausrichten, Rüdiger. Nicht eine. Alles geht über den großen Topf, mit den Mitteln des Instituts kann und darf ich nicht mehr eine einzige Tagung finanzieren. Ich muss alles beantragen und abwarten und mich fügen. Und die Wrocław-Konferenz ist definitiv gestrichen, auch weil wir vor zwei Jahren den polnischen Anteil übernehmen mussten.«

»Und jetzt?«

»Versuch, Drittmittel aufzutreiben. Ich weiß allerdings nicht, woher noch etwas kommen könnte. Oder bring Wrocław dazu, diesmal den deutschen Anteil zu übernehmen.«

»Werd nicht albern. Die Polen haben zugesichert, dieses Jahr ihren Anteil zu bezahlen, aber wenn die hören, dass von unserer Seite nichts kommt, dann können wir auch das vergessen.«

Schlösser nickt verständnisvoll und schweigt. Da auch Stolzenburg nichts sagt, zieht er mit einem Finger ein Papier zu sich heran und liest es, das Gespräch scheint für ihn beendet zu sein.

»Und was soll ich jetzt tun, Frieder? Den Referenten mitteilen, sie können sich ihre Vorträge sonst wohin stecken?«

»Sag ihnen, aufgeschoben ist nicht aufgehoben. Sobald sich die Haushaltslage verbessert, werden wir uns auch deine Konferenz leisten können. Die Sprachkritik, das verspreche ich dir, wird die erste Tagung sein, die allererste, die dann über die Bühne geht. Du hast mein Wort.«

»Weißt du, daß damit jede Möglichkeit zu internationaler Wirkung vertan ist, wir zur wissenschaftlichen Provinz werden?«

»Das ist mir klar. Du ahnst nicht, was ich alles unternehmen muss, um überhaupt die Existenz unseres Instituts zu retten. Woche für Woche spiele ich den Bittsteller, klopfe überall an, antichambriere, um unseren Arsch zu retten. Und ich werde langsam müde. Ich kann diesen Laden auch verlassen und den Ruf nach Koblenz annehmen. Campus Koblenz, Fachbereich zwei, das Institut für Kulturwissenschaft dort ist mir wie auf den Leib geschneidert, und ich glaube mittlerweile, beide Universitäten wären glücklich, wenn ich wechsle, Leipzig und Koblenz wären erleichtert. Wenn ich gehe, wird Leipzig unser Institut in Jahresfrist schließen, so sieht es aus, Rüdiger. Und jetzt sag du mir noch einmal, ich würde einfach eine Konferenz streichen. Ich habe es satt, den Esel zu spielen, der sich von allen prügeln lässt. Vom Rektorat höre ich, wir sind eine Belastung, und von euch höre ich nichts als Beschimpfungen. Und Koblenz hat inzwischen aufgestockt, will mir eine weitere Assistenzprofessur einrichten, wenn ich den Ruf annehme. Und eine solche Chance bekomme ich nicht ein zweites Mal. Wieso ich immer noch das Lamentieren vom Rektorat und euch anhöre, weiß ich selbst nicht. Ich kann sofort gehen und wäre vermutlich glücklicher.«

Demonstrativ nimmt Schlösser ein Papier hoch, für ihn ist das Gespräch zu Ende. Stolzenburg hat das Gefühl, zu unbeherrscht aufgetreten zu sein und den Rüffel zurecht erhalten zu haben, andererseits hat er die neue Sprachkonferenz in den vergangenen Monaten genauestens vorbereitet, jede Woche dafür zusätzlich gearbeitet, einen umfänglichen Briefwechsel geführt, um ein attraktives Programm anbieten zu können, und er war zweimal nach Wrocław gefahren, um mit den Kollegen die Tagungsräume, das Hotel und die Ausflugsziele festzulegen. Im Januar sollten die Einladungen verschickt werden, stattdessen wird er nun allen Partnern und Referenten einen Brief schreiben dürfen, indem er um Verständnis für die Absage bittet.

»Und? Wirst du gehen? Nimmst du Koblenz an?«, fragt er und spürt zu seiner Überraschung, dass seine Stimme besorgt klingt.

Schlösser schaut kurz auf: »Was meinst du? Sollte ich?«

»Ich würde es verstehen. Und hier wird man uns abwickeln, das ist auch klar. Vielleicht kannst du mich mitnehmen nach Koblenz. Eine Assistenzprofessur, das klingt besser als halbe Stelle.«

Sein Chef lacht: »Bis fünfunddreißig, Rüdiger, das ist die Bedingung. Höchstens fünfunddreißig, keinesfalls älter. Es handelt sich natürlich um eine Juniorprofessur, die sie mir zusätzlich zugestehen. Auch Koblenz will junge Leute, jung, willig und billig. Wann immer ich einen Namen nenne, hier wie dort, kommt zuallererst die Frage nach dem Alter. Wenn ich von Leistungen spreche, von Publikationen, internationaler Reputation, nicken sie und fragen nach dem Alter meines Kandidaten. Der Pensionsfonds darf nicht belastet werden, das gibt den Ausschlag. Ich habe dir einmal Hoffnungen gemacht, das tut mir noch heute leid, Rüdiger. Vor zehn, fünfzehn Jahren schien es möglich, anderenfalls hätte ich nie von einer Festanstellung gesprochen, heute ist es vollkommen aussichtslos, zumal für Leute in unserem Alter, die in einigen Jahren pensioniert werden.«

»Gehst du nach Koblenz?«

»Dieses Institut habe ich aufgebaut, das ist meine Arbeit, meine Leistung, soll ich das einfach aufgeben? Ich versuche durchzuhalten, Rüdiger, auch euretwegen.«

»Dafür soll ich mich bei dir bedanken?«

»Nein, aber ich fände es nicht schlecht, wenn du nicht noch einmal sagst, ich würde dir irgendetwas streichen, ich würde irgendetwas verhindern. Das genaue Gegenteil ist der Fall, auch wenn ich nicht unentwegt darüber rede. Ich habe die Konferenz nicht gestrichen, ich bin deswegen sogar bis zum Prorektor marschiert.«

»Entschuldige, Frieder.«

»Jaja, schon gut. Hast du sonst noch etwas auf dem Herzen?«

Die scheinbar freundliche und besorgte Frage stellt er mit einem so verbitterten Unterton, dass Stolzenburg ihn irritiert anschaut. Ohne aufzusehen, fügt Schlösser hinzu: »Und ich bin es müde, Rüdiger, ich bin es sehr müde.«

Stolzenburg verabschiedet sich, er ist jetzt verlegen. Schlösser erwidert nichts und sieht nicht von den Papieren auf, als sein Kollege den Raum verlässt.

Im Seminar ist Stolzenburg unkonzentriert und gelangweilt, er ist mit sich selbst unzufrieden und beschimpft die Studenten, sie hätten sich geistig bereits in die Weihnachtsferien verabschiedet, was diese unbeeindruckt und mit lärmender Heiterkeit quittieren. Nach den beiden Stunden setzt er sich in das leere Sekretariat, um seine Institutspost durchzugehen und zu beantworten, bevor er sich auf den Weg ins Koslik macht, wo er mit Henriette verabredet ist. Sie wollte nicht, dass er sie von ihrer Dienststelle abholt.

Als er an der Polizeidirektion vorbeikommt, muss er an Aberte und Hittich denken, er überlegt, den Kommissar anzurufen, um zu erfahren, was die Untersuchung ergeben hat und ob der Betrüger angeklagt und vor Gericht gestellt wird. Und er will wissen, ob das

Kunsthaus in Wien ihn immer noch verdächtigt. Da er dem Kommissar geholfen hat, ist er sich sicher, dass Hittich ihm etwas erzählen wird. Vor dem Ratskeller sieht er Patrizia auf dem Bürgersteig, er hat das Gefühl, auch sie habe ihn gesehen und erkannt und sich dann rasch abgewandt. Einen Moment überlegt er, anzuhalten und vom Rad zu steigen, um ihr Guten Tag zu sagen, doch er unterlässt es, sie würde es mit Sicherheit falsch verstehen und sich Hoffnungen machen und möglicherweise bei ihm wieder auftauchen.

Siebzehn

In der Gaststätte in der Nähe des Theaters, in dem er sich mit Henriette verabredet hat, sind nur drei Tische besetzt, eine alte Frau sitzt auf der gepolsterten Bank direkt an der Tür, am anderen Ende der Gaststätte ein junges Paar, an dem größeren Tisch vor der Bar hockt eine Gruppe von Jugendlichen, die sich lautstark unterhalten und kreischend auflachen, als er den Raum betritt. Hinter der Bar stehen zwei Kellnerinnen, eine junge und eine korpulente Frau mit Lederschürze, offenbar die Chefin der Gaststätte. Henriette ist noch nicht da, er ist eine Viertelstunde zu früh. Er nimmt sich eine Zeitung, geht durch den Raum am Ende der Gaststätte, setzt sich und bestellt ein Wasser. Die beiden jungen Leute neben ihm wollen ins Schauspielhaus, wie er mitbekommt, und streiten sich über Weihnachten. Der junge Mann will die Feiertage keinesfalls bei ihren Eltern verbringen, sondern nach Österreich zum Skilaufen fahren, seine Frau oder Freundin möchte unbedingt die Eltern besuchen, sie seien alt und keiner wisse, wie oft man sich noch zu diesem Fest sehen werde. Stolzenburg blättert die Zeitung durch und verfolgt dabei die Auseinandersetzung des jungen Paars. Er wirft einen Blick auf die Armbanduhr, Henriette müsste jeden Moment kommen.

»Hey, Alter, hey, du Arsch, du hast dich immer noch zu entschuldigen.«

Er fährt herum. Das dünne rothaarige Mädchen steht

ein paar Schritte von seinem Tisch entfernt und funkelt ihn triumphierend an, hinter ihr haben sich ihre Freundinnen aufgebaut. Es ist die Gruppe, die an dem Tisch neben der Bar saß und die er beim Eintreten nur halb wahrgenommen hat. Er hat sie nicht erkannt, doch sie haben sofort aufgekreischt, als er die Gaststätte betreten hat. Er wirft einen Blick zu dem Nachbartisch, das junge Paar unterhält sich nicht mehr, sondern schaut zu der aggressiven Mädchengruppe vor seinem Tisch. Von den beiden Kellnerinnen ist keine zu sehen, Stolzenburg schiebt sich mit dem Holzstuhl zur Wand, er antwortet nicht, er überlegt, wie er die Situation entspannen kann. Jeden Augenblick wird Henriette kommen, und er will nicht, dass sie in eine Auseinandersetzung hineingezogen wird.

»Na, du Arsch, wird es bald? Oder sollen wir nachhelfen?«

Stolzenburg greift langsam nach seinem Handy. Ohne es aus der Jackentasche zu ziehen, erfühlt er die Tasten und tippt die Notrufnummer der Polizei.

»Ich glaube, Sie verwechseln mich mit irgendjemand. Ich kenne Sie nicht«, sagt er. Die Mädchen brechen in lautes Gelächter aus.

Eine der Kellnerinnen erscheint, wirft einen Blick in die Runde und verschwindet wieder. Die Mädchen hinter der Wortführerin starren ihn an. Die Rothaarige schiebt sich mit der Hüfte langsam nach vorn.

»Dich kann man gar nicht verwechseln, du Arschgesicht«, brüllt sie und schaut sich nach ihren Freundinnen um. Stolzenburg nimmt das Handy aus der Tasche.

»Kommen Sie bitte ins Koslik. Restaurant Koslik in der Zentralstraße. Es ist dringend«, sagt er, schaltet das

Handy aus und steckt es in die Tasche, wobei er das dünne, rothaarige Mädchen im Auge behält.

»Der hat die Polizei angerufen«, sagt eins der Mädchen zu der Rothaarigen, »komm, verschwinden wir.«

»Wartet«, befiehlt die Anführerin, und die Mädchen, die sich gerade zu ihrem Tisch zurückbewegten, bleiben sofort stehen. Das Mädchen geht zwei Schritte auf Stolzenburg zu und hält ihm den Mittelfinger ihrer rechten Hand vor die Nase.

»Ich krieg dich, du Arsch«, zischelt sie, fährt mit der Hand über den Tisch und stößt sein Glas um, das Wasser ergießt sich über seine Hose. Stolzenburg springt auf, für einen Moment will er sich auf das Mädchen stürzen, sie ohrfeigen. Sie ist zurückgewichen und funkelt ihn wütend an, umgeben von ihren Freundinnen, die Mädchen kreischen, ihre ausgestreckten Finger zeigen auf Stolzenburgs nasse Hose. Der junge Mann vom Nachbartisch steht auf, kommt zu ihm und fragt, ob er helfen könne, dann nimmt er einen Holzstuhl und geht auf die Mädchengruppe zu.

»Gehen wir«, sagt eins der Mädchen.

»Noch so ein Arsch«, erwidert die Rothaarige.

Der junge Mann ist stehengeblieben, den Holzstuhl hochhaltend. Das rothaarige Mädchen, greift, ohne den Blick von ihm zu wenden, in ihren Rucksack und hat wieder ihre Kette in der Hand, die sie bedrohlich rotieren lässt.

»Gehen wir, Birgit, es wird langweilig«, sagt eins der Mädchen. Sie bewegen sich langsam zu ihrem Tisch zurück, ihre Anführerin lässt noch immer die Kette durch die Luft schwirren, doch auch sie weicht zurück, ohne Stolzenburg und den jungen Mann aus dem Auge zu lassen. Als die Mädchen hinter der Wandecke verschwunden sind, bedankt sich Stolzenburg bei dem Mann vom Nachbartisch für dessen Hilfe.

»Was war denn das? Hatten Sie mit diesen Kindern Ärger?«

»Nein«, sagt Stolzenburg, »nein, die brauchen keinen Ärger, um zuzuschlagen.«

»Das sind doch noch Kinder. Die waren zwölf, höchstens vierzehn Jahre alt. Da hätten Sie nur einmal richtig zulangen müssen, und die wären verschwunden.«

»Ja, vielleicht«, sagt Stolzenburg, »aber ich habe keine Schlagkette und keinen Schlagring bei mir. Ich laufe völlig unbewaffnet durch die Stadt, und diese Kinder sind bestens ausgerüstet.«

»Na, mir würde das nicht passieren«, sagt der junge Mann und setzt sich wieder an seinen Tisch.

Die Mädchen haben ihre Jacken angezogen und verlassen eilig die Gaststätte.

»Bis bald, Papi«, ruft die Rothaarige und winkt ihm vergnügt zu, als sie hinausgeht, die anderen schütten sich aus vor Lachen.

Stolzenburg geht auf die Toilette, vergeblich bemüht er sich, den Waschraum abzuschließen, dann zieht er kurzentschlossen die Hose aus und hält sie minutenlang in den warmen Luftstrahl des elektrischen Handtrockners über dem Waschbecken. Immer wieder muss er den Knopf drücken, da das Gerät sich nach wenigen Sekunden ausschaltet. Schließlich tupft er die Hose mit Toilettenpapier ab, doch sie ist immer noch feucht, und die Wasserflecken heben sich deutlich ab. Er zieht die Hose an, geht in den Gastraum zurück, neugierig beäugt von dem jungen Paar, setzt sich an den Tisch und bestellt bei der Kellnerin eine weitere Flasche Wasser und einen Schnaps. Als sie das Bestellte bringt, legt sie einen Rechnungsausdruck auf den Tisch und sagt, so viel habe er für seine Tochter und ihre Freundinnen zu zahlen.

»Für meine Tochter?«, fragt Stolzenburg. »Ich habe eine Tochter, aber die war, da bin ich mir sehr sicher, noch nie in diesem Restaurant.«

Die Kellnerin, ein junges Mädchen, bekommt unvermittelt hektische rote Flecken, sie fährt sich nervös durch die Haare: »Die junge Dame hat doch mit Ihnen gesprochen, das habe ich gesehen, und sie hat mir gesagt, Sie bezahlen die Rechnung.«

»Das war nicht meine Tochter, ganz bestimmt nicht.«

»Aber sie hat doch zu Ihnen gesagt …«

»Nochmals, das war nicht meine Tochter. Das waren kleine Gangster, und für die werde ich bestimmt nichts bezahlen.«

Plötzlich steht Henriette neben dem Tisch, Stolzenburg springt auf, dann denkt er an die noch immer feuchte Hose und setzt sich rasch, um gleich wieder aufzustehen. Henriette sieht ihn irritiert an, dann die Kellnerin.

»Gibt es ein Problem?«, erkundigt sie sich. Ihr Blick fällt auf Stolzenburgs Hose, sie lächelt und wirkt für einen Moment peinlich berührt.

»Bitte, setz dich«, sagt Stolzenburg. Er hilft ihr aus dem Mantel und legt ihn über eine Stuhllehne.

»Was darf ich dir bestellen? Ein Glas Wein?«

»Lieber einen Tee.«

»Bringen Sie uns bitte einen Tee und für mich ein Glas trockenen Weißwein, einen Veltliner.«

Die Kellnerin bleibt unschlüssig am Tisch stehen,

sie hält den Computerausdruck in der Hand und starrt Stolzenburg ratlos an.

»Und wer bezahlt die Rechnung?«, fragt sie.

»Ich weiß es nicht. Ich sicher nicht«, sagt Stolzenburg freundlich, »wie wäre es mit denen, die bestellt haben?«

»Die sind gegangen, wie Sie gesehen haben. Die haben mir gesagt, Sie würden bezahlen.«

Stolzenburg wartet schweigend.

»Verdammte Scheiße«, sagt die Kellnerin, dreht sich um und geht zur Bar.

»Vergessen Sie nicht den Tee und den Wein«, ruft er ihr hinterher, dann wendet er sich an Henriette: »Schön, dass du da bist.«

»Was ist passiert? Was wollte die Kellnerin?«

Er sagt ihr, dass ein Mädchen aus Versehen ein Glas Wasser umgestoßen habe, und zwar so, dass das Wasser sich über seine Hose ergossen habe, dieses Mädchen mit ihren Freundinnen dann fluchtartig die Gaststätte verlassen habe, ohne ihre Rechnung zu bezahlen, und die Kellnerin offenbar in dem Glauben ließ, er werde sie begleichen. Er will Henriette nichts von dem Überfall und den wiederholten Attacken dieser Mädchenbande erzählen.

»Und darum sitze ich mit nasser Hose vor dir. Wie ein kleiner Junge.«

»Du solltest nach Hause fahren und dich umziehen.«

Er sagt, es sei nicht nötig, die Hose sei fast trocken, und berichtet, wie er auf der Toilette der Gaststätte die Hose unter den Händetrockner gehalten habe, in Unterhosen dagestanden und immer wieder auf den Knopf des Apparats gedrückt und gehofft habe, dass kein anderer Gast die Toilette aufsuchen werde, ihn sehen und dann die merkwürdigsten Vermutungen anstellen würde. Er erzählt witzig und mit Humor seine heikle Situation, und sie grinst, was ihn freut und erregt. Unvermittelt fragt sie ihn nochmals, ob er diese Mädchen nicht kennt, und er beteuert, sie seien ihm völlig unbekannt, sie müssten ihn verwechselt haben.

»Mit deinen Eltern ist alles in Ordnung? Wie war der Umzug? Sehr anstrengend?«

»Ja, es war wohl besser, dass du nicht mitgekommen bist. War so eine Schnapsidee von mir. Ich dachte an eine kleine Reise an die See, aber vom Wasser habe ich nichts gesehen, und meine Eltern hätten dich genervt. Aber die Reise an die See, die sollten wir nachholen, Henriette.«

»Bitte nichts überstürzen. Wir kennen uns doch kaum, und ich bin vorsichtig geworden. Das machen die Erfahrungen.«

Stolzenburg greift nach ihrer Hand, sie zieht sie nicht zurück, und beide sehen sich an und schweigen.

»Lassen wir es langsam angehen«, sagt sie dann, »wir sind beide nicht mehr achtzehn.«

Er nickt, und als sie ihm die Speisenkarte reicht und ihm sagt, sie lade ihn heute ein, nimmt er ihr Angebot an und entscheidet sich nach einem kurzen Blick für eine preiswerte Pasta. Sie fragt völlig überraschend nach seiner Tochter. Als er von Judiths Anruf erzählt, sagt sie: »Und ich hatte zwei Fehlgeburten, das war's. Dann habe ich mich von diesem Traum verabschiedet, von dem Traum, ein Kind zu haben.«

»Wegen der Fehlgeburten?«

»Ja. Und ich träume noch heute von diesen beiden Kindern. Beide sind im Krankenhaus geblieben, beide

Föten. Ich wage gar nicht darüber nachzudenken, was mit ihnen passiert ist. Wenn ich damals nicht so kaputt und verzweifelt gewesen wäre, ich hätte die toten Kinder mitgenommen, um sie zu beerdigen. Ich weiß nicht, ob das in Deutschland erlaubt ist, aber ich war einmal in Japan, auf einem Friedhof der Ungeborenen. Dort werden die Fehlgeburten und die abgetriebenen Kinder beerdigt, das hat mir gefallen. Das sind richtige Gräber, und die Eltern besuchen sie und legen Gaben hin, Blumen, Puppen, Spielzeug. Sie haben einen Ort für ihre Trauer. Meine beiden Kinder sind vermutlich in einem Mülleimer gelandet. Ich habe nicht gewagt, danach zu fragen, weil ich Angst vor der Antwort hatte. Verstehst du das?«

»Natürlich.«

»Die Oberschwester, die ich damals fragte, wo mein Kind geblieben ist, hat irgendetwas von einer Beseitigungspflicht der Klinik gefaselt, da wurde mir so schlecht, dass ich nichts mehr sagen konnte und weggerannt bin. Beseitigungspflicht, das hat mich schockiert. Vielleicht träume ich nur deshalb von meinen beiden Kindern.«

»Ja, deutsche Amtssprache«, sagt er und streichelt mit einem Finger über ihre Hand.

»Ein Friedhof der Ungeborenen«, fährt er fort, »das klingt gut, das gefällt mir, das hat etwas von begriffenem Leben. Die Japaner haben eine Zen-Lehre von den Ungeborenen, sie stammt von einem japanischen Schüler des Chinesen Konfuzius. Sie verstehen Leben anders als wir. Es hat einen anderen Stellenwert, ist weniger individuell, hat den Riten zu folgen und ist dem Wechsel der Natur unterworfen. Es ist kostbar, aber wie alle Natur eine Frucht der Jahre und Jahreszeiten, ein beständiges Vergehen und Werden. Es fehlt die Einzigartigkeit des Individuums, die unser Verständnis prägt und die das Sterben eines Menschen zur Katastrophe macht. Im Einklang leben, sich selbst in Zusammenhängen sehen, das ist Konfuzius.«

»Du kennst dich damit offensichtlich aus.«

»Ein wenig. Nein, eigentlich gar nicht, viel zu wenig. Ich versuche zu verstehen, aber es bleibt ein Dunkel. Es gibt eine Grenze, über die ich nicht hinwegkomme. Eine Grenze der Herkunft, oder ich sollte besser sagen: Mir fehlt die Tradition, es zu verstehen.«

»Klingt aufregend. Darüber solltest du mehr erzählen.«

Die Kellnerin kommt mit dem Essen, sie stellt die Teller vor den beiden ab und wünscht guten Appetit. Sie ist noch immer gekränkt, und als sich Stolzenburg bei ihr bedankt, schaut sie ihn missmutig und mit zusammengekniffenen Lippen an. Vielleicht muss sie für die nicht beglichene Rechnung der Mädchen allein einstehen und hält Stolzenburg für den Zechpreller. Einen Moment denkt er daran, ihr ein gutes, ein üppiges Trinkgeld zu geben, verwirft diesen Gedanken umgehend wieder. Für solche generösen Gesten hat er zu wenig Geld, und überdies könnte das von der Kellnerin als Schuldeingeständnis gewertet werden und ihren Verdacht erhärten. Nein, sagt er sich, während er sie lächelnd betrachtet, für diese kleinen Gangsterbräute werde ich nicht aufkommen, und wenn du zugesehen hättest, wie sie mir eine Eisenkette über den Schädel gezogen haben, würdest selbst du das verstehen.

Zu seiner eigenen Überraschung redet er während des

Essens von seinem Weiskern-Projekt, von seinen drei kleineren Arbeiten über den Wiener und die geplante Werkausgabe. Er berichtet von Aberte, oder wie immer dieser Mann in Wirklichkeit heißt, und von dem Kontakt mit der Kriminalpolizei. Sie hört ihm so aufmerksam zu, dass er immer ausführlicher wird und sein Essen vergisst.

»Ich ahnte nicht, dass das Leben eines Hochschullehrers so spannend ist«, sagt sie, »deine Weiskern-Geschichte ist ein halber Krimi, den musst du aufschreiben, das gehört ins Vorwort, wenn du seine Werke herausgibst.«

»Wenn«, sagt er, »ja, wenn, aber das steht alles noch in den Sternen. Erst muss ich jemanden finden, der das Buch für den Verlag finanziert. Das ist auch ein Krimi, nur nicht so spannend, nicht so lustig und möglicherweise ohne Happyend. – Noch ein Glas Wein?«

»Lass uns gehen, Rüdiger.«

Er schaut sich im Gastraum um, er muss einen Moment warten, bis die junge Kellnerin auftaucht und sein Winken bemerkt.

»Die Rechnung bitte«, sagt er, als sie schließlich an den Tisch kommt.

Sie nickt und geht an die Bar zurück. Minuten später erscheint die ältere, korpulente Frau mit der Lederschürze, den Rechnungsbon in der Hand. In diesem Augenblick betreten zwei uniformierte Polizisten die Gaststätte, bleiben in der Tür stehen und mustern prüfend den gesamten Gastraum. Sie geht zu ihnen, die Polizisten erklären ihr etwas, sie schüttelt den Kopf, dann schaut sie sich um, weist auf Stolzenburg, und alle drei kommen an seinen Tisch.

»Verzeihung«, fragt die Chefin, »haben Sie die Polizei gerufen?«

Stolzenburg zögert und schüttelt bereits den Kopf, als ihm einfällt, dass die Polizei durch den Anruf seine Handynummer hat.

»In der Tat, ich habe angerufen. Allerdings vor fast einer Stunde.«

»Die Informationen waren unvollständig«, sagt einer der Polizisten, »der Anruf wurde abgebrochen. Was wollten Sie melden, warum sollten wir kommen?«

»Ich bin überfallen worden, ich wurde angegriffen.«

»Hier im Restaurant?«

»Ja.«

»Sind der oder die Täter noch im Gastraum?«

»Nein. Die sind verschwunden. Abgehauen, als ich die Polizei rief.«

»Gibt es Zeugen für den Überfall?«

»Ich habe nichts gesehen«, mischt sich die stattliche Chefin ein, »und Rita, meine Kellnerin, auch nicht. Hier haben nur ein paar Mädchen die Zeche geprellt. Aber da mache ich nicht gleich eine Anzeige.«

»Die Herrschaften am Nachbartisch haben es gesehen«, sagt Stolzenburg, wendet sich um, aber das junge Paar hat die Gaststätte bereits verlassen, er war so in seinen Weiskern-Bericht vertieft gewesen, dass er es nicht bemerkt hat.

»Und sonst hat keiner den Überfall mitbekommen? In einer Gaststätte?«, fragt der Polizist verwundert. Dann wendet er sich an Henriette: »Sie können es bezeugen?«

»Die Dame war zu dem Zeitpunkt noch nicht hier. Sie konnte es nicht sehen, zum Glück nicht«, sagt Stolzenburg rasch.

»Ich darf mich einen Moment zu Ihnen setzen?«

Ohne die Antwort abzuwarten, greift der Polizist sich einen Stuhl und nimmt einen kleinen Computer aus der Tasche, sein Kollege lässt sich wortlos auf dem vierten Stuhl nieder.

»Wollen Sie jetzt bezahlen?«, erkundigt sich die Chefin.

Stolzenburg holt sein Portemonnaie heraus, doch Henriette sagt, dass sie die Rechnung übernehme. Der Polizist tippt die persönlichen Daten von Stolzenburg in seinen Computer und befragt ihn dann langwierig. Als er wissen will, ob er die Mädchen schon einmal getroffen hat, zögert Stolzenburg, dann berichtet er von dem Überfall, bei dem er mit einer Kette niedergeschlagen wurde, er sieht dabei Henriette an, die scheinbar teilnahmslos zuhört. Schließlich muss er auf dem Computer unterschreiben, der Polizist klärt ihn darüber auf, sie würden sich in den nächsten Tagen bei ihm melden, er müsse vermutlich auf ihrem Revier erscheinen.

»Vielleicht haben Sie Glück, und wir greifen die Kinder«, sagt er zur Verabschiedung.

»Und dann?«, fragt Stolzenburg. »Was geschieht dann mit den Mädchen?«

Beide Polizisten schnauben verächtlich und laut, der Wortführer zuckt die Schultern, wortlos.

»Das Leben der Dozenten und Professoren ist offensichtlich sehr viel spannender, als ich dachte«, sagt Henriette, nachdem die beiden Polizisten verschwunden sind, »oder hattest du etwas mit einem dieser Mädchen?«

»Henriette, bitte!«

»Man wird doch mal fragen dürfen. An dir ist alles sehr überraschend. Da gibt es einen Betrüger, der dein

Geld für gefälschte uralte Briefe will, ein Kriminalkommissar taucht auf, eine Mädchengruppe stellt dir nach, in der Gaststätte findet eine polizeiliche Vernehmung statt. Welche Überraschungen habe ich noch zu erwarten? Einen Banküberfall? Bist du vielleicht ein Spion? Oder ein Heiratsschwindler? Ich dachte, nach einem Tag voller Stress hätte ich hier eine ruhige Stunde, aber du führst ja ein heftiges Leben. Ist das jeden Tag so?«

»Ja«, sagt er, »und das war heute ein ruhiger Tag. Richtig turbulent wird es, wenn sich zusätzlich das Finanzamt meldet.«

Henriette ist müde und will nur noch nach Hause. Vor ihrer Haustür entschuldigt er sich für den misslungenen Abend, es sei nicht seine Schuld gewesen, sagt er. Sie verabschiedet sich freundlich, aber kühl von ihm. Nachdem in ihrer Wohnung das Licht angegangen ist, setzt er sich auf sein Fahrrad. Dumm gelaufen, sagt er laut zu sich. Er hat ein ungutes Gefühl, will ihm aber nicht weiter nachgehen. Daheim setzt er sich an den Schreibtisch und arbeitet die Post durch.

Achtzehn

Zwei Tage später – Henriette hat sich bei ihm nicht gemeldet, er ist ungeduldig, will sie aber nicht drängen – überrascht ihn ein Zettel in seinem Sekretariatsfach. Hollert hat sich zu seiner Sprechstunde angemeldet, ausgerechnet Sebastian Hollert, dieser Student, der in seinen Seminaren gelangweilt herumsitzt und noch nie einen einzigen Satz von sich gegeben hat, der auch nur den Anschein von Geist oder kenntnisreichem Wissen vermitteln konnte. Stolzenburg ist gespannt, warum er seine Sprechstunde besucht, denn mit einem privaten Problem würde dieser Kerl nicht zu ihm kommen, und ein fachliches Anliegen, das den Rahmen eines Seminars überschreitet, wird er ebenfalls nicht haben, nicht einmal kennen oder sich vorstellen können. Andererseits hat er bei ihm keinen Tränenausbruch zu befürchten, mit denen die Studentinnen gern ihre Bitten würzen.

Hollert erscheint pünktlich. Stolzenburg fordert ihn mit einer Geste auf, Platz zu nehmen, und beschäftigt sich weiter mit einem Mahnbrief der Universitätsverwaltung, E-Mails nur im Notfall auszudrucken, um Papier, und damit Geld zu sparen, den Sylvia ihm gab. Dann schaut er kurz auf, sieht Hollert scheinbar überrascht an und fragt ihn nach seinem Anliegen. Als der ihm sagt, er überbringe eine Einladung seines Vaters und seines Onkels Friedl zu einem Abendempfang, lässt er den Brief auf den Tisch fallen und starrt den Studenten an.

»Ihr Vater?«, fragt er irritiert, »Ihr Vater und Ihr Onkel laden mich ein? Warum? Wieso?«

»Sie würden Sie gern kennenlernen. Ich habe von Ihnen erzählt.«

»Und was wollen sie von mir?«

»Ich vermute, er und mein Onkel möchten von Ihnen etwas über mich erfahren. Aber ich bin mir nicht sicher. Onkel Friedl hat sich nach dem Studium erkundigt, wollte etwas über meine Dozenten hören, wollte wissen, wer von ihnen etwas taugt. Ich habe ihm einiges erzählt, und da er mit meinem Vater eine Woche in Leipzig ist, würden die beiden Sie gern sprechen – wenn es Ihnen möglich ist. Der Empfang ist in der Wohnung eines Geschäftspartners, hier in der Innenstadt.«

Sebastian Hollert steht auf, zieht einen Brief aus der Jackentasche und legt ihn vor Stolzenburg auf den Tisch.

»Sie wollen, dass ich Ihrem Vater etwas über Ihre Studienleistungen erzähle? Was erwarten Sie von mir? Elogen?«

»Sie können mich nicht leiden, ich weiß.«

Stolzenburg schüttelt den Kopf und öffnet das Kuvert, er zieht eine schmucklose, handgeschriebene Einladung für den nächsten Abend heraus. Der Empfang findet in der Schwägrichenstraße statt, im Musikerviertel, und man erwarte Stolzenburg ab einundzwanzig Uhr.

»Das ist nicht das Problem, Hollert«, sagt er, »leiden oder nicht leiden, darum handelt es sich nicht. Sie tun einfach zu wenig für das Studium. Genauer gesagt: Sie tun gar nichts. Ich habe den Eindruck, dieses Studium ist Ihnen völlig gleichgültig. Und ich weiß überhaupt nicht, wieso Sie sich an unserem Institut haben immatrikulieren lassen. Warum studieren Sie nicht Volkswirtschaft? Sie werden doch eines Tages die Firma vom Herrn Papa übernehmen, wozu brauchen Sie da Kultur und Kunst? Wieso wollen Sie etwas über Konfuzius und Shakespeare erfahren, ganz abgesehen davon, dass ich nicht den Eindruck von Wissbegier bei Ihnen habe? Warum sitzen Sie in meinen Seminaren, wenn auf Sie ein Erbe von zig Millionen wartet?«

Hollert verzieht schmerzlich das Gesicht: »Nein, da täuschen Sie sich. Leider.«

»Ach, sind es nur ein oder zwei Millionen?«

»Das weiß ich nicht, und das kann man nicht sagen, das kann keiner sagen. Vater hat eine Firma, eine große Firma, und das ist wie ein lebender Organismus, da gibt es ein ständiges Auf und Ab. Triumph und Niederlage liegen dicht beieinander.«

»Wie auch immer, jedenfalls haben Sie da keine finanziellen Probleme und brauchen dieses Studium nicht.«

»Herr Doktor Stolzenburg, darf ich es Ihnen kurz erläutern, damit Sie sich keine falschen Vorstellungen machen? Ihre Vermutung könnte vom Buchwert her zutreffend sein, aber der Bilanzwertansatz kann etwas ganz anderes ergeben. Es gibt den sogenannten Teilwert und den Substanzwert, und die sind entscheidend, da kann ein Unternehmen buchstäblich über Nacht ins Bodenlose fallen. Wenn Sie ein Unternehmen beurteilen wollen, benötigen Sie dafür zuallererst den Substanzwert, das ist die primäre Zahl, die Sie brauchen. Alles andere macht keinen Sinn.«

»Bitte, versuchen Sie zumindest, deutsch zu reden, Hollert.«

»Bitte?«

»Sie sollen deutsch mit mir reden. Oder geht das nicht?«

»Herr Doktor Stolzenburg, Teilwert und Substanzwert, das sind die korrekten deutschen Begriffe.«

»Davon rede ich nicht. Sie sagten eben, es macht keinen Sinn. Das ist kein Deutsch, das ist Unsinn. Etwas kann Sinn haben oder einen Sinn ergeben, es kann sinnvoll sein, aber Sinn machen kann es nicht, nicht im Deutschen. Das ist dummes Zeug und schlecht übersetztes Englisch. Verstehen Sie, Hollert, it makes no sense. Ich hoffte, das zumindest hätte ich Ihnen beigebracht.«

»Ich verstehe, verzeihen Sie. Sie erinnern mich an Onkel Friedl. Er wurde einmal wütend, als ich sagte, ich an seiner Stelle würde einen bestimmten Techniker feuern. Er wurde wütend, nicht weil ich den Kerl feuern wollte, sondern weil ich dieses Wort gebrauchte: feuern. Er erklärte mir, das sei kein Deutsch, mit einem Feuer habe das nichts zu. Das weiß kein Mensch mehr, jeder gebraucht es, es ist üblich, und keiner denkt dabei mehr an fire. Ich weiß nicht, aber so reden die Menschen, Herr Doktor Stolzenburg.«

»Na, wie auch immer. Wenn ich richtig unterrichtet bin, stellt die Firma Ihres Vaters Batterien her. Eines Tages werden Sie dieses Unternehmen übernehmen und leiten. Wäre Betriebswirtschaftslehre nicht angebrachter für Sie? Oder Physik?«

»Physik habe ich drei Jahre lang studiert.«

»Und abgebrochen, weil es Sie auch nicht ansprach?«

»Nein, ich war damit fertig. Ich hatte gelernt, was ich benötigte. Ich brauchte die Kenntnisse, nicht das Diplom, ich brach das Studium ab, als ich hatte, was ich wollte. Ich wollte keine Zeit vergeuden wegen eines für mich überflüssigen Zettels. Und Betriebswirtschaftslehre studiere ich derzeit.«

»Was, bitte, heißt: derzeit? Wollen Sie mir damit sagen, dass Sie noch nebenher, so ganz nebenbei, ein zweites Studium betreiben?«

»Ja. Oder ich sollte besser sagen: Wirtschaftslehre ist mein Hauptfach, und bei Ihnen studiere ich ›so ganz nebenbei‹.«

»Das ist aber kaum möglich. Sie können nicht gleichzeitig zwei komplette und völlig verschiedene Studiengänge belegen. Das ist allein zeitlich gar nicht zu schaffen.«

»Es ist möglich, und ich versuche es halt.«

»Hollert, zum ersten Mal, zum allerersten Mal bin ich von Ihnen beeindruckt. Ich hielt Sie bislang für einen völlig desinteressierten und eigentlich faulen Studenten, und nun höre ich, Sie sind ein besonders fleißiger Studiosus. Aber warum zum Teufel studieren Sie Kulturwissenschaft? Das ist mir ein Rätsel. Sie brauchen es nicht, und es langweilt Sie.«

»Das ist eine Familiengeschichte. Ich glaube nicht, dass Sie die hören wollen.«

»Nur zu, ich bin ganz Ohr, Hollert.«

»Es liegt an Onkel Friedl. Ihm gehört die Firma zur Hälfte, er ist unverheiratet. Vater und ich hoffen, dass nach seinem Tod die Firma wieder in eine Hand kommt.«

»In Ihre Hand?«

»Ja. Anderenfalls könnte die Kapitaldecke knapp werden, oder es droht Zersplitterung oder eine Aktiengesellschaft, was Vater bisher umgehen konnte. Für die weitere Existenz unserer Firma wäre es vorteilhaft, alles wieder zusammenzuführen.«

»Ich verstehe. Aber was hat das mit Ihrem Studium an unserem Institut zu tun?«

»Onkel Friedl ist ein schräger Vogel. Sehr liebenswert, ein Original, aber verschroben. Er hat sein gesamtes Vermögen, jeden Penny seines Gewinns in seine Sammlung gesteckt. Autographen, das ist sein Hobby, ein offenbar sehr teures. Er hat sich hinter seiner Villa extra einen Archivbunker bauen lassen, um seine Schätze wohlversorgt zu wissen.«

«Ein Autographensammler, ich bin beeindruckt. Hollert, Sie erstaunen mich schon wieder.«

»Autographen sind Originalhandschriften …«

»O Gott, ich weiß. Sie müssen mir nicht erklären, was Autographen sind.«

»Und da finden Sie alles, was Sie wollen. Luther und Goethe, Hitler und Bismarck, was Sie nur wollen. Und von diesem Konfuzius und Ihrem Schauspieler aus Wien, von dem Sie uns manchmal erzählten, finden Sie bei Onkel Friedl hundertprozentig eine Handschrift.«

Stolzenburg schaut ihn entgeistert an. Für einen Moment ist er irritiert. Was weiß Hollert von Weiskern? Er hat gelegentlich und eher aus Versehen über seine Forschung in den Seminaren gesprochen, aber das war selten, sehr selten. Wieso kommt Hollert jetzt plötzlich auf Weiskern? Steckt er mit diesem Aberte unter einer Decke? Ist er einer der Hintermänner? Hat er diesem Aberte von seinen Weiskern-Forschungen erzählt und gemeinsam mit ihm die Fälschungen erstellt, um ihn hereinzulegen? Aber dann würde er jetzt nichts davon erwähnen. Nein, es muss ein purer Zufall sein, wenn Hollert auf einmal Weiskern erwähnt, es kann nicht anders sein. Stolzenburg ist verwirrt, sieht Hollert an und erklärt von oben herab: »Nein, von Konfuzius wird selbst Ihr reicher Onkel nichts besitzen. Wenn Sie besser zugehört hätten, wüssten Sie, dass es von Konfuzius keine Handschriften gibt. Er hat nichts hinterlassen, alles, was wir von ihm wissen, haben seine Schüler aufgeschrieben, Jahrzehnte nach seinem Tod. Also von Konfuzius werden wir dort nichts finden. Und Weiskern? Vielleicht hat Ihr Onkel Fälschungen von ihm, könnte sein. Die Sammlung ist ein Vermögen wert?«

»Vielleicht. Da wären wir wieder bei Buchwert, gemeiner Wert, Substanzwert. In prosperierenden Zeiten kann es ein Vermögen sein, möglicherweise das Doppelte und Dreifache der Anschaffungskosten. In Zeiten knapper Kasse kann der Wert ins Bodenlose stürzen. Wenn Sie keinen Käufer finden, ist das wertloses Altpapier.«

»Unsinn. Wenn Ihr Onkel tatsächlich eine so bedeutsame Sammlung besitzt, dann ist das ein unermesslicher Schatz. Ein Vermögen! Ich denke, Sie haben davon einfach keine Ahnung, Hollert. Wie auch immer, was hat das mit Ihrem Studium zu tun?«

»Onkel Friedl hat nie geheiratet, und er hat auch keine Kinder. Ich werde ihn beerben, sagt er. Allerdings unter einer Bedingung. Die Autographensammlung wird nach seinem Tod in eine Stiftung überführt, betreut von Fachkräften. Ich muss gottlob nicht selbst katalogisieren, oder was man so alles mit Sammlungen anstellen muss, aber ich werde im Vorstand der Stiftung sein, das verlangt Friedl, und darum will er, dass ich nicht nur Physik und Wirtschaft studiere. Bedingung für die Gesamterbschaft ist ein weiteres Diplom in einem sogenannten schöngeistigen Fach. Ich durfte mich entscheiden, Germanistik oder Romanistik, er hätte auch Geschichte akzeptiert, Hauptsache, es ist Schöngeisterei.«

»Verstehe. Und warum haben Sie sich für Kulturwissenschaft entschieden?«

Hollert verzieht das Gesicht, dann grinst er: »Es erschien mir am leichtesten. Ich dachte, das mache ich mit links.«

»Und nun ist es schwieriger, als Sie dachten.«

Hollert nickt. »Das Problem ist«, sagt er, »mit nichts auf diesem Gebiet kann ich etwas anfangen. Ich habe in den Konfuzius reingeschaut, das sagt mir nichts. Und Shakespeare, das ist für mich reines Wortgeklingel, tut mir leid. Vielleicht verstehe ich es, wenn ich so alt bin wie Sie, ich weiß nicht. Aber mir ist wohler, wenn ich etwas berechnen kann, Energiedichte, Wirkungsgrad, das begreife ich. Aber diese ganze Lyrik, nein, tut mir leid, ich kann nichts damit anfangen.«

»Sie sind ehrlich, Hollert, das ist ja schon etwas. Wenn ich Sie richtig verstanden haben, haben Sie einiges zu tun, um alles zusammenzuerben.«

»Richtig. Alles mühsam zusammenerben, genau das habe ich Papa gesagt.«

»Und es ist wichtig, dass Sie alles bekommen? Das Erbe des Herrn Papa reicht nicht?«

»Die Firma muss riesige Summen investieren, das nächste Jahrzehnt entscheidet über die Zukunft der Firma, darüber, ob wir weiter mitreden können oder untergehen. Batterien, Akkus, Kondensatoren, der Markt verlangt eine völlig neue Generation. Es wird eine viel höhere Energiedichte benötigt, als wir derzeit herstellen können. Sie müssen schnellladefähig sein, hochstromfähig.«

»Klingt sehr aufregend«, wirft Stolzenburg ironisch ein.

»Ich weiß, das sagt Ihnen nichts, aber wir müssen uns für bestimmte Typen entscheiden, Zinn-Schwefel-Lithium oder Lithium-Polymer, wir müssen rascher die Forschungsergebnisse in neue Produkte überführen, das muss künftig unter einem Jahr liegen und darf nicht wie bisher drei Jahre dauern, wenn wir uns behaupten wollen. Und all das kostet, muss finanziert werden.«

»Und darum der Onkel Friedl und die Kulturwissenschaft?«

»Ja.«

»Ich ahnte bisher nicht, was in Ihnen steckt. Aber ich ahne auch nicht, wie ich Ihnen helfen kann und was Sie eigentlich von mir wollen. Schön, Ihr Vater und Ihr Onkel wollen mich sprechen, aber was würde Ihnen das helfen?«

»Kommen Sie morgen Abend?«

»Ich weiß nicht. Wollen Sie denn wirklich, dass ich morgen erscheine? Was würde es Ihnen nützen, wenn ich Ihren alten Herrschaften erzähle, wie ernsthaft Sie das Studium betreiben und was ich von Ihnen halte? Denn Sie erwarten doch hoffentlich nicht, dass ich für Sie lüge?«

Hollert sieht ihn an und antwortet ganz ruhig: »Es wäre gut, wenn Sie kommen. Und ich hoffe, nein, ich erwarte, dass Sie nur das Beste über mich sagen.«

Stolzenburg spürt, wie augenblicklich seine Wut auf diesen reichen Schnösel und seine Vorurteile in ihm wieder aufsteigen, diese Verachtung, die für Minuten einer wirklichen Verblüffung gewichen war, in denen er fast Achtung für den von Wirtschaft und Technik besessenen jungen Mann empfand.

»Was erlauben Sie sich?«

»Es ist ein Geschäft, Herr Dr. Stolzenburg, ein reines Geschäft. Ich möchte, dass Sie meinem Onkel ein paar freundliche Worte über mich sagen, und darüber hinaus möchte ich, nein, ich muss dieses Studium beenden, und zwar gut beenden. Und ich zahle Ihnen dafür zehntausend Euro. Zehntausend sofort, und weitere fünfzehntausend, wenn ich das Diplom in Händen halte. Die Note muss nicht sehr gut sein, aber besser als nur befriedigend. So ist die Vereinbarung mit Onkel Friedl. Ich würde Ihnen mehr geben, denn die Sache ist für mich mehr wert, aber ich habe nicht mehr. Diese fünfundzwanzigtausend sind derzeit für mich das Äußerste. Ich bin ein seriöser Kaufmann, ich verspreche nichts, was ich nicht halten kann.«

»Und Sie glauben, ich bin käuflich? Sie halten mich für ein käufliches Subjekt? Wie verkommen sind Sie eigentlich, Herr Hollert? Ist Ihnen schon einmal bei all Ihren Berechnungen so etwas wie Moral untergekommen?«

Hollert gibt sich unbeeindruckt. Er bittet Stolzenburg, ihm noch einen Moment zuzuhören.

»Erlauben Sie, zur Moral wollte ich noch ein Wort sagen. Ich komme zu Ihnen mit einem, nun, sagen wir, zwielichtigen Vorschlag. Er klingt ehrenrührig, das gebe ich zu. Aber betrachten Sie die Sache einmal in aller Ruhe. Ich benötige von Ihnen ein Papier, das ich leider auf eine andere Art nicht bekommen kann. Ihre Wissenschaft ist mir ein Rätsel, macht mir keinen Spaß, und bedauerlicherweise kann ich es nicht zwingen. Ich brauche das Papier, aber ich brauche es nur, um es meinem Onkel vorzuzeigen, und dann wird es für immer verschwinden. In Ihrem Fach werde ich nie arbeiten, und ich denke, das glauben Sie mir. Ich brauche das Papier, um das Erbe meines Onkels zu bekommen, um damit die Firma grundlegend umzustrukturieren.«

Stolzenburg betrachtet überrascht und fassungslos den jungen Mann. Dieser Student, den er bisher als einen Versager eingeschätzt hatte, für einen Blindgänger hielt, beeindruckt ihn durch die Ernsthaftigkeit und sein Engagement. Fast mit Bewunderung hört er den Hollertschen Ausführungen weiter zu.

»Wenn Sie mir das Diplom verweigern, wird Onkel Friedl sein gesamtes Vermögen zu seinem Antiquar in Tutzing schaffen und in seine geliebte Stiftung stecken, auch das Erbe. Unsere Firma wird es in zehn Jahren nicht mehr geben, wir werden von einem japanischen Konzern, der bislang ein sehr guter Vertragspartner war, übernommen und sind vom Markt. Vater und Onkel werden ausbezahlt, ich habe dann ausgesorgt und kann mein Leben lang durch die Welt reisen. Aber die Firma wird es nicht mehr geben. Die Firma, das sind fünfundneunzig Jahre Firmengeschichte, das sind zweihundertfünfzig Beschäftigte und mehr als hundert bei den Zulieferern. Das alles ist dann Vergangenheit. Wie gesagt, wenn Sie Nein sagen, wenn Sie das Geschäft ausschlagen, werde ich mir ein süßes Leben machen können, die neuen Arbeitslosen haben dann mehr Sie als ich zu verantworten. Ist das unmoralisch?«

»Sie fragen mich, ob das unmoralisch ist? Es ist sogar strafbar. Allein der Versuch, schon Ihr Angebot hat

Konsequenzen, wenn ich Meldung erstatte, wozu ich verpflichtet bin.«

»Ich weiß«, sagt Hollert, »ich habe alles auf eine Karte gesetzt. Sie haben mich in der Hand. Und ich habe es getan, obwohl ich weiß, dass Sie mich nicht leiden können, dass Sie mich verachten. Ich habe es getan, weil Vaters Firma kaputtgeht und ich etwas tun muss.«

Stolzenburg betrachtet ihn mit zusammengekniffenen Lippen.

»Und noch eins, Herr Doktor Stolzenburg«, fährt der Student fort, »ich habe mich vor drei Wochen dazu entschlossen, während eines Ihrer Seminare. Sie hatten wieder mal über Ihren Konfuzius gesprochen, erzählten, wie er die Könige behandelte, wie er sie belehrte. Ich kenne mich mit Konfuzius nicht aus und nicht mit Morallehre, aber was Sie uns von diesem aufrechten Chinesen erzählten, der sich gegen den Vater stellte, weil der irgendetwas Schlimmes getan, der gegen ihn aussagte, weil der Vater ein Verbrechen begangen hatte, das beeindruckte mich. Sie sagten, Konfuzius verurteilte den angeblich aufrechten Chinesen, weil er dem Vater Unrecht tat, nur um dem Recht Genüge zu tun. Das heißt doch, Konfuzius verurteilt ihn, weil er nicht gegen den Vater aussagen, ihn nicht anzeigen durfte. Der eigene Vater, so verstehe ich das, muss für den Sohn über dem Recht stehen. Meinte das nicht Ihr Konfuzius, oder habe ich das falsch verstanden? Und das entspricht der Situation, in der ich mich befinde. Wie würde Ihr Konfuzius reagieren?«

»Oho, Hollert, was für Töne«, höhnte Stolzenburg, »Sie greifen sehr hoch. Ich ahnte gar nicht, mit welch einer Größe ich es in meinem armseligen Seminar zu tun habe. Sie vergessen, der Aufrechte Gong, denn den meinen Sie doch, zeigte zwar seinen Vater an, ließ sich aber aus Sohnesliebe für den vom Gericht verurteilten Vater hinrichten. Erst dieses Opfer versöhnte Konfuzius. Sie haben also noch viel vor, wenn Sie ihm folgen wollen.«

»Bitte, Herr Doktor Stolzenburg, ich bin Ihnen völlig ausgeliefert, Sie können mich schlachten. Sie können zur Universitätsleitung gehen, vielleicht werde ich dann exmatrikuliert, und Onkel Friedls Erbe ist futsch. Die Moral, sagten Sie, na schön, aber entstünde irgendwo ein Schaden? Ihnen, der Universität, für Ihre Kulturwissenschaft? Ich brauche nur diesen Zettel, der Ihnen nicht schadet, der eine Firma rettet und der Ihnen überdies Geld verschafft. Wo steckt da die Unmoral? Ich sehe nichts Verwerfliches.«

»Gut, Hollert, das war's, denke ich. Sie sollten gehen.«

»Werden Sie morgen Abend kommen?«

»Gehen Sie. Ich überlege es mir. Aber erwarten Sie nichts von mir. Es kann sein, dass alles, was ich für Sie tun kann und tun werde, die Freundlichkeit sein wird, Ihren heutigen Auftritt und dieses Angebot zu vergessen.«

Er spürt, dass er Hollert nicht beeindrucken oder umstimmen kann, dass dieser Schnösel nicht begreifen kann oder will, wie unverschämt er sich soeben seinem Lehrer gegenüber verhalten hat. Er hat das viele Geld im Hintergrund, sagt sich Stolzenburg, er weiß, er wird immer weich fallen, er kann sich alles erlauben. Und ganz so, als ob Hollert seine Gedanken erraten hat, sagt er in der Tür zu ihm: »Ich hoffe, Herr Doktor Stolzenburg, wir sehen uns morgen Abend. Es wird einen kleinen Imbiss geben, und wenn Sie mit Begleitung kommen wollen, herzlich gern. Mein Vater und mein Onkel würden sich freuen.«

Stolzenburg bleibt im Zimmer sitzen, obwohl sich kein weiterer Student für die Sprechstunde angemeldet hat. Dieser Hollert hat ihn in jeder Hinsicht überrascht. Offenbar zieht dieser Kerl sein Studium mit großer Härte durch, verlangt sich mehr ab als jeder andere und weiß sehr genau, was er will und wie er es erreichen kann. Von dem, was ihm wichtig erscheint, nimmt er, was er braucht, auf den Rest verzichtet er. Und von seinem Institut will er das Diplom, den Zettel, wie der Kerl sagt, allein aus dem Grund, um an das Erbe zu kommen. Respekt, Hollert, sagt er zu sich, ich habe dich falsch eingeschätzt. Und ebenso direkt und unbekümmert um Verluste geht der junge Mann bei seinem Versuch vor, ihn zu bestechen. Er hat es in den Jahren an der Uni häufiger erlebt, dass Studenten ihn beeinflussen wollten, um irgendetwas bei ihm zu erreichen, es gab mehr oder weniger versteckte Signale, ihm etwas anzubieten, ein wertvolles Buch, eine Antiquität oder, und dieses Angebot kam am häufigsten, Sex. Aber nie ist eine Offerte so offen und unverschämt erfolgt wie bei Hollert. Und der Kerl hat zudem nicht die geringsten Skrupel. Er hat sich, nicht ungeschickt und durchaus in der Logik der Argumentation, sogar einiger Lehrsätze des Konfuzius bedient, die er im Seminar aufschnappte. Sein Auftritt war gut vorbereitet, durchdacht, taktisch geschickt aufgebaut. Er hatte sich vorbereitet, vielleicht schon seit Tagen und Wochen, der Vorstoß war keiner Laune entsprungen und auch nicht erst bei der wohl eher zufälligen Einladung seines Vaters entstanden. Seitdem Hollert wusste, dass er dieses Studienfach allenfalls mit Müh und Not beenden kann, wird er an dem Plan gebastelt haben, ein ausreichend gutes Diplom zu erhalten. Und ausgerechnet auch noch seinen Konfuzius dazu zu benutzen, war das Sahnetörtchen seines Konzepts. Das war unverschämt und genial. Er hat sich in Hollert getäuscht, muss er sich eingestehen. Freilich kann er ihm nicht helfen, denn wenn er auch seine geschäftstüchtige Moral noch so kunstfertig vorträgt, was er will, das ist ein Betrug, der Stolzenburg teuer zu stehen käme. Er wäre, wenn er auch nur einen einzigen Euro von ihm nehmen würde, in seiner Hand, er wäre künftig erpressbar.

»Nein, Hollert«, sagt er laut in den leeren Raum. »Gut ausgedacht, sehr gewandt, aber ich muss passen.«

Er steht auf, verschließt den Raum und wirft, da Sylvia nicht da ist, den Schlüssel in den hölzernen Briefkasten neben der Sekretariatstür. Beim Heimfahren beschäftigt ihn allein der Gedanke, wie es möglich war, diesen Hollert so völlig falsch beurteilt zu haben, denn er bildete sich etwas ein auf seine Menschenkenntnis nach den vielen Jahren, die er als Lehrer gearbeitet hat. In diesem Burschen hatte er sich getäuscht, gründlich getäuscht.

Daheim drückt er zuallererst auf den Knopf des Anrufbeantworters, Henriette hat nicht angerufen, es sind nur drei lästige Anrufe, die er umgehend löscht. Er macht sich einen Tee und setzt sich an den Schreibtisch, um zwei Rezensionen zu Büchern zu schreiben, die schon seit vierzehn Tagen bei ihm liegen. Die Bücher bringen nichts Neues, sind miserabel geschrieben, kurz: sind langweilig und unerheblich, und bei beiden hat er nur die ersten fünfzig Seiten gelesen, den Rest durchgeblättert, das Buch quergelesen, wie man in der Redaktion sagte. Ein paar Sätze hat er angestrichen, teils weil sie das Anliegen des Autors verdeutlichten, teils weil sie seiner Meinung nach dessen fehlende Qualifikation bewiesen oder stilistisch misslungen waren. Er ist entschlossen, die zwei Artikel noch an diesem Abend herunterzuschreiben und fertig zu stellen, er will mit diesem Unsinn keine unnötige Zeit verlieren, die beiden Autoren werden es überleben, er kennt sie nicht, ist ihnen nicht verpflichtet, etwas beißende Ironie ist daher angebracht und erlaubt. Am späten Abend holt er sich ein Glas Wein, liest die beiden Artikel noch zweimal durch und sendet sie ab. Erst als er ins Bett geht, spürt er, wie sehr er den ganzen Abend auf Henriettes Anruf gewartet hat. Er ist beunruhigt und verärgert, er entschließt sich, sie spätestens morgen Nachmittag im Rathaus anzurufen, auch wenn ihr private Telefonate im Büro unangenehm sind.

Gegen zwei Uhr nachts wird er wach und wälzt sich eine Stunde schlaflos im Bett. Der Kerl hat mir fünfundzwanzigtausend Euro geboten, geht ihm durch den Kopf, und er hat das Gefühl, dass ihn diese Zahl aus dem Tiefschlaf gerissen hat. Fünfundzwanzigtausend. Er hätte ein paar Probleme weniger, er könnte Schulden abzahlen, hätte das Finanzamt vom Hals, könnte sich etwas Schönes leisten, einen kleinen Urlaub mit Henriette, ein Auto, das etwas jünger ist als die fünfzehnjährige Rostlaube vor seinem Haus. Selbst die erste Rate, die zehntausend Euro, würde ihm Luft verschaffen. Er verflucht Hollert. Es ist für ihn vollkommen ausgeschlossen, sich bestechen zu lassen, aber wenn dieser reiche Schnösel nicht mit diesem Angebot gekommen wäre, müsste er jetzt nicht diesen dummen Träumereien nachhängen, müsste er nicht wider seinen Willen darüber nachdenken, was derart viel Geld für ihn bedeutet. Wenn er zugestimmt hätte, dann käme dieser Hollert vermutlich nach einem Seminar zu ihm und würde ihm ein dickes Briefkuvert übergeben, denn vermutlich werden diese Art Geschäfte bar abgewickelt. Er stünde an jenem Abend mit einer Geldsumme in seiner Wohnung, wie er sie noch nie in Händen gehalten hatte. Er hat Mühe, diese Gedanken zu verscheuchen, um endlich wieder einschlafen zu können.

Henriette ruft auch am nächsten Tag nicht an. Am Nachmittag wählt er ihre Büronummer, sie ist sofort am Apparat und bittet ihn, einen Moment zu warten. Sie legt den Hörer ab und spricht mit irgendjemandem, dann meldet sie sich wieder und sagt, sie könne nun sprechen.

»Wann sehen wir uns?«, fragt er.

Sie bleibt stumm, und er fragt, ob sie noch am Apparat ist.

»Ich weiß nicht, wann wir uns sehen können«, sagt sie schließlich.

»Wie wäre es mit heute Abend? Wir können auch zu Millionärs gehen, Henriette. Ich habe für heute Abend eine Einladung zu richtig reichen Leuten, stinkreich. Sie wollen mich sprechen, weibliche Begleitung ist willkommen, vermutlich sogar erwünscht. Wollen wir uns nicht einmal ansehen, wie reiche Leute leben?«

»Ich weiß nicht, ob ich dich sehen will.«

»Was ist geschehen, Henriette? Ist irgendetwas passiert?«

Es dauert wieder ein paar Sekunden, ehe sie antwortet: »Ich bin mir nicht sicher, Rüdiger, ob ich dich wiedersehen will. Du verschweigst mir zu viel, du bist nicht aufrichtig.«

»Was redest du für einen Unsinn? Was habe ich dir verschwiegen? Wo war ich nicht aufrichtig?.«

»Ich weiß nicht, was du mir alles verschweigst. Aber gestern, da hast du mir irgendetwas erzählt, vorgeflunkert, und bist erst mit der Wahrheit herausgerückt, als die Polizei nachfragte.«

»Um Gottes willen, Henriette, ich wollte dir nicht den ganzen Quark erzählen, um dich nicht zu erschrecken. Ja, gut, ich habe es dir nicht gesagt, ich bin in der Tat von einer Bande kleiner Mädchen überfallen worden, eigentlich sogar zweimal. Aber erstens wollte ich nicht, dass du dir Sorgen machst, und zum anderen ist es ja nicht eben sehr schmeichelhaft für mich, wenn ich von kleinen Mädchen aufs Kreuz gelegt wurde. Was ist Schlimmes daran, wenn ich dich vor dem Dreck schütze, wenn ich dir diese Dämlichkeiten verschweige?«

»Und was verschweigst du noch? Ersparst du mir noch andere Sachen? Gibt es noch etwas? Vielleicht noch irgendein Mädchen, mit dem du mich verschonen willst?«

»Henriette, bitte!«

»Nein, Rüdiger, das habe ich zu oft erlebt, dieses Verschweigen, weil es angeblich nicht wichtig ist, weil ich geschont werden soll. Das vertrage ich nicht. Ich möchte nicht, dass immer alle über alles Bescheid wissen, nur ich erfahre von dem andern nichts. Das ist einer der Gründe, warum ich allein lebe.«

»Das ist völlig überspitzt. Gut, ich habe anfangs nicht alles erzählt, es hatte nichts mit uns zu tun, aber wenn du willst, einverstanden, dann werde ich dir in Zukunft alles erzählen, restlos alles.«

»Ich muss auflegen, ich habe den nächsten Termin.«

»Und wann sehe ich dich?«

»Ich weiß nicht. Ich melde mich. Und ruf mich bitte nicht im Büro an.«

Sie legt auf, ohne sich zu verabschieden. Stolzenburg bleibt vor dem Telefon sitzen. Er hat schnell und heftig mit ihr gesprochen, um ihre eher undeutlichen Vorbehalte zu zerstreuen, doch auch wenn er sich Wort für Wort das eben beendete Gespräch durch den Kopf gehen lässt, er versteht sie nicht, er begreift nicht, was sie verstört. Für ihn hat sie überzogen und unangemessen reagiert, er hat nichts verheimlicht und verschwiegen, ihr Vorwurf ist unsinnig, hysterisch geradezu. Er fragt sich, was er falsch gemacht haben könnte. Sie kennen sich kaum, sie kennen sich noch gar nicht, sagt er sich, vielleicht war er zu direkt, vielleicht ist das Ganze ein Missverständnis, vielleicht sollte er Patrizia anrufen und sich mit ihr verabreden. Mit Patrizia könnte er auch bei Millionärs erscheinen, sie würde die alten Herrn sicherlich beeindrucken. Verärgert packt er seine Tasche und radelt ins Institut, im Korridor kommt ihm Marion entgegen, die bereits Feierabend hat, und fragt ihn nach Henriette.

»Ich soll Grüße bestellen«, sagt er und sieht ihr dabei in die Augen, doch sie bleibt heiter und unbefangen.

»Alles in Ordnung«, fährt er fort, »wir waren gestern zusammen und haben eben telefoniert.«

Im Seminarraum warten die drei Studenten, die ihm die Vorschläge für ihre Diplomarbeiten vorstellen wollen, zwei Mädchen und ein Junge. Sie haben die Stühle zusammengeschoben und sich im Kreis gesetzt. Als er das Zimmer betritt, nimmt der Junge rasch eine Blechbüchse vom Fußboden hoch und steckt sie in seine Hosentasche. Sie haben geraucht, aber Stolzenburg ist es überdrüssig, sie zu ermahnen. Er hört sich, mit Gedanken immer noch bei Henriette, an, was sie vortragen. Eins der Mädchen, eine rotblonde Schönheit, die sich ihrer Ausstrahlung und Wirkung bewusst ist, scheint gelangweilt zu sein und rutscht auf ihrem Stuhl hin und her. Als sie an der Reihe ist, ihm zu sagen, welches Thema sie sich für ihr Diplom ausgesucht hat, erzählt sie, ein Dramaturg in Essen habe ihr vorgeschlagen, die Geschichte des Grillo-Theaters zu erforschen, sie habe von ihm bereits viel Material erhalten und die Arbeit könnte sogar veröffentlicht werden. Während sie erzählt, lehnt sie sich zurück und rutscht auf ihrem Stuhl nach vorn, so dass sie nur noch auf der Kante sitzt, das Kleid wird dabei hochgestreift und enthüllt zur Hälfte ihre Oberschenkel. Stolzenburg fragt sich, ob sie die Blöße nicht bemerkt oder es Absicht ist. Er muss sich zwingen, ihr ins Gesicht zu sehen und den Blick nicht zu ihrem Höschen wandern zu lassen, das zwischen ihren Schenkeln hervorschimmert.

»Ein Dramaturg«, sagt er gedehnt, »und er hat Ihnen auch eine Stelle versprochen?«

»Vielleicht«, sagt sie schnippisch und lacht.

»Dann machen Sie das, Lilly. Schreiben Sie die Geschichte des Grillo. Für mich ist das eher unwichtig, aber wenn Sie damit dort eine Stelle bekommen, ist das Gold wert.«

»Wirklich? Sie sind einverstanden?«

»Wird dieser Dramaturg die Arbeit betreuen?«

»Er wird mir helfen, aber die Arbeit will ich bei Ihnen schreiben.«

Stolzenburg nickt, dann fragt er den jungen Mann nach seinem Projekt, wobei er wiederholt den Blick über Lillys Oberschenkel streifen lässt. Er hat das Gefühl, dass das Mädchen sich ihm anbietet, und der Gedanke ist ihm nicht unangenehm.

Eine halbe Stunde später ist alles beendet, er verlässt mit den Studenten den Raum. Bei der Verabschiedung sagt Lilly: »Und ich hoffe, Sie betreuen mich gut. Die Arbeit kann für mich entscheidend sein.«

»Ich werde tun, was ich kann, Frau Riesebach, ich werde Sie nicht aus den Augen lassen«, antwortet er, und sein Ton ist dabei ebenso zweideutig wie ihrer. »Aber alles hängt von Ihnen ab, ich lasse mich überraschen.«

Sie grinst ihn an, dann ihre Kommilitonen. Als sie den Gang entlanggehen und er ihnen nachsieht, hebt Lilly eine Hand und winkt ihm zu, ohne sich umzudrehen. Offenbar ist sie sich ihrer sehr sicher. Oder so verzweifelt, dass sie zu allem bereit ist.

Neunzehn

Für den Abend ist er im B69 zum Billard verabredet. Einmal im Monat trifft er sich dort mit Freunden, um ein paar Partien zu spielen, Bier zu trinken und über die Zeiten und die Stadt zu klönen. Der Kreis besteht aus einem halben Dutzend gleichaltriger Männer, das ist der feste Stamm, zu dem immer der eine und andere Neuling, ein Freund der Freunde, hinzukommt. Fast alle sind an der Universität beschäftigt, einer arbeitet für einen Verlag, und einer, der Einzige mit einer richtigen und festen Stelle, ist Gymnasiallehrer, verbeamtet, worüber die anderen sich gern lustig machen, aber es ist ein gutmütiger Spott, man höhnt verständnisvoll und ein wenig neidisch auf diese abgesicherte Existenz. Nur zwei von ihnen sind verheiratet, einige sind geschieden, andere leben getrennt, ein Kind haben sie alle, einer hat sogar mit vier Frauen vier Kinder. Kennengelernt hatten sie sich beim Wasserball, Mannschaft Alte Herren, inzwischen umbenannt in SoMa, Sondermannschaft, doch inzwischen spielt keiner mehr diesen kräftezehrenden Sport. Anfangs, als Stolzenburg am Institut begonnen hatte, trafen sie sich im Beyerhaus, einer verräucherten Innenstadt-Kneipe, aber zu oft wurden sie dort von Studenten angesprochen, die diesen oder jenen Dozenten erkannten und die Gelegenheit in dem verqualmten, bierseligen Raum nutzen wollten, um Hilfe bei einer Hausarbeit zu erbitten oder sich kumpelhaft mit ihrem

Hochschullehrer zu befreunden, und so hatten sie sich entschlossen, ihr monatliches Treffen in den Billardsalon in der Berliner Straße, gegenüber den Bahngleisen, zu verlegen, um ungestört unter sich zu sein.

Um sieben Uhr verlässt er die Wohnung. Sein Blick fällt dabei auf die Hollertsche Einladung, die kleine, handgeschriebene Karte, die er in den Flurspiegel gesteckt hat. Er liest den Text noch einmal und schließt die Wohnungstür ab. Als er am Ring ist, steigt er vom Fahrrad, holt sein Handy hervor und ruft Friedrich an, den Mathematiker, der den Billardabend organisiert und dafür sorgt, dass nie zu wenige kommen und notfalls neue Mitspieler einlädt, die, je nachdem wie sie sich in die Gruppe einfügen, dann zu ihnen gehören oder niemals wieder eingeladen werden. Fritz ist vor sechzehn Jahren aus Bochum gekommen, die Leipziger Universität hatte ihm eine auf drei Jahre befristete Gastprofessur angeboten, die einmal verlängert wurde. Die Versprechen auf unbefristete Anstellung wurden nie eingelöst, Fritz bekam danach mit Glück eine Mitarbeiterstelle und hat sich mittlerweile damit abgefunden. Auch Fritz weiß, er ist inzwischen zu alt, um an einer anderen Universität verbeamtet zu werden, und hat verstanden, dass er zufrieden sein muss, an der Fakultät bleiben zu dürfen und ihm das Schicksal eines Privatdozenten erspart geblieben ist, der nach seiner Habilitation von trügerischen Hoffnungen zu leben hat und im Alter schließlich Hartz IV erhält.

Stolzenburg entschuldigt sich bei ihm. Er könne heute Abend nicht kommen, sagt er, er müsse leider einen beruflichen Termin wahrnehmen. Dann fährt er nach Hause, öffnet den Kleiderschrank, holt ein weißes Jackett hervor, das etwas älter ist, aber von gutem Tuch. Für einen Moment mustert er sogar die paar Krawatten in der Schranktür, entscheidet sich dann aber für ein Seidentuch. Viertel nach neun klingelt er an der Wohnung im zweiten Stock eines prächtigen Gründerzeitbaus in der Schwägrichenstraße. Er hört Stimmen hinter der Tür und Gelächter, er muss einige Sekunden warten und betrachtet den gotischen Namensschriftzug auf dem Türschild: von Stolzenberg, bis ihm ein junger Mann in dunklem Anzug öffnet. Stolzenburg stellt sich vor und will ihm die Hand geben, doch der verweist mit einer einladenden Geste auf die offenen Zimmer, in denen die Gäste stehen. Stolzenburg ist für einen Moment verlegen, weil er offenbar einem der Kellner die Hand reichen wollte, und er ist, als er die prächtigen Blumenarrangements in den riesigen Porzellanvasen sieht, zufrieden, dass er keine Blumen mitgebracht hat, die hier eindeutig unpassend wären. Der junge Mann nimmt ihm den Mantel ab und fragt, was er trinken möchte, und noch bevor Stolzenburg das erste Zimmer betritt, hat er ein Weinglas in der Hand. Ein älterer Mann kommt auf ihn zu, stellt sich ihm als Gastgeber vor und hört erfreut, dass ihn ein Fast-Namensvetter besucht. Er fragt ihn, welchem seiner Freunde er das Vergnügen verdankt, dass er seine Bekanntschaft machen dürfe, und sagt dann, die Brüder Hollert seien noch nicht eingetroffen, auch der junge Sebastian Hollert nicht. Er bietet ihm an, ihn seinen Gästen vorzustellen, Stolzenburg bedankt sich, erklärt, er werde sich selbst vorstellen, wie es sich im Gespräch ergäbe, das vereinfache einiges, und er könnte sich dann leichter Gesichter und Namen einprägen.

»Sehr vernünftig«, lobt ihn von Stolzenberg. Er verweist auf das Balkonzimmer, in dem Häppchen bereitstehen, klopft ihm auf die Schulter und wendet sich anderen Gästen zu.

Stolzenburg wandert langsam durch die offenen Zimmer, grüßt mit einem Kopfnicken, wenn er begrüßt wird, sieht sich die Gäste an, von denen er keinen kennt, und die prächtige, riesige Wohnung. Bücher kann er nirgends entdecken, aber inmitten des Zimmers, in dem sich ein riesiger Fernseher und mehrere Lautsprecherboxen befinden, steht ein aufgeklappter und anscheinend sehr alter Flügel, den er sich genauer anschaut. Er lässt die Finger über das Holz gleiten und die Tasten, fast ohne sie zu berühren. Eine junge Frau kommt auf ihn zu, stellt sich als die Gastgeberin vor und erkundigt sich, ob er Klavier spiele. Stolzenburg bejaht, fügt aber hinzu, er kenne die Firma nicht, die diesen Flügel herstellte, wobei er auf die Tastaturklappe verweist, auf der in stattlichen Lettern der Schriftzug Grotrian, Helfferich, Schulz, Th. Steinweg Nachfolger prangt.

»Das will ich Ihnen gern glauben«, sagt Frau von Stolzenberg stolz, »diese Flügel wurden auch nur ein Jahrzehnt lang hergestellt, oder vielmehr Flügel mit dieser Aufschrift. Es ist ein Steinway, allerdings aus einer Zeit, als Mister Steinway noch der deutsche Herr Steinweg war. Der Flügel ist mehr als hundert Jahre alt, hundertdreißig, hundertvierzig Jahre, ich müsste in den Papieren nachsehen. Jedenfalls ein altes Stück und bestens gepflegt und in Schuss. Gelegentlich laden wir Pianisten ein, fast immer sind es Koreaner oder Chinesen, das sind derzeit die allerbesten, glaube ich, und alle waren von unserem Prachtstück entzückt.«

Stolzenburg zeigt sich beeindruckt.

»Sind Sie auch aus der Branche?«, erkundigt sie sich mit hochgezogenen Augenbrauen.

»Aus der Branche?«, fragt er.

»Nun ja«, sagt sie und weist mit einer Rundumgeste in die Räume, »hier ist doch alles Batterie und Akku.«

Stolzenburg erläutert ihr, wer er und wieso er hier sei, sagt, er unterrichte den jungen Herrn Hollert in Literatur und Kulturgeschichte.

»Ah ja«, sagt sie, nickt ihm freundlich zu und geht ins Nachbarzimmer.

Stolzenburg schlendert ins Balkonzimmer, in dem sich auf zwei Tischen Platten mit Canapés verteilen. Er nimmt sich einen Teller und füllt ihn reichlich mit den Appetithäppchen. Offenbar wird kein Essen serviert, und sehnsüchtig denkt er an seine Billardrunde, die nach eingebürgerter Gewohnheit in etwa einer Stunde das Spiel unterbrechen wird, um eine üppige und deftige Mahlzeit einzunehmen, bevor sie die Endrunde eröffnet. Auf dem Balkon unterhalten sich ein junger Mann und ein Mädchen und rauchen verstohlen und hastig gemeinsam eine Zigarette. Als sich Stolzenburg den Teller zum dritten Mal füllt und Gebäckstücke aus Blätterteig übereinandertürmt, wird er von dem jungen Paar angesprochen, das vom Balkon zurückkehrt. Sie fragen ihn, welche Canapés er ihnen empfehlen könne, da sie offenbar bemerkt hatten, wie ausgehungert er darüber hergefallen war, und erkundigen sich, ob er zur Stuttgarter Firma gehöre. Er sagt, er lehre und forsche an der hiesigen Uni, und das Mädchen unterbricht ihn begeistert, jetzt wisse sie, wer er sei, sie habe von ihm schon viel gehört, und erklärt ihrem Begleiter, dass der Canapésfreund eine entscheidende, eine tatsächlich revolutionäre Version der Solarakkus entwickelt habe. Stolzenburg erhebt lächelnd Einspruch, er sei nicht Batterie und Akku, er unterrichte Literatur und Kunsttheorie. Das Mädchen ist enttäuscht und entschuldigt sich, ihr Begleiter schaut Stolzenburg verwundert an.

»Literatur und Kunsttheorie«, sagt er erstaunt, »das ist toll. Klingt aufregend.«

Beide wenden sich ohne ein weiteres Wort von Stolzenburg ab und verlassen das Balkonzimmer. Bei seiner anschließenden dritten Runde durch die Räume tritt Sebastian Hollert auf ihn zu. Er dankt ihm dafür, dass er gekommen sei, und entschuldigt sich für die Verspätung, Onkel Friedl habe unbedingt noch einen Antiquar aufsuchen wollen und damit ihren Terminplan durcheinandergebracht, der Onkel und sein Vater würden jeden Moment erscheinen. Er führt ihn zu von Stolzenberg, der mit mehreren jungen Leuten zusammensteht, unter ihnen ist das Paar vom Balkon, und stellt ihnen Stolzenburg vor. Sebastian Hollert wird von allen mit Hallo begrüßt, die jungen Leute geben sich Wangenküsse. Das junge Mädchen, mit dem Stolzenburg gerade eben gesprochen hatte, erweist sich als die Tochter des Hausherrn und studiert das letzte Jahr in Sydney, um im kommenden Semester an die École de technologie supérieure in Québec zu wechseln. Ihr Bruder ist Gymnasiast in Bern und wird ab September Jura in Paris studieren, wo Konstantin, ein Physiker und Freund der Tochter, im fünften Arrondissement lebt. Konstantin ist für ein Jahr als einer der wenigen Ausländer ans Collège de France berufen worden, was, wie er Stolzenburg sagt, eine besonders hohe Auszeichnung darstelle, zumal er dort der jüngste aller Professoren sei. Seine Freundin trifft er dreimal im Jahr, sie werden Mitte des nächsten Jahres heiraten, aber es sei noch vollkommen ungewiss, wo und wie sie zusammenleben werden. Einer der jungen Männer ist vor drei Monaten von Neuseeland nach Tokio übersiedelt und klagt, er könne nun nicht mehr surfen und diese Stadt sei unglaublich teuer. Jede Dienstreise, gleichgültig ob nach Zürich oder New York, nutze er für Shopping und um sich einzukleiden. Zwei aus dem Kreis pflichten ihm bei und loben den Lebensstil im alten Europa, wenngleich die Arbeitsbedingungen, einer lehrt in Singapur, der andere betreut eine Niederlassung des Stuttgarter Stammbetriebs in Rio de Janeiro, überall in der Welt besser und anregender seien als hierzulande. Von Stolzenberg verfolgt mit leuchtenden Augen die Gespräche, er ist unübersehbar stolz auf seine Kinder und ihre Freunde, auf ihre Erfolge und auf ihren Ehrgeiz. Dann fragen sie Sebastian Hollert aus, und er erzählt von den zwei Fächern, die er gleichzeitig studiert. Alle kennen offenbar Onkel Friedl, wissen um die Bedingungen, die er seinem Neffen stellte, und machen sich über ihn lustig, aber es sind freundliche, fast familiäre Bemerkungen. Stolzenburg hat den Eindruck, die gesamte Gesellschaft sei eine einzige große Familie, er bemerkt aber auch, dass die jungen Leute Sebastian Hollert leicht herablassend behandeln, geradezu wie einen Versager. Für einen Moment bedauert er Hollert. Er hat wohl nie in seinem Leben die Noten bekommen, die ihm eine Elitehochschule öffneten, ist weit weniger weltgewandt als die hier versammelten Freunde, sein Studium an der hiesigen Universität gilt offensichtlich als Makel, und dass er überdies ein zweites Studium belegen muss und ausgerechnet ein künstlerisches hebt bei diesen jungen Leuten kaum sein Ansehen. Eine andere Welt, sagt sich Stolzenburg, doch nach einem weiteren Blick auf diese Menschen korrigiert er sich, er selbst ist es, der aus einer anderen Welt stammt, aus einem Paralleluniversum, aus der Vergangenheit. Auf die Frage einer der jungen Damen, woher er komme, wo er arbeite, sagt er, er sei Billardspieler, er lebe vom Billardspielen.

»Wie, was heißt das? Machen Sie das denn beruflich?«, fragt sie verblüfft.

Er nickt lediglich und lächelt verschwiegen.

»Ihr Beruf ist Billardspieler?«

»Ich lebe davon«, bestätigt er freundlich.

»Wie machen Sie das?«, erkundigt sie sich begeistert. »Das ist ja toll. Und das geht wirklich, vom Billardspielen zu leben?«

»Wenn man gut ist, geht das sehr gut«, erwidert er lediglich.

Zehn Minuten später erscheinen Onkel Friedl und Sebastian Hollerts Vater. Der junge Hollert bemerkt den überraschten Blick von Stolzenburg und sagt ihm, sein Vater und der Onkel seien Zwillinge, eineiige Zwillinge. Unterscheidbar sind beide nur durch das Äußere, einer hat eine korrekte Kurzhaarfrisur, trägt einen maßgeschneiderten dunkelgrauen Anzug und eine silberne Krawatte, der Zwillingsbruder hat lange Haare, die seinen Kopf wild umrahmen, trägt Jeans und eine Cordjacke mit tief ausgebeulten Taschen, und um den Hals ist äußerst nachlässig eine samtene Fliege gebunden. Sebastian Hollert stellt sie ihm vor, der Mann mit den Jeans und der Samtfliege ist nicht, wie Stolzenburg vermutet hat, der ungewöhnliche Onkel, sondern sein Vater, der das erfolgreiche, wenn auch angeblich gefährdete Unternehmen leitet. Die beiden Männer geben ihm die Hand, dann wenden sie sich den jungen Leuten zu.

Stolzenburg beginnt sich zu langweilen, an einem Gespräch mit ihm ist offensichtlich keiner interessiert, und er beschließt, den Besuch abzukürzen. Er sagt Sebastian Hollert, er müsse aufbrechen, er habe noch zu tun, wenn sein Vater oder sein Onkel ihn sprechen wolle, sei jetzt die einzige Gelegenheit. Minuten später kommen beide zu ihm und erkundigen sich nach Sebastians Studium. Stolzenburg antwortet ausweichend. Als der Onkel ihn direkt fragt, ob er mit ihm zufrieden sei, erwidert er, er wäre ein schlechter Lehrer, wenn er mit den Leistungen seiner Schützlinge zufrieden sei, denn jeder Student vermag mehr, wenn er nur entsprechend gefördert und gefordert werde. Der Onkel ist mit der Antwort nicht zufrieden und schaut ihn schweigend und missbilligend an. Antwortheischend wäre das richtige, längst verlorene Wort, kommt Stolzenburg in den Sinn. Es ist ein kalter, grauer Blick, es sind die Augen eines Reptils, die ihn voller Verachtung durchbohren. Er spürt, wie ihn diese Augen verschlingen, fühlt sich wehrlos, entblößt, ausgeliefert. Einen Moment lang erwägt er, Antworten auf weitere Fragen zurückzuweisen. Es sei unüblich, könnte er sagen, seine Studenten seien keine minderjährigen Kinder, deren Erziehungsberechtigte jederzeit jede Auskunft verlangen dürften, es gebe einen Vertrauensschutz, den zu brechen das Verhältnis zwischen Lehrer und Schüler stören und zerstören könne. Doch im Bann dieser starren, mausgrauen Augen sagt er, was der Onkel hören will, erzählt, er sei anfangs unzufrieden mit Sebastian Hollert gewesen, enttäuscht von dessen Leistungen und dem unzureichenden Engagement, aber Sebastian sei es gelungen, ihn zu beeindrucken, mehr noch, er habe noch nie einen Studenten gehabt, in dem er sich derart getäuscht und der ihn dann über alle Maßen zu verblüffen vermocht habe. Es ist nicht die ganze Wahrheit, die er sagt, es ist ein sehr ausgesuchter Teil, sein Urteil entspricht dem, worum ihn der junge Hollert gebeten hat und was seine beiden alten Herren zu hören gehofft haben, und Stolzenburg weiß, dass er es nicht so formuliert, weil er dem Studenten den gewünschten Gefallen erweisen oder er das versprochene Geld haben will, er sagt es, weil ihn diese kalten Augen einschüchtern, diese Augen, die ihn anstarren, als sei er ein lästiges Insekt, und in deren Bann er gelähmt ist, unfähig, sich zu rühren. Anscheinend hat er die richtigen Worte gefunden, die Augen des Onkels öffnen sich eine Winzigkeit weiter, blicken freundlicher oder zufriedener, aber noch immer lauern sie, warten auf die richtige, auf eine gebührende Antwort. Stolzenburg redet weiter, er spürt, dass es für ihn nicht allein um den Neffen dieses merkwürdigen Onkels geht, vielmehr darum, den Onkel zu überzeugen, ihn für sich einzunehmen, er selbst will von ihm akzeptiert werden und ihm genügen. Irgendwann, mit irgendeinem Satz scheint ihm das gelungen zu sein. Es gibt ein fast unmerkliches Kopfnicken, der Onkel wendet sich seinem Zwillingsbruder zu, beide lächeln, dann ist das Verhör beendet. Der Onkel fragt ihn nun nach der eigenen Forschung, wobei seine Augen gleichgültig und fast wohlwollend wirken. Er hört ihm für Sekunden zu, nickt und wendet sich gleichzeitig mit seinem Bruder von ihm ab, um zu den anderen Gästen zu gehen. Stolzenburg tritt ihm mit einem raschen Schritt in den Weg und erkundigt sich nach seiner Autographensammlung. Er erzählt von seinen Nachforschungen zu Weiskern, erklärt ihm eilig, wer dieser Mann sei, und fragt, ob er Manuskripte von ihm besitze.

»Wenn der Mann wichtig war, ganz gewiss. Ich besitze die fünftgrößte Privatsammlung von Autographen in Europa. Gehen Sie davon aus, dass ich Originale von ihm besitze.«

Für den Onkel ist das Gespräch damit beendet, doch Stolzenburg erläutert rasch sein Nachfragen, berichtet, dass ihm Fälschungen von Briefen angeboten worden sind, mit denen man fast auch ein Wiener Auktionshaus reingelegt hat.

Der Onkel nickt abwesend.

»Fälschungen«, sagt er mit müder Stimme, »nun ja, damit haben wir jeden Monat zu tun. Was den Leuten nicht alles einfällt, um an Geld heranzukommen.«

Er sieht Stolzenburg an, der ihn anstarrt.

»Und jetzt wollen Sie wissen, was ich von dem Kerl besitze und ob es echt ist? Gehen Sie davon aus. Ich kaufe keine Fälschungen.«

»Sie waren handwerklich perfekt.«

»Na schön«, sagt der Onkel lächelnd. Er wirft einen Blick auf die Armbanduhr, es ist kurz vor elf, zieht sein Handy hervor und tippt auf zwei Tasten.

»Sperber, Sperberchen, es ist spät, aber ich brauche eine Auskunft«, sagt er grußlos, »besitzen wir …«

Er wendet sich zu Stolzenburg um, schaut ihn auffordernd an, der versteht und souffliert sofort den Namen: »Friedrich Wilhelm Weiskern.«

»Warten Sie«, sagt der Onkel, reicht das Handy Stolzenburg weiter, der auch diese wortlose Aufforderung versteht und Herrn Sperber den Namen und das Geburtsdatum von Weiskern nennt und danach das Handy zurückgibt.

»Haben wir den? – Ja, und was? – Briefe? Was für Briefe? Ach was, Sperber, sprechen Sie mit ihm selbst.«

Er gibt sein Handy wieder Stolzenburg, damit er selbst mit Sperber, offenbar dem Archivar seiner Autographensammlung, sprechen kann. Stolzenburg lässt sich berichten, was die Hollertsche Sammlung von Weiskern besitzt, erzählt dann von Abertes Versuch, ihm gefälschte Briefe zu verkaufen, und erfährt, dass sein Gesprächspartner ständig – er sagt, zehnmal im Jahr – mit Fälschungen und Betrugsversuchen zu tun habe, die eigenen Bestände jedoch genauesten geprüft und begutachtet wurden und zweifelsfrei authentisch seien. In der Sammlung befänden sich zwei Briefe von Weiskern, in denen er dem Wiener Hof einen Theaterumbau sowie die Ausrichtung eines Sommerfestes vorschlägt. Des Weiteren sei ein handschriftliches Faszikel in ihrem Besitz, eine Vorarbeit zur Topographie von Niederösterreich. Publiziert, sagt er auf Stolzenburgs Nachfrage, sei nichts davon, weder die Briefe noch das topographische Fragment. Nahezu nichts aus der Hollertschen Sammlung sei bislang öffentlich bekannt, sie sei auch noch nicht zugänglich, was erst die Aufgabe der in Gründung befindlichen Stiftung sein könne.

»Zufrieden?«, erkundigt sich der Onkel, nachdem Stolzenburg sich bei dem Archivar für die Auskunft bedankt und das Handy zurückgegeben hat.

»Ich bin beeindruckt, Herr Hollert. Sie besitzen offenbar einen gewaltigen Schatz.«

Der Onkel nickt knapp und steckt sein Handy weg. Dann lächelt er, als habe das Lob ihn verspätet erreicht.

»Ja«, sagt er, »ja, ein Schatz ist es wohl. Obwohl das einige anders sehen.«

Er lächelt noch immer, aber eine leichte Verbitterung ist ihm anzusehen, als er eine wegwerfende Handbewegung macht, die alles Mögliche bedeuten oder umfassen konnte.

»Und Sie, Sie forschen zu diesem …«

»Weiskern. Friedrich Wilhelm Weiskern.«

»Jaja, den meine ich. Und Sie kennen alles von ihm, über ihn?«

»Nur was veröffentlicht wurde, was in den Bibliotheken zu finden ist. Seine Manuskripte und Briefe, die Sie besitzen, natürlich nicht. Ich muss warten, bis die Stiftung, von der Herr Sperber erzählte, sie für die Allgemeinheit freigibt. Wann darf ich damit rechnen?«

Der Onkel schaut ihn an und schweigt. Er denkt nach, spürt Stolzenburg, und bemüht sich, dem Blick nicht auszuweichen, standhaft zu bleiben.

»Vielleicht«, sagt der Onkel langsam und gedehnt, »vielleicht …«

Er unterbricht sich und holt eine kleine Karte aus der Billettasche hervor, eine Visitenkarte.

»Melden Sie sich doch einmal bei dem Sperber, Herr …«

»Stolzenburg. Rüdiger Stolzenburg«

»Ja, Herr Stolzenburg, wenn Sie mehr über meine Sammlung wissen wollen, sollten Sie sich mit meinem tüchtigen Sperber verabreden. Er soll Sie mal durchs Haus führen, damit Sie einen Eindruck bekommen.

Und wer weiß, vielleicht zeigt er Ihnen auch Originale von dem Kerl, dem Sie auf der Spur sind.«

»Wäre das möglich?«

»Freilich, wieso nicht? Ich werde mit Sperber reden, vielleicht geben wir Ihnen sogar Kopien von Ihrem Kerl. Das wäre dann zwar eine außerordentliche Ausnahme, habe ich nie gemacht, aber wenn Ihnen so viel daran liegt. Ich überlege es mir, Herr ...«

»Stolzenburg.«

»Ja, Stolzenburg, natürlich. Stolzenberg, Stolzenburg, sollte nicht so schwer zu merken sein. Also, abgemacht, Sie melden sich bei meinem Sperber. Meine Karte brauchen Sie nicht, Sebastian kann das Treffen vermitteln.«

Er nickt ihm zu, steckt die Visitenkarte in die Billettasche zurück und hebt zum Abschied die Hand, dann dreht er sich um und geht ins Balkonzimmer. Noch bevor Stolzenburg die Wohnungstür erreicht hat, steht Sebastian Hollert neben ihm, er hat sie die ganze Zeit über im Blick gehabt.

»Ich habe mit Vater gesprochen. Herr Herbert, sein Fahrer, wird Sie nach Hause bringen.«

Stolzenburg bemerkt das verstohlene, stolze Lächeln des jungen Manns, was dieser mit scheinbarer Ehrerbietung zu verbergen sucht.

»Danke«, entgegnet er knapp, »das ist nicht nötig.«

»Herbert wartet vor der Tür. Ich bringe Sie zum Auto.«

Auf der Treppe bedankt sich der junge Hollert nochmals für sein Kommen.

»Ich glaube, Sie haben meine alten Herren beeindruckt, Herr Doktor Stolzenburg.«

Stolzenburg reagiert nicht. Er knöpft im Heruntersteigen den Mantel zu und ist scheinbar vollkommen darauf konzentriert. Auf der Straße streckt ihm der junge Hollert die Hand entgegen und sagt leise: »Danke. Ich denke, wir sind im Geschäft.«

»Vorsicht, Hollert, passen Sie auf! Werden Sie nicht noch unverschämt. Ich vermute, Sie begreifen nicht, welche Dreistigkeit Sie sich mir gegenüber gerade herausgenommen haben.« Stolzenburg spricht mit gedämpfter Stimme, da der Fahrer ausgestiegen ist, um ihm die hintere Autotür zu öffnen: »Vielleicht haben Sie Glück, großes Glück, und ich vergesse Ihren Auftritt.«

Hollerts Hand übersieht er und steigt grußlos in den Wagen. Erst als das Auto, ein großer schwarzer Wagen, ein englisches Fabrikat, das Stolzenburg nicht kennt und in dem er die Beine weit ausstrecken kann, das Musikerviertel verlässt, wendet er den Kopf, aber von Hollert und dem Haus ist nichts mehr zu sehen. Er bittet den Fahrer, einen kleinen Umweg zu machen, er müsse noch in der Fregestrasse etwas abgeben und erklärt ihm den Weg. An der Grünanlage vor dem Zentralstadion lässt er anhalten und steigt aus. Das prächtige, gut restaurierte Haus wirkt in der kaum beleuchteten Straße dunkel und bedrohlich, in der Musikalienhandlung im Erdgeschoss glimmen ein paar Lampen, Henriettes Wohnung ist hell erleuchtet, aus vier Fenstern fällt Licht auf die gegenüberstehenden Bäume. Er geht zur Haustür, liest ihren Namen auf der Klingelleiste, dreht sich um und geht zurück. Der Fahrer wartet bereits an der hinteren Tür und hält sie für ihn geöffnet. Als sie weiterfahren, bedankt sich Stolzenburg und erkundigt sich, ob er mit dem Wagen zufrieden sei, ob er ihn empfehlen könne, was er privat fahre. Der Fahrer antwortet so einsilbig und zurückhaltend, dass Stolzenburg das Gefühl hat, er habe mit seinen Fragen die Grenze des guten Geschmacks weit überschritten oder Obszönes verlangt.

Vor seiner Haustür angekommen, bedankt er sich. Er öffnet die Wagentür und tritt beim Aussteigen mit dem rechten Fuß auf etwas Weiches. Er lässt sich in den Sitz zurückfallen, beugt sich vor und starrt auf den von trüben Straßenlaternen beleuchteten Bürgersteig. Direkt neben dem Auto liegt der kleine Kunststoffpropeller, der in seinem Blumenkasten steckte, er ist schmutzig und zerrissen, der Holzstab fehlt. Vielleicht hat der Wind nur das Rad abgerissen und der Stab steckt noch zwischen den vertrockneten Resten seiner Balkonbepflanzung.

Er steigt aus und geht in die Wohnung. Er gießt sich ein Glas Wein ein, sucht im Fernseher nach einer Nachrichtensendung, schaut für Minuten einem Wrestlingkampf zu, bevor er den Apparat ausschaltet und in den Sessel zurücksinkt.

»Akku und Batterie«, sagt er halblaut. Er denkt an Henriette und entschließt sich, sie am nächsten Vormittag anzurufen. Er will eine Entscheidung, zu irgendeinem Entschluss sollte sie sich durchringen können, so oder so, er will wissen, muss wissen, woran er mit ihr ist, er könnte sich für sie sofort entscheiden, nein, er hat sich entschieden, und das sollte sie auch. Morgen Vormittag wird er sie anrufen, er wird sie in ihrem Büro anrufen, auch wenn ihr das nicht recht ist. Dann denkt er an den Abend mit den beiden alten Hollerts, dem Gastgeber von Stolzenberg, dieser ganzen Sippe, die alle mit Akkus und Batterien zu tun haben, sie herstellen oder mit ihnen handeln, an diese netten, an diese entzückenden jungen Leute von irgendwelchen Privatschulen und Eliteuniversitäten, die sich alle in ihren fabelhaften Erfolgen zu übertreffen suchen und mit jedem neuen Triumph das lautstarke Entzücken ihrer Eltern und Verwandten hervorrufen. Und keiner, nicht einer von ihnen hat von ihm etwas hören wollen, er hätte dort auch als Kellner auftreten können, oder als Butler. Er denkt an den Onkel von Hollert, den Zwillingsbruder, diesen verschrobenen Besitzer einer vermutlich umfangreichen Autographensammlung, der fünftgrößten von Europa. Und es gibt das Angebot, ihn die Briefe und Manuskripte sichten zu lassen und ihm Kopien der Weiskern-Briefe möglicherweise zur Verfügung zu stellen. Der Abend könnte sich gelohnt haben, wenn er mit der Hilfe dieses alten Hollert und jenem Sperber tatsächlich an die unveröffentlichten Papiere gelangen würde, die nach der Auskunft von diesem Archivar Sperber keinesfalls nur private Bedeutung besitzen. Akku und Batterie, die Worte der schönen jungen Frau, der Gastgeberin des heutigen Abends, fallen ihm wieder ein. Dann wird ihm plötzlich heiß, verwirrt und unruhig richtet er sich auf, ein beklemmender Gedanke schießt ihm durch den Kopf. Er greift nach dem Glas, trinkt einen Schluck und geht in die Küche, um nachzuschenken. Der junge Hollert, dieser kleine Widerling, der es fertiggebracht hat, in seine Sprechstunde zu kommen, um ihn, vollkommen unumwunden und mit größter Chuzpe, bestechen zu wollen, ausgerechnet dieser Kerl soll ihn zu Sperber und an die Weiskern-Manuskripte führen. Der alte Hollert hat seine Visitenkarte bereits in der Hand gehabt, um sie ihm zu geben, es fehlte eine winzige Bewegung, es fehlte eine Sekunde, eine einzige Sekunde, dann besäße er die Karte und könnte sich mit ihrer Hilfe einen Weg zu dem alten Hollert oder seinem ihm ergebenen Archivar bahnen. Doch dann hat der Alte auf seinen Neffen verwiesen, nun ist der junge Hollert der Hüter des Zugangs zum Sammlungsschatz geworden, wenn er Sperber sprechen will, wenn er die zum Greifen nahen Manuskripte einsehen und publizieren will, muss er diesen Sebastian Hollert ansprechen, muss ihn bitten, ihm den Weg zu Sperber und dem Archiv zu öffnen.

Stolzenburg beginnt zu schwitzen. Krampfhaft sucht er nach einem Ausweg, einer Möglichkeit, ohne diesen unangenehmen Hollert an Sperber und die Sammlung heranzukommen, aber jede Überlegung führt immer erneut zu diesem Kerl. Sebastian Hollert ist das Bindeglied, die einzig tragfähige Brücke zu den offerierten Manuskripten, und er kann und will ihn nicht ansprechen. Er darf es nicht. Hollert hat ihn bestechen wollen, will ihn mit einer Menge Geld dazu bringen, ihm ein ansehnliches Diplom zu verschaffen, das dem Onkel ausreichend erscheint und ihm folglich ein gewaltiges Erbe sichert, und obwohl er dieses Ansinnen abgelehnt hat, was er ihm seiner Meinung nach deutlich genug zu verstehen gegeben hat, obwohl er bei dieser Abendgesellschaft erschienen ist und mit dem ominösen Onkel gesprochen hat, hat er Sebastian Hollert überdeutlich gesagt, was er von einem Bestechungsversuch hält, doch sobald er ihn wegen der Sammlung anspricht, wird Hollert ihm zwar umgehend helfen, aber auf eine Gegenleistung pochen. Nein, er will mit ihm nichts zu tun haben, er darf es nicht. Und eigentlich sollte er die versuchte Bestechung öffentlich machen, er sollte zu Schlösser gehen, der sollte diesen Hollert hinzuladen, und dann würde man sehen, ob ein solcher Student an ihrem Institut bleiben darf. Und wie immer die Sache ausgehen würde, er, das ist ganz sicher, müsste diesen Sebastian Hollert nicht weiter unterrichten, an seinen Seminaren dürfte oder sollte er nicht mehr teilnehmen. Und diese Erbschaft, die wäre dann für Sebastian Hollert und seinen Vater in weiteste Ferne entschwunden, Akku und Batterie müssten sehen, wie sie ohne die Autographensammlung und den spleenigen Onkel zurechtkommen. Er trinkt seinen Wein aus, es ist das dritte oder vierte Glas, er hat nicht darauf geachtet, und geht ins Bett, zufrieden mit sich und seinen Entschlüssen.

Am nächsten Vormittag ruft er Henriette nicht an. Er ruft sie auch nicht am Abend nach der Arbeitszeit an, er hat sich entschlossen, auf ihren Anruf zu warten, so wie sie es erbeten und verlangt hat. Auch der nächste und übernächste Tag vergehen, ohne dass er zum Telefon greift. Er weiß nicht, woran er mit ihr ist, wie sie sich entscheiden will oder entschieden hat, und er vermeidet es, Marion im Institut zu treffen. Wenn sie sich sehen, grüßt er freundlich, eilt aber rasch weiter, auch von ihr will er nichts hören. Henriette muss sich entscheiden, alles liegt an ihr.

Hollert sieht er in einem seiner Seminare oder, besser, er übersieht ihn. Als er sich zu Wort meldet, hört er ihm kaum zu und ohne ihn dabei anzusehen, dann ruft er kommentarlos den nächsten Studenten auf.

Zwanzig

Im Sekretariat sieht er, dass sich Lilly Riesebach für seine Sprechstunde am nächsten Nachmittag angemeldet hat, das rotblonde Mädchen, das sich für die Geschichte eines Theaters in Essen interessiert oder auch nur für einen Dramaturgen dieses Theaters. In den ersten Semestern saß Lilly in seinen Seminaren, aber seit einem halben Jahr hat er sie nicht mehr unterrichtet, ihre Bitte um eine Abschlussbetreuung hat ihn überrascht, andererseits weiß er, dass er der Einzige im Institut ist, der während der letzten Jahre Vorträge und Seminare zu Dramatik und Theater gegeben hat.

Am nächsten Vormittag muss er um elf zur Sektionssitzung. Als er die Wohnung verlässt und an der Haustür den Briefkasten öffnet, findet er einen Brief. Die Post kommt üblicherweise nie vor dreizehn Uhr, und cr hat den Kasten eher beiläufig geöffnet und nicht erwartet, Post zu finden. Es ist ein Brief vom Finanzamt, den er umgehend aufreißt, um in den zwei Seiten eines vorgedruckten Schreibens die drei entscheidenden Zeilen zu finden. Sein Ratenplan ist akzeptiert, die Zahlungen haben bis zum Fünfzehnten eines jeden Monats zu erfolgen, und das erste Geld muss er im Dezember, also in acht Tagen, überweisen. Mit diesen ersten zweihundert Euro würde er sein Konto überziehen, falls nicht in den nächsten Tagen eines der ausstehenden Honorare eintrifft. Es ist gekommen, wie er es erwartet und wie er es nach der Ansicht von Klemens Gaede hat erhoffen sollen, es ist das erreichbare Optimum, das Nonplusultra, das das Finanzamt ihm zugestehen konnte, und nach der Meinung von Marions Cousin müsste er jetzt jubeln. Für die nächsten zwei Jahre, für mehr als zwei Jahre muss er Monat für Monat zweihundert Euro aufbringen, die er nicht hat, muss er für einen Fehler bezahlen, den das Amt und nicht er zu verantworten hat, muss er irgendwo einsparen, und er weiß nicht, wo er sich noch weiter einschränken könnte. Verbittert tritt er in die Pedale, herrscht seiner Meinung nach eine zu langsame ältere Frau, die den Fahrradweg quert, mit einem schrillen Rasseln der Fahrradklingel an und ist in seiner Verärgerung so leichtsinnig, einem Lieferwagen die Vorfahrt zu nehmen, so dass dieser laut kreischend bremsen muss, um ihn nicht vom Rad zu holen. Stolzenburg fährt weiter und dreht nicht einmal den Kopf zu ihm.

In der Sektionssitzung kommt es zu einer Szene, die ihm im Nachhinein peinlich ist. Am Ende der Sitzung bittet ihn Schlösser um eine halbstündige Rede über das Theater der Shakespearezeit für das jährliche Treffen der ehemaligen Studenten der Universität, den sogenannten Alumni-Tag. Diese Veranstaltung ist vom ehemaligen Rektor eingeführt worden und alljährlich umfänglicher geworden, denn auch das neue Rektorat erhofft, mit diesem würdigen, ehrenvollen Fest die Spendenbereitschaft der erfolgreichen Absolventen anzuregen, um den Etat der Hochschule zu verbessern, und so sind im Lauf der Jahre neben dem Empfang durch den Rektor in Amtstracht und einem großen Essen mit den Honoratioren der Universität und der Stadt auch Führungen und Vorlesungen angeboten worden, von denen man hofft, sie könnten die früheren Studenten interessieren. Schlösser hat in der Sitzung gesagt, das Thema sei ihnen vom Rektorat vorgegeben und daher komme aus seiner Sicht nur ein Kollege in Frage, dabei hat er Stolzenburg angesehen, der leise aufgeseufzt und sich den Termin notiert hat. Es solle kein üblicher Vortrag werden, fährt Schlösser fort, Stolzenburg möge die unterschiedlichen, die sehr unterschiedlichen Vorlieben der werten Alumni bedenken, ein wenig Witz und Humor sei angebracht, denn schließlich wolle man die Gäste unterhalten und für eine großzügige Geste gewinnen. Er fügt hinzu, der gesamte Lehrkörper habe an diesem Tag in Bereitschaft zu stehen, es könne sein, dass sich an diesem Tag sehr kurzfristig für diesen oder jenen Kollegen eine zusätzliche Aufgabe ergebe.

»Es ist der Tag der Alumni«, sagt Schlösser, »an dem Tag ist alles andere zweitrangig. Und ich verlasse mich auf euch.«

Veronika macht einen Scherz, sie sagt, sie hoffe, es gebe an diesem wundervollen Tag auch einen wundervollen Bonus für alle Mitarbeiter, worauf Schlösser beiläufig erwidert, diese zusätzliche Leistung soll der Universität helfen und werde selbstverständlich nicht honoriert. Stolzenburg hebt die Hand und fragt erregt, ob das auch für seinen Vortrag gelte, immerhin müsse er einen Vortrag ausarbeiten. Schlösser bestätigt es, woraufhin Stolzenburg heftig protestiert und von Ausbeutung spricht. Als er die verwunderten Blicke der Kollegen bemerkt, ist er nicht mehr fähig oder bereit, sich zu bremsen. Mit der Faust schlägt er auf den Tisch und schreit, er könne nicht unentwegt für das Institut weitere, nicht-honorierte Arbeiten übernehmen. Mit hochrotem Gesicht schnauzt er Schlösser an, er habe nur eine halbe Stelle, er müsse sehen, wie er über die Runden komme, er jedenfalls, er habe es gründlich satt.

»Ich bin am Ende meiner Kräfte«, schreit er, »und ich habe es satt. Ich habe es satt.«

Vor Erregung verschluckt er sich und lässt sich hustend und erschöpft in den Stuhl zurückfallen.

Nach seinem Ausbruch ist es für Sekunden still, keiner sieht Stolzenburg an, Schlösser schließt ermattet die Augen, alle sind von dem lautstarken Auftritt peinlich berührt. Dann meldet sich Manfred Krupfer, er bietet Schlösser an, den Vortrag zu übernehmen, er habe über Shakespeare promoviert, das eine und andere wisse er noch. Schlösser nickt, dankt ihm und fährt in der Tagesordnung fort. Keiner geht auf Stolzenburgs Wutausbruch ein, auch nach der Sitzung vermeiden es alle, ihn anzusprechen. Als Krupfer an ihm vorbeikommt, steht Stolzenburg auf und bedankt sich bei ihm.

»Keine Ursache, Kollege«, sagt Krupfer, »ich kann Sie verstehen. Gelegentlich haben wir alle einmal die Nase voll. Beim nächsten Mal retten Sie mir den Arsch.«

Stolzenburg verabschiedet sich von Schlösser, der nickt ihm kurz zu und betrachtet ihn verwundert. Ihm ist unbehaglich zu Mute, als er den Raum verlässt. Er hat sich gehen lassen, er hat die Kontrolle über sich verloren, andererseits, sagt er sich, hat er auch in der letzten Zeit viel um die Ohren gehabt, und die Wahrheit sollten alle einmal erfahren. Einmal muss man mit der Faust auf den Tisch schlagen, beruhigt er sich. Nur dass ihn Krupfer, ausgerechnet Manfred Krupfer aus dem Schlamassel holt und für ihn den Vortrag übernimmt, ist fatal. Es demütigt ihn, dass ihm gerade dieser unangenehme, widerlich Kollege geholfen, dass er sich ausgerechnet bei einem Krupfer zu bedanken hat.

Er setzt sich in die Bibliothek, um das Seminar für Basel vorzubereiten. Marion ist mit zwei Studenten beschäftigt und nickt ihm kurz zu. Als sie allein sind, kommt sie zu ihm und fragt nach Henriette.

»Ich weiß nicht«, sagt er, »ich habe sie schon ein paar Tage nicht gesehen und nicht gesprochen. Hat sie etwas zu dir gesagt?«

Marion schüttelt den Kopf: »Mach keine Dummheiten, Rüdiger. Sie ist meine beste Freundin.«

»Ich mache keine Dummheiten, und ich weiß nicht, was ich falsch gemacht haben könnte. Ich soll sie nicht anrufen, aber sie meldet sich auch nicht bei mir. Vielleicht kannst du mit ihr sprechen. Nur, damit ich weiß, woran ich mit ihr bin.«

Marion zuckt mit den Schultern: »Helfen kann ich euch nicht.«

Zehn Minuten später zieht sie ihren Mantel über und verabschiedet sich von ihm.

»Es täte mir leid, wenn es mit euch nicht klappt«, sagt sie, »Henriette hatte Pech mit Männern. Sie ist argwöhnisch geworden, misstrauisch. Sie ist …«

Marion unterbricht sich und sucht nach Worten, dann sagt sie: »Ich hoffe für sie, dass es mit Euch beiden klappt. Wäre schön.«

»Ja«, erwidert er, »aber ich kann es nicht erzwingen.«

Resigniert hebt er beide Arme hoch.

»Und sonst?«, fragt sie. »Mit Klemens, ich meine, mit dem Finanzamt geht alles in Ordnung?«

»Alles ist bestens«, sagt er, »ich folge deinem Rat, ich

kümmere mich einfach nicht mehr darum. Ist doch nur Geld, nicht wahr. Wird schon werden, irgendwie.«

»Irgendwie? Das passt nicht zu dir, Rüdiger. Irgendwie gefällst du mir nicht.«

»Rede mit Henriette, bitte. Alles andere bekomme ich auf die Reihe.«

In seiner Sprechstunde erscheint Lilly eine halbe Stunde zu spät. Er schaut zur Begrüßung auf seine Armbanduhr, doch sie sagt nur: »Ich hoffe, Sie haben nicht auf mich gewartet. Die Sprechstunde dauert doch eine ganze Stunde, oder?«

»Ja, aber Sie hatten sich für fünfzehn Uhr eingetragen. Und Unpünktlichkeit mag ich überhaupt nicht. Wenn ich Ihre Arbeit betreuen soll, Frau Riesebach, sollten Sie das berücksichtigen.«

»Tut mir leid. Tut mir leid, wahnsinnig leid, aber das war auch heute ein Wahnsinnstag für mich, von frühmorgens an. Wenn ich Ihnen erzählen würde …«

»Kommen wir zum Thema, zu Ihrem Thema. Setzen Sie sich und erzählen Sie mir von der Arbeit. Was haben Sie vor, was haben Sie bereits schriftlich fixiert? Haben Sie etwas mitgebracht, was Sie mir zeigen können?«

Sie hat nichts mitgebracht außer einem kleinen grünen Handtäschchen, in dem nicht einmal ein Schreibheft Platz gefunden hätte, doch sie beginnt sofort von ihrer beabsichtigten Diplomarbeit zu erzählen. Stolzenburg unterbricht sie nicht, hört ihr scheinbar neugierig zu und lässt immer wieder seinen Blick über sie gleiten. Ein schönes Mädchen, denkt er, schön und selbstbewusst, und sorgfältig hergerichtet, wahrscheinlich ist sie deswegen zu spät gekommen, das Make-up hat Zeit gekostet, sie will mich beeindrucken, ich sollte mich geschmeichelt fühlen. Für einen Moment achtet er darauf, was sie sagt, dann schaut er sie wieder an. Ihren Redeschwall lässt er regungslos über sich ergehen. Vom Hölzchen aufs Stöckchen, kommt ihm dabei in den Sinn, offenbar weiß sie nichts und hat sich nicht vorbereitet. Einen Hollert hätte er schon längst aus der Sprechstunde geworfen, aber die Kleine ist eine Augenweide, ein paar Minuten will er sie noch reden lassen und sie betrachten. Ihm fällt auf, dass sie einen längeren Rock trägt als beim letzten Treffen, und überlegt, was das bedeutet, ob sie ihm damit etwas signalisieren will. Dann denkt er an seinen Auftritt in der Sitzung. Das war eine Dummheit, sagt er sich, Schlösser tut, was er kann, und sicher hat er ihn verärgert. Und er hat sich vor allen lächerlich gemacht. Und warum? Und wozu? Und wieso?

»Das war eigentlich alles«, sagt Lilly plötzlich und lächelt ihn honigsüß an.

Er hatte, versunken in ihren Anblick und seine Überlegungen, nicht bemerkt, dass sie aufgehört hat zu plappern.

»Nun ja«, sagt er gedehnt, als habe er länger nachdenken müssen, »wenn das alles ist, dann haben wir noch nicht viel. Genauer gesagt, wir haben gar nichts. Und Sie haben mir nicht die geringste Vorstellung geben können von dem, was Sie vorhaben, was für eine Diplomarbeit geeignet ist.«

»Ich stehe noch ganz am Anfang.«

»Das sehe ich, da sind wir uns gottlob einig. Aber wenn Sie noch nichts haben, wenn Sie noch gar nichts über diese Arbeit wissen, warum sind Sie dann in meine Sprechstunde gekommen? Ich dachte, wir haben eine Konzeption zu besprechen.«

»Ich wollte Ihren Rat, Herr Doktor Stolzenburg. Ich dachte, Sie könnten mir helfen.«

»Sie wollen, dass ich Ihre Arbeit betreue, Frau Riesebach. Schön und gut, aber Sie meinen doch nicht, dass ich Ihre Arbeit schreibe?«

»Würden Sie das denn für mich tun?«

Einen Moment ist es still im Zimmer, das Mädchen wartet auf eine Antwort, und Stolzenburg schweigt, weil er glaubt, sich verhört zu haben. Er schaut Lilly mit offen stehendem Mund an, dann richtet er sich auf und sagt: »Bitte?«

»Ich dachte, weil Sie doch so sehr viel klüger sind als ich, Herr Doktor Stolzenburg.«

»So. Dachten Sie. Aber warum soll ich eine Diplomarbeit schreiben? Ich besitze das Diplom schon längst.«

»Ich meinte ja auch für mich. Ob Sie diese blöde Arbeit für mich schreiben könnten? Ihnen würde das überhaupt nicht schwerfallen, Sie würden das nebenbei machen.«

»Nebenbei, so so. Ich bin überrascht.«

»Na ja, Sie sind die Koryphäe, Herr Doktor Stolzenburg. Für alle Studenten ist Konfuzius der Größte.«

»Konfuzius?«

»Ich dachte, Sie wissen das. Konfuzius ist Ihr Spitzname bei uns, weil Sie doch immer so viel von Konfuzius erzählen.«

»Konfuzius, aha. Nein, das wusste ich nicht.«

»Ja, Konfuzius oder Doktor Konfus, so heißen Sie bei uns.«

»Wirklich interessant. Nun, Konfuzius wird Ihnen

Ihre Diplomarbeit nicht schreiben, weder der eine noch der andere. Ich fürchte, da müssen Sie sich selber mal auf den Hintern setzen.«

Sie ist überhaupt nicht verlegen und verzieht nur schmollend den Mund.

»Ich habe halt gedacht …«, sagt sie und verstummt. Dann wirft sie ihm einen niedlich-verzweifelten Blick zu, rollt dramatisch mit den Augen und sagt laut zu sich selbst: »Das war wohl nichts, Lilly.«

Stolzenburg ist unschlüssig. Er sollte empört sein und sie rauswerfen, ist aber eher amüsiert.

»Ja, das war nichts, Lilly«, bestätigt er, »oder hatten Sie gedacht, Sie können mich bestechen?«

»Bestechen, Doktor Stolzenburg?«, sagt sie entsetzt und mit weit aufgerissenen Augen.

»Es klang so. Ein wenig.«

Sie kichert und sagt: »Ich bin bestechend, ich weiß, aber daran habe ich nie gedacht.«

»Das freut mich. Das beruhigt mich sehr. Ich denke, Sie sollten sich an die Arbeit setzen und sich erst wieder bei mir melden, wenn Sie mir etwas zeigen können. Oder Sie suchen sich einen anderen Betreuer, die Möglichkeit haben Sie auch.«

Trotzig bleibt die Studentin auf dem Stuhl sitzen und beißt auf ihre Lippen. Sie macht den Mund auf, sagt aber nichts, sie knetet fortgesetzt ihre Finger, und schließlich sieht sie ihm in die Augen. Sie hat einen kindlichen, einen rührenden Blick, als sie zu ihm sagt: »Ich will aber Sie als Betreuer. Unbedingt Sie.«

»Und wieso? Warum ich?«

Einen Moment zögert sie, blickt auf ihre Hände und sieht ihm dann erneut in die Augen: »Das sage ich Ihnen lieber nicht, sonst glauben Sie wieder, ich will Sie bestechen.«

Stolzenburg nickt: »Ja, dann sagen Sie es wohl besser nicht.«

»Und nun?«, fragt sie. »Werden Sie mich betreuen, oder habe ich mir alles bei Ihnen verdorben?«

»Fangen Sie an zu arbeiten. Wenn Sie etwas haben, kommen Sie zu mir. Einverstanden?«

Sie verlässt den Seminarraum mit heftig schwingendem Hintern. Er sieht ihr amüsiert nach und versucht sich vorzustellen, was die Kleine von dem Gespräch erwartet hat. Er denkt an Manfred Krupfer, der Kollege hätte wohl nicht eine Sekunde gezögert und bei diesem Angebot mit beiden Händen zugegriffen. Dann erinnert er sich an die Sitzung, an Krupfers Freundlichkeit, das Referat zu übernehmen und ihn aus einer dummen Peinlichkeit zu befreien. Als er den Zimmerschlüssel im Sekretariat abgibt, erkundigt er sich bei Sylvia, ob ihr der Name Doktor Konfus etwas sage. Sie lacht und meint, ja, den Namen habe sie häufiger gehört, doch er solle sich nichts daraus machen, alle Lehrer bekämen ihr Fett weg, das sei schon immer so gewesen. Dann fragt er, ob Schlösser noch etwas gesagt habe.

»Ich habe von deinem Wutausbruch gehört«, sagt sie, »und ich finde, du hast recht. Das musste mal gesagt werden, sonst ändert sich hier nie etwas.«

»Ändern? Hier wird sich nichts ändern, jedenfalls wird sich nichts verbessern, Sylvia. Ich hätte es mir auch sparen können.«

Auf dem Heimweg kommt ihm immer wieder die kleine Lilly in den Sinn, dieses ausgekochte Biest. Er versucht sich an seine eigene Studentenzeit zu erinnern und überlegt, ob das auch damals schon gang und gäbe war, Zensuren für Geld oder Sex. Vielleicht gab es das damals, und er war nur zu naiv, hatte es nicht mitbekommen.

Auch an diesem Abend ruft Henriette nicht an.

Einundzwanzig

Am Tag bevor er nach Basel fliegt, kauft er für Henriette eine Schokolade in einem Dritte-Welt-Laden und schickt sie ihr mit der Post. Auf die beigelegte Karte schreibt er einen kurzen, einen sehr kurzen Gruß. Als er am Briefkasten steht, um den Brief einzuwerfen, schaut er auf die Armbanduhr und entschließt sich, ihr das kleine Geschenk selbst zu bringen. In ihrer Wohnung ist Licht zu sehen, zwei Zimmer sind erleuchtet. Er klingelt an der Haustür, als sie sich meldet, sagt er, er wolle nur etwas abgeben. Es vergehen ein paar Sekunden, bevor Henriette den Türöffner drückt und er das Haus betreten kann und hinaufgeht. Ihre Wohnungstür ist angelehnt, unschlüssig drückt er sie auf, schaut in den leeren Flur und tritt ein. Henriette kommt aus einem Zimmer und begrüßt ihn mit der Frage: »Waren wir verabredet?«

Er entschuldigt sich nochmals, sagt, er werde sofort wieder gehen, und drückt ihr den verschlossenen Brief mit der Schokolade in die Hand.

»Komm einen Moment rein«, sagt sie, »ich habe Besuch. Eine Freundin ist da.«

Er zieht seine Jacke aus, hängt sie an einen Haken der Garderobe und folgt ihr ins Wohnzimmer. Es ist ein großer, ein riesiger Raum, der ihn an die Wohnung des Herrn von Stolzenberg erinnert. Ein langer und sehr schmaler Tisch und ein paar ledergepolsterte Stühle sind in der Mitte des Zimmers platziert, dem Kamin gegenüber steht eine breite Couch, davor ein Metalltisch. Henriettes Besucherin sitzt auf der Couch und nickt ihm zu, als er eintritt und ihr einen guten Abend wünscht. Henriette bittet ihn, sich zu ihnen zu setzen, er nimmt sich einen der Stühle und trägt ihn zur Couch, das angebotene Glas Wein akzeptiert er dankend. Die Freundin, sie heißt Carola, betrachtet ihn aufmerksam, aber schweigend. Sie ist eine schöne, schwarzhaarige Frau, etwas dünner als Henriette. Stolzenburg fällt auf, dass mehrere Knöpfe ihrer Bluse offen sind. Er bemüht sich, mit den beiden Frauen ins Gespräch zu kommen, aber weder Henriette noch Carola gehen auf seine Bemerkungen ein. Schließlich fragt er, ob sie ihm ihre Wohnung zeige, das Wohnzimmer sei beeindruckend. Henriette wirft einen kurzen Blick zu ihrer Freundin und erklärt, sie würde ihm die Wohnung bei einer passenderen Gelegenheit zeigen. Als Carola sich von der Couch erhebt und aus dem Zimmer geht, sagt er, er wolle nicht weiter stören, trinkt sein Glas aus und steht auf. Bei der Verabschiedung im Flur kommt Carola mit einem Käseteller aus der Küche, auf dem Weg ins Wohnzimmer. Beim Öffnen der Tür fällt das Messer vom Teller auf den Fußboden, Stolzenburg bückt sich, um das Messer aufzuheben, und gibt es Carola. Dabei berührt er sie leicht am Unterarm, sie zuckt zurück, als ob er sie verbrannt oder sie einen elektrischen Schlag erhalten habe. Stolzenburg schaut sie irritiert an, sie geht mit zusammengekniffenem Mund an ihm vorbei. Henriette hat es ebenfalls bemerkt, wünscht ihm aber lediglich eine gute Heimfahrt und folgt der Freundin ins Wohnzimmer, noch bevor er die Wohnungstür hinter sich zugezogen hat.

Auf der Fahrt zur Wohnung verwünscht er seinen

Einfall, unangemeldet bei Henriette zu erscheinen. Ihre Freundin, diese Carola, ist ihm unangenehm.

Am nächsten Morgen muss er früh aufstehen, um zum Flughafen zu fahren. Diesmal fliegt er über Düsseldorf nach Basel, das spart ihm zwei volle Flugstunden, und er wird, wenn die Flieger pünktlich sind, sehr viel früher daheim sein. Die erste Maschine ist nur zu einem Drittel besetzt, alles sind Einzelreisende, Geschäftsleute wie er, die beruflich unterwegs sind. Keiner redet, keiner schaut auf, jeder ist stumm mit seinen Papieren oder dem Laptop beschäftigt. Als das Flugzeug am Gate in Düsseldorf stehenbleibt, springen fast alle sofort auf und drängen zum Ausgang. In der Gepäckhalle sieht er auf einem der großen Bildschirme, dass sein Anschlussflug nach Basel Verspätung hat, sechzig Minuten liest er, und während er verärgert auf den Bildschirm starrt, wird die Zeile gelöscht, die Lampen blinken nervös, und dann steht dort fünfundsiebzig Minuten. Er setzt sich in ein Café und bestellt ein kleines Frühstück, dann schaut er auf die Armbanduhr und ruft in Basel an. Gotthardts Sekretärin meldet sich, er teilt ihr mit, dass er in Düsseldorf festsitzt, und fragt, ob die Schule einen Wagen zum Flughafen schicken könne oder ob er sich ein Taxi nehmen solle. Ein Auto besitze die Schule nicht, sagt sie ihm, aber ein Taxi könne er sich sicher nehmen, freilich könne sie ihm keine verbindliche Auskunft geben, der Chef sei noch nicht im Haus, aber in der Vergangenheit sei das immer möglich gewesen. Er bittet sie, Gotthardt möge ihm eine Nachricht schicken, wenn er ins Haus komme, sobald er in Basel gelandet sei, werde er sein Handy anschalten und dann sehen, wie die Schule entschieden hat. Notfalls müssten die Studenten halt warten.

Sein Anschlussflieger nach Basel startet mit eineinhalbstündiger Verspätung. Stolzenburg schaut aus dem Fenster, er denkt an Henriette, an Judith und an die verrückte Lilly. Er muss noch an Jürgen Richter schreiben, den Verleger will er nicht aus den Augen verlieren, er war so wunderbar schräg und abgedreht, vielleicht gelingt es ihm doch, ihn für die Ausgabe zu gewinnen. Stolzenburg lehnt den Kopf ans Fenster und starrt in die Wolken. Welche Einwände dieser Jürgen Richter auch vorgetragen hat, er muss den Weiskern in seinem Verlag herausbringen. Er ist der einzige Mensch in Deutschland, der außer ihm selbst mit dem Namen Weiskern etwas anfangen kann, der sogar über ihn promoviert hat. Und er ist Verleger, und damit geradezu prädestiniert, seine Ausgabe herauszubringen. Zwei Bände, sagte er, sechzehnhundert Seiten, das ist zu schaffen. Er muss sich in seiner Einleitung kurz fassen, er muss bei den Texten auswählen, aber das sind keine unüberwindlichen Hürden. Die Ausgabe würde dem Verlag kein Geld einbringen, gewiss, aber Richter könnte sich damit schmücken, diese zwei Bände wären ein kleines Ereignis auf der Buchmesse, eine wissenschaftliche Großtat, über die die Zeitungen berichten würden, berichten müssten. Alle Zeitungen, jedenfalls die großen. Er müsste ein paar Interviews geben, durch das Land reisen. Das Mozarteum wird ihn einladen, das ist sicher, Salzburg kann er schon jetzt fest einplanen. Und ein paar große Opernhäuser in der Welt werden diesen Librettisten eines Mozart auch nicht übersehen. New York, Sydney, Paris, das eine oder andere Haus wird ihn um einen Vortrag bitten. Und irgendwelche Mozartgesellschaften, ein paar ältere, betuchte Herrschaften werden mit Freuden seinen Ausführungen über Weiskern lauschen und bewundernd zuhören, wenn er von seinen Schwierigkeiten berichtet, die historischen Dokumente aufzuspüren. Und die topographische Gesellschaft in London wird die Verdienste eines Weiskerns auch nicht mit Schweigen übergehen, die erste Beschreibung der kaiserlich-königlichen Haupt- und Residenzstadt Wien. London wird ihn einladen, und er wird über Topographie sprechen, dafür hat er sich ein, zwei Wochen lang vorzubereiten, Topographie hat er nicht studiert, hat sich nur wegen Weiskern damit befasst. Er seinerseits wird mit der Ausgabe auch kein Geld verdienen, er muss froh sein, wenn er einigermaßen seine Unkosten hereinbekommt, aber diese zwei Bände sind so etwas wie sein Lebenswerk. Die Belegexemplare werden in seinem Arbeitszimmer stehen, zwei Bände, leinengebunden, vielleicht in einem attraktiven Schuber. Eine prächtige Ausgabe, eine beeindruckende Leistung. Gelegentlich nimmt er sie aus dem Regal, blättert in ihr, liest seinen Namen. Er wird mehrfach in den beiden Bänden genannt, er ist der Herausgeber, er ist der Autor des Vorworts, und nicht zuletzt hat er das ausführliche Personen- und Sachregister erstellt, das eine aufwendige Recherche verlangt hat, ein halbes Jahr hat er mit diesem Register zu tun gehabt. Im Vorwort erzählt er mit wenigen Sätzen auch von dem Betrugsversuch, nennt den Namen Conrad Aberte, erwähnt das Wiener Auktionshaus und berichtet von der Polizeiaktion, an der sich zu beteiligen er genötigt war. Bis zum Ende seiner Arbeit an der Ausgabe sei er, so führt er aus, unschlüssig gewesen, ob er diese Anekdote erzählen solle, ob sie in einem wissenschaftlichen Werk nicht fehl am Platz sei, aber der Verleger habe ihn gedrängt, sie im

Vorwort zu belassen, und er sei schließlich dem Wunsch von Jürgen Richter gefolgt, nachdem er in zwei Vorgesprächen mit Journalisten, darunter einem Rezensenten der »New York Review of Books« dieses Kriminalstück berichtet habe. Auf der letzten Seite stehen ein paar persönliche Worte des Dankes. Da wird Jürgen Richter gelobt, ihm ist das Erscheinen der Ausgabe zu danken, er hat das entscheidende Verdienst daran, dass diese Ausgabe endlich auf den Markt kommen konnte.

Noch immer schaut er aus dem Fenster, starrt in die dahingleitenden Wolken. Plötzlich sieht er, wie einer der beiden Propeller aussetzt, und während er fassungslos auf die stillstehende Luftschraube starrt, setzt auch der zweite Propeller aus. Ihn erfasst Panik, Todesangst. Sein Mund ist wie ausgetrocknet. Er atmet heftig, er schwitzt. Das könnte das Ende sein, sagt er sich, das ist das Ende. Er will schreien, er öffnet den Mund, aber er bringt keinen Ton heraus. Sein Nachbar ruft nach dem Steward.

»Sie wünschen?«

Stolzenburg deutet auf das Kabinenfenster, schaut hinaus und erstarrt erneut. Keine starren Kreuze von stehengebliebenen Propellern sind zu sehen, an der Tragfläche sind überhaupt keine Propeller angebracht, vielmehr sind die Ausbuchtungen und Rundungen der beiden Strahltriebwerke zu erkennen. Es gibt keine Propeller, und es gibt keine stehengebliebenen Luftschrauben, alles war eine optische Täuschung, eine Fantasie seines überbeanspruchten Gehirns, er hatte geträumt, er hat einen Wachtraum gehabt, einen Albtraum. Ungläubig starrt er mit offenem Mund auf die beiden Düsen an der Tragfläche, er atmet tief durch.

»Was wünschen Sie?«, fragt der Steward nochmals.

Verwirrt und schweißnass sieht Stolzenburg ihn an.

»Einen Wein. Geben Sie mir einen Wein. Bitte!«, bringt er schließlich heraus.

»Sie wissen, dass unser Service kostenpflichtig ist? Sie müssen Snacks und Getränke bezahlen.«

»Ich weiß, ich weiß. Ich muss alles bezahlen. Ich weiß nur nicht, wie«, sagt Stolzenburg erschöpft.

Der Steward sieht ihn besorgt an. Dann beugt er sich zu ihm: »Ich könnte Ihnen ein Glas Wasser bringen. Ausnahmsweise kostenlos.«

»Nein, ich will einen Wein. Und ich bezahle.«

»Einen weißen? Einen roten?«

»Einen Weißwein bitte.«

»Ich habe einen Pinot Grigio, dreivierzig, und einen Riesling, vierzwanzig.«

»Bringen Sie mir bitte einen Riesling. Und ein Wasser. Eine Flasche Wasser.«

Der Steward nickt und geht nach vorn.

»Alles wieder in Ordnung?«, fragt der Mann auf dem Nebensitz, der noch immer sein Glas umklammert.

Stolzenburg nickt.

»War Ihnen unwohl? Manche Leute haben Angst vorm Fliegen. Meine Frau, die kriegen Sie in kein Flugzeug. Die muss zehn Schlaftabletten schlucken, wenn es mal über den Ozean geht und sie nicht mit ihrem Zug fahren kann.«

»Alles in Ordnung«, bestätigt Stolzenburg, »verzeihen Sie, ich habe wohl geträumt.«

Er sieht auf die Tragfläche, auf die Strahltriebwerke, er versucht, einen klaren Kopf zu bekommen und zu begreifen, was soeben passiert ist, was er zu sehen gemeint, wieso er aussetzende Propeller wahrgenommen hat. Der

Steward serviert ihm Wasser und Wein und ist offensichtlich erleichtert, als Stolzenburg seine Geldbörse aus der Jackentasche zieht und ihm einen Zehneuroschein reicht. Er gießt sich den Plastikbecher mit Wasser voll und trinkt ihn in einem Zug leer, dann gießt er Wein in den Becher und trinkt nochmals hastig. Er wirft einen Blick aus dem Fenster, auf die Tragfläche, auf die Strahltriebwerke, dann lehnt er sich zurück und schließt die Augen. Keine stehengebliebenen Propeller, keine Metallkreuze, alles in Ordnung, die Maschine fliegt ruhig, flog nie anders, kein Rütteln, kein Schütteln, ein ruhiger Flug und planmäßig verspätet. Kein Absturz, kein überraschendes Ende, keine endgültige Lösung, nichts Befreiendes. Nichts Befreiendes, wiederholt er im Kopf, wie schön und überraschend die Sprache ist, ihm war zuvor nie aufgefallen, dass im Befreienden unübersehbar das Ende steckt. Aber auch diese Hoffnung ist ihm genommen worden.

Nach der Landung in Basel wird er sein Handy einschalten, um zu sehen, ob Gotthardt eine Nachricht hinterlassen hat. Anderenfalls wird er im Sekretariat anrufen, sie sollen ihm mitteilen, ob er sich am Flughafen ein Taxi nehmen soll oder die Studenten zu warten haben. Soll Gotthardt entscheiden, er jedenfalls ist nicht bereit, von dem schmalen Honorar auch noch die Taxikosten zu bestreiten.

Am Abend wird er zurückfliegen. Hoffentlich landet er ohne Verspätung. Morgen wird er mit der Bank sprechen, zumindest einen Termin mit ihr ausmachen. Er wird auf einen Anruf von Henriette warten, er wird sie nicht anrufen, sie muss sich entscheiden. Sie hat überzogen, hysterisch reagiert. Und ihre schweigsame Freundin

Carola, was ist das für eine Frau? Und was ist das für eine Freundschaft? Carola ist ihm höchst unangenehm. Er hofft, sie nicht mehr zu sehen. Er hofft, dass es mit Henriette etwas wird. Er ist bereit, nachzugeben, ihr entgegenzukommen, aber er will wissen, wie ernsthaft es für sie ist. Er hat jahrelang allein gelebt, er ist daran gewöhnt. Wechselnde, kurze Verhältnisse, das hat auch seinen Reiz. Man hat keine Verpflichtungen. Man sieht sich, man isst miteinander, man schläft zusammen. Ansonsten guten Tag und guten Weg. Zieht eine Frau bei ihm ein, hat er Rücksicht zu nehmen, Rücksicht auf sie, auf den ganzen Rattenschwanz von Verwandtschaft, der dranhängt. Kinder hat Henriette nicht, das erleichtert vieles. Er muss sich nicht anstrengen und ihre Kinder beeindrucken. Oder bei Dummheiten und Katastrophen einspringen. Judith reicht ihm. Sie ist wütend auf ihn, aber er kann ihr kein Geld geben. Schon gar nicht dreitausend. Sie ist wütend und wird sich vorerst nicht bei ihm melden, aber er ist sicher, in spätestens einem Jahr ruft sie wieder an. Sie wird dann einen neuen Freund haben, der sich ebenfalls irgendwo in der Welt für Unterdrückte einsetzt. Und der von undurchsichtigen Geschäften lebt. Und sie wird Geld brauchen. Vielleicht ist der nächste Freund etwas jünger als der Argentinier. Vierundfünfzig, das ist das Alter ihres alten Herrn. Das sollte nicht das ihres Freundes sein, sie ist schließlich erst dreißig. Ihm fällt Lilly ein, die ist erst zweiundzwanzig und er selbst Ende fünfzig. Nein, das ist nicht zu vergleichen. Mit Lilly, das soll natürlich keine Beziehung werden. Das will keiner, Lilly nicht, er erst recht nicht. Nein, das wird allenfalls eine Affäre, vielleicht. Judith und der alte Argentinier, Carlos heißt er, wenn er sich recht erinnert, das ist etwas anderes. Diese Lilly, sie ist niedlich, aber vermutlich ausgekocht. Und eiskalt. Ihr Auftritt war zu perfekt, zu gut überlegt. Eine Darbietung mit Dramaturgie. Alles fein gesetzt, jeder Augenaufschlag im Voraus einstudiert, das Mädchen macht ihm Spaß. Sie verspricht vergnüglicher zu werden als Annika Wöble. Aber er will es nicht, er will nichts mit ihr. Und er kann nur hoffen, dass er ihr das ausreichend klargemacht hat. Anderenfalls wird er sich Ärger einhandeln. Lilly braucht hinterher nur ein paar Andeutungen machen, und er wäre geliefert. Nein, bei Lilly wird er nicht nachgeben. Das wäre eine Dummheit, die er irgendwann bereut. Bei Judith hat er nicht gezögert, gottlob. Er wird ihr kein Geld geben, er kann es gar nicht. Auch nicht in einem Jahr. Vermutlich wird er auch in einem Jahr ein Konto haben, das kurz über oder unter null ist. Die kleinen Nebeneinnahmen sind in den letzten fünf Jahren immer weniger geworden. Zusätzliche Honorare werden selten, in den Redaktionen wechselten die Leute. Seine alten Bekannten sind in Pension, eine neue Generation besetzt die entscheidenden Stühle. Junge, aufstrebende Alleskönner und Alleswisser. Mit seinem Namen können sie nichts anfangen. Die begehrten Aufträge schanzen sie ihren Vertrauten zu. Und es wird so weitergehen, weiter abwärts. Die kleinen Aufträge der Zeitungen und der Funkstationen, so dürftig wie unentbehrlich, schwinden von Jahr zu Jahr. Er muss sich auf das spärliche Gehalt einer halben Stelle einrichten. Eine volle Stelle wird er nie bekommen, nicht bei Schlösser und nirgends woanders. Er ist neunundfünfzig, ein Alter, in dem man nicht mehr mit einer Versorgung rechnen darf. Die einzige größere Summe in Reichweite heißt Sebastian Hollert, doch er ist entschieden. Er wird auf Hollerts Angebot nicht eingehen, keinesfalls, auf diese Art will er nicht zu Geld kommen. Er hat es bisher geschafft, einigermaßen sauber durch die Welt zu kommen, er will nicht auf seine alten Tage eine dubiose Geschichte anfangen. Sich auf einen unzulässigen, einen strafwürdigen Betrug einlassen. Nur, dass dieser verfluchte Sebastian Hollert der Zugang zu seinem Weiskern ist. Zugang zu dem verrückten Onkel und seinen Schätzen, zu diesem Archivar, Sperber heißt er oder so ähnlich, erlangt er nur über Sebastian Hollert. Wenn er die Bestechung ablehnt, wenn er dem Schnösel ein wohlverdientes Ungenügend, ein Nichtbestanden attestiert, wird er die Weiskern-Manuskripte in diesem Leben nicht zu Gesicht bekommen. Dieser sonderbar Onkel von Hollert, er muss an ihn heran. Er muss seine Eitelkeit kitzeln, ihn herauszufordern. Er hat genügend Geld, er könnte ihm bei der Herausgabe der Werke von Weiskern behilflich sein. Könnte sie unterstützen oder die alle Hindernisse beiseite räumenden Kontakte knüpfen. Der Frankfurter Verleger, dieser Jürgen Richter, wird keinen Pfennig investieren. Er ist an der Ausgabe interessiert, wird aber nur diese hundert Exemplare kaufen. Einhundertfünfundzwanzig, immerhin. Doch keinen Penny mehr. Weiskern, wie war er vor zehn Jahren nur auf ihn verfallen? Ein anderes Thema, ein bedeutsameres Forschungsobjekt hätte Punkte gebracht, hier und da ein Stipendium, eine Förderung, Beihilfen. Weiskern ist kein Leuchtturm, ist es nicht mehr. Seinerzeit hatte er sich gut mit Maria Theresia verstanden, hatte sie für sich einnehmen können. Er ließ sich von ihr fördern, vermutlich hatte er dafür seinen Preis zu zahlen. Weiskern würde vermutlich über ihn lachen. Er wusste, wie man die entscheidenden Leute für sich gewinnt. Das war eine andere Zeit, da hatte keiner solche Bedenken. Die Kröte, an der du nicht vorbeikommst, die musst du schlucken. Wenn er Sebastian Hollert die ihm gebührende Abfuhr erteilt, entgeht ihm nicht nur dringend benötigtes Geld, Geld, auf das das Finanzamt lauert. An die Weiskern-Briefe wird er dann nicht herankommen. Die Herausgabe der Schriften kann er in den Wind schreiben. Es wird sie nicht geben, nicht in seiner Lebenszeit und nie. Auch nicht später, denn wer außer ihm wird sich schon für diesen kleinen Schreiberling einsetzen. Er hat dann eine makellose Weste, aber ein paar Forderungen am Hals, die ihm die Kehle zuschnüren. Doch wenn er die Kröte schluckt, diesen Sebastian Hollert, dann kann er auch der kleinen Lilly behilflich sein. Sich auf die vergnüglichste Art seine Hilfe honorieren lassen. Dann ist er von einem Manfred Krupfer nicht zu unterscheiden. Im gleichen Sumpf wie dieser Kerl. Vermutlich werden es die Studenten mitbekommen, sie werden darüber schwatzen. Dann hat er es geschafft. Dann wird er von ihnen nicht anders gesehen und beurteilt als Krupfer. Zwei kleine Dozentenferkel. Ich sollte Patrizia anrufen, mich mit ihr treffen. Nur um zu hören, wie es ihr geht. Wir waren schließlich einige Zeit zusammen gewesen, fast sechs Monate.

Er öffnet erst wieder die Augen, nachdem die Maschine aufgesetzt hat und ausrollt. Das Flugzeug bekommt keinen Platz am Terminal, bleibt im Vorfeld stehen, der Ausstieg verzögert sich, die Besatzung wartet die Ankunft des Busses ab, der die Passagiere zur Haupthalle fährt.

Noch im Flugzeug schaltet Stolzenburg sein Handy ein, auf der Treppe tippt er die Codenummer und behält es in der Hand, er wartet auf Gotthardts Nachricht. Auf dem Weg zum Bus hält er inne und geht ein paar Schritte seitwärts. Er steckt das Handy in die Hemdtasche und betrachtet die beiden Düsentriebwerke unter der linken Tragfläche, er schaut sie verwundert an, kopfschüttelnd. Eine junge Frau mit dem Signet des Flughafens auf ihrem Blazer spricht ihn an.

»Ist alles in Ordnung?«

Stolzenburg nickt.

»Dann darf ich Sie bitten, in den Bus zu steigen. Zu Ihrer eigenen Sicherheit.«

Stolzenburg nickt nochmals, dreht sich um und folgt den anderen Passagieren. Sein Handy vermeldet piepsend eine Nachricht. Bevor er es herauszieht, fällt ihm Fritz ein, der Mathematiker, der ihre Billardrunden organisiert. Wenn er wieder daheim ist, muss er ihn anrufen, er hat die Runde beim letzten Mal sehr kurzfristig versetzt, und Fritz soll nicht den Eindruck haben, ihr monatliches Treffen sei für ihn nicht mehr wichtig. Die Billardrunde wird er nicht aufgeben, mit diesen Freunden ist er bereits eine Ewigkeit zusammen, die Runde hat länger gehalten als seine Ehe, er gehörte dazu, noch bevor er an der Uni anfing, und dort hat er keine halbe Stelle, dort zählt er zu den alten, erfahrenen Hasen, die jeden neuen Bewerber misstrauisch und genau prüfen. Zur nächsten Billardrunde wird er pünktlich erscheinen, sagt er sich, greift nach dem Handy und liest die Mitteilung von Gotthardt.